A Faint Cold Fear Thrills Through My Veins
William Shakespeare

Zu diesem Buch

«Mrs. Barclay – ich möchte Ihnen folgende Frage stellen: Was hatten Sie für ein Motiv, in Langdon so gewalttätig vorzugehen, und konnten Sie hinterher vor sich selbst rechtfertigen, was Sie getan haben?»
Rundfunkreporter Macberra, begreife ich, ist ein lächelnder Feind. Die Erkenntnis läßt mich innerlich erstarren.

Maeve Barclay ist an ihrem siebenundzwanzigsten Geburtstag aus der Haft entlassen worden, nachdem sie achtzehn Monate in einem Frauengefängnis eingesessen hat. Die Rückkehr in ihr Haus ist ein ebensolcher Kulturschock wie das Gefängnis, das unauslöschliche Spuren bei ihr hinterlassen hat. Ihr Mann Christopher, erfolgreicher Börsenmakler, möchte dieses dunkle Kapitel so schnell wie möglich vergessen.

Maeve hat jedoch Schwierigkeiten, sich in den neuen Alltag einzuleben. Niemand will sie als Steuerberaterin einstellen, und an den Dinnerparties ihres Bekanntenkreises hat sie auch wenig Interesse. Um so größer ist ihre Überraschung, als sie unvermutet Rene Dudgeon in der Stadt trifft und sie sich verabreden. Rene, ihre Knastfreundin, ohne die sie die Haft kaum überstanden hätte.

Eines Tages bekommt sie überraschend die Aufforderung, ins Polizeipräsidium zu kommen. Als Inspector Grange ihr einige Fotos aus dem Verbrecheralbum vorlegt, weiß sie, daß die Vergangenheit sie immer wieder einholt.

B.M. Gill hat sich in kürzester Zeit einen internationalen Namen gemacht. «Der zwölfte Geschworene» (Nr. 2738) wurde mit dem ‹Gold Dagger› der British Crime Writers' Association für den besten Kriminalroman des Jahres ausgezeichnet.

Außerdem liegen in dieser Reihe von der Autorin vor: Zündstoff für das Parlament (Nr. 2767), Seminar für Mord (Nr. 2775), Herzchen (Nr. 2828), Othellos letzte Probe (Nr. 2827), Nocturno für eine Hexe (Nr. 2926) und in einem Dreierband: War es nicht eigentlich doch nur ein Unfall? (Nr. 2757).

B. M. Gill

Die Zeit danach

Aus dem Englischen von
Edith Walter

rororo
Rowohlt

rororo thriller
Herausgegeben von Bernd Jost

Deutsche Erstausgabe
Veröffentlicht im Rowohlt Taschenbuch Verlag GmbH,
Reinbek bei Hamburg, Oktober 1990

Die Originalausgabe erschien 1989 bei Hodder & Stoughton, London,
unter dem Titel «Time and Time Again»
Redaktion Jutta Schwarz
Umschlagfoto Andreas Garrels
Umschlagtypographie Peter Wippermann/Nina Rothfos
Satz Sabon (Linotronic 500)
Gesamtherstellung Clausen & Bosse, Leck
Printed in Germany
880-ISBN 3 499 42968 3

Die Hauptpersonen

Upper Class:	Christopher Barclay, 37, Börsenmakler	
	Samantha	Freunde der Barclays
	Louella	
	Sarah	
	Eric	
Lower Class:	Rene Dudgeon, vorbestraft	
	Oliver Dudgeon, verdächtig	
	Wayne Dudgeon, unschuldig	
	Anna Horden, vorbestraft	
	Horden, vorbestraft	
Dazwischen:	Maeve Barclay, Upper Class, vorbestraft	
	Simon Macberra, Rundfunkreporter	
	Inspector Grange, Polizist	
	Sergeant Sutherland, Polizist	

I

Freiheit schmeckt herb und frisch wie Morgenluft. Um sieben Uhr überzieht die Sonne die Äcker und Wiesen mit blassem, frostigem Dunst. Es ist sehr kalt. Ich friere in meinem italienischen Schneiderkostüm, das ich seit dem Prozeß nicht mehr getragen habe und das mir zu eng geworden ist. Achtzehn Monate Knast. Und meine Schuhe bringen mich um. Warum werden Gebäude des offenen Strafvollzugs an gekieste Landstraßen gebaut? Warum entlassen sie uns so früh am Morgen? Warum flipp ich nicht aus vor Freude? Warum bin ich nicht euphorisch, warum nicht einmal ganz einfach glücklich? Warum, um Himmels willen, bin ich so nervös, so ängstlich?

Ängstlich ist nicht das richtige Wort. Ich fühle mich eher unbehaglich... Noch immer nicht ganz zutreffend. Aber näher dran.

Rene, die, in einen warmen scharlachroten Anorak gepackt, neben mir steht, reagiert ganz normal. Gelassen. Lächelnd.

Ein Motorrad, das irgendwo in einiger Entfernung brummt, heult triumphierend auf, als es um die Ecke schießt. «Das ist Olly», sagt Rene.

Er ist Olly, wenn sie liebevoll von ihm spricht. «Dieser verdammte Mistkerl Oliver», wenn er nicht geschrieben hatte. Als sie ihm jetzt zusieht, wie er sich von seiner roten Kawasaki schwingt, glüht ihr Gesicht. Er ist ihr Mann, hat sie mir nach einem seiner Besuche erzählt, nicht nur standesamtlich, sondern kirchlich, mit allem Drum und Dran.

Wie Christopher mein Mann ist.

Ich nenne ihn nie Chris.

Ob er bald kommt? Ist etwas mit dem Wagen passiert? Oder mit ihm? Was mach ich nur, wenn er nicht kommt? Geh ich wieder hinein und bestell mir ein Taxi? Sag der Wärterin, daß mein Mann mich versetzt hat? Kommt nicht in Frage. Ich bin starr vor Angst. Kann mich nicht bewegen.

Meine Freundin Rene, so ganz anders als ich, merkt, wie verängstigt ich bin. «Olly und ich warten, bis dein Mann erscheint», sagt sie.

Er erscheint. Fast im gleichen Augenblick.

Wir haben noch immer denselben Audi, stelle ich fest. Bei seinem letzten Besuch hat er davon gesprochen, daß er ihn weggeben will. Es ist schon komisch, worüber man an Besuchstagen redet. Über unwichtige Dinge. Und man sieht sich nicht in die Augen.

Wir tun es auch jetzt nicht. Er kommt auf mich zu, umarmt mich, und ich blicke über seine Schulter auf Oliver und Rene. Sie halten sich bei der Hand. Christopher küßt mich auf die Stirn, ziemlich flüchtig, nicht auf die Lippen. Es ist die Geste eines Pfarrers, der einen Sünder losspricht. Gott segne dich, mein Kind, dir wurde vergeben.

In unserem Fall begrüßt ein Börsenmakler seine renitente Ehefrau.

«Willkommen», sagt er und dann: «Glückwunsch zum Geburtstag... Bin froh, daß die Presse nicht hier ist.»

Mein Geburtstag? Hatte ich total vergessen. Es ist der dreizehnte Februar, und ich bin heute siebenundzwanzig geworden. Meinen sechsundzwanzigsten Geburtstag habe ich im Knast verbracht. Ich weigere mich, daran zu denken. Die Presse? Die hat das Thema doch längst weidlich ausgeschlachtet?

Wir gehen zu unserem Wagen, und Rene und Oliver besteigen die schwere Maschine. Unsere Habseligkeiten, gegen Unterschrift an uns ausgehändigt, nachdem wir uns pflichtgetreu dem Entlassungszeremoniell von St. Bürokratius unterworfen haben, stecken in zwei großen Tragetüten. Rene hat den Inhalt der ihren in eine Satteltasche gestopft. Für solche Zwecke nicht gerade praktisch, so ein Motorrad, doch die beiden scheinen gut zurechtzukommen. Er hat ihr einen weißen Helm gegeben, unter dem sich ihre leuchtend roten Locken verstecken. Sie zieht den Kinnriemen fest und ruft dann: «Wiedersehen, Maeve! Und danke für alles!» Ich sage das gleiche. «Wiedersehen. Und ebenfalls danke für alles.»

Wir wissen beide nicht genau, was wir damit meinen. Eine Freundschaft, unberührt von Sex und mit einem geringen Maß an geistiger Übereinstimmung, war irgendwie herzerwärmend. Wir mögen einander. So einfach ist das.

Oliver dreht sich kurz um und sieht mich an. Die beiden sind so gegensätzlich wie Feuer und Wasser. Rene mit leuchtenden Farben, übersprudelnd. Er – mager, mit ernsten Augen, wie Ford Madox Browns Auswanderer. Ich lenke meine Gedanken auf Browns Gemälde *The Last of England*, nehme Zuflucht zu meinem Intellekt wie immer, wenn ich Angst habe, verlegen oder zu verwirrt bin, von dem, was geschieht, um rational zu reagieren.

Christopher geht vor mir her zum Wagen und legt meine Tragetüte in den Kofferraum. Dann öffnet er mir die Beifahrertür – untadelig höflich wie immer. «Eine aus deiner Gruppe?» fragt er, während wir beide dem Motorrad nachsehen, das mit zunehmender Geschwindigkeit eine immer größere Wolke an Auspuffgasen ausstößt.

Rene, die sich mit dem Körper fest an Olivers Rücken preßt, wirkt ungeschickt. Ich winke zurück. «Aus meiner Gruppe?» Ich weiß, was er meint, tu aber so, als wüßte ich es nicht.

«Ich meine deine CND-Kumpel *.»

Kumpel klingt geringschätzig, was beabsichtigt ist. Ich erkläre ihm, daß Rene alle Tugenden besitzt, die mir fehlen. Ein Mädchen mit gesundem Menschenverstand, das glücklich ist, wenn die Welt mit einem Riesenknall explodiert.

«Warum hat Rene denn gesessen?» Er spricht den Namen korrekt zweisilbig aus, aber anders als sie.

«Sie nennt sich ‹Rien›», korrigiere ich ihn.

Stirnrunzelnd steigt er in den Wagen, offensichtlich beunruhigt, daß ich mich mit «unerwünschten Elementen» eingelassen haben könnte. «Eigenständigkeit und Seelenstärke werden dir über die Zeit hinweghelfen», hat er mir erklärt, als ich verurteilt wurde. «Halt dich von den anderen fern, Maeve. Wenn man dir einen Teil der Strafe wegen guter Führung erläßt, müßtest du in spätestens achtzehn Monaten wieder draußen sein. Du wirst sehen, sie vergehen schnell.»

Soll er es doch mal versuchen!

Ich sage ihm, daß Rene sich durch einen Betrug Sozialhilfe erschwindelt hat. «Hätte sie meine Ausbildung gehabt, hätte sie noch eine Menge mehr herausholen können.»

* CND – Atomkraftgegner

Ich reize ihn absichtlich. Ich kann nicht anders. Es tut mir leid. Ich muß an all den alten Spott und Hohn denken. Sogar der Richter hatte es auf mich abgesehen. «Daß eine akademisch gebildete Frau – eine konzessionierte Steuerberaterin – von tadelloser Herkunft – sich zu einem solchen Wahnsinn – zu so sinnlosem Vandalismus und zu solcher Brutalität hinreißen läßt – ist einfach unfaßbar.»

Ich hatte Rene gebraucht, um das in die richtige Perspektive zu bekommen.

«Du bist mitten unter den Mob geraten», sagte sie. «Es wurde mit allem möglichen geworfen. Du wolltest niemanden zusammenschlagen, aber bei den vielen Bullen wäre es ein wahres Wunder gewesen, wenn dir keiner vor die Füße gelaufen wäre. 'ne Menge anderer Leute wurden auch verletzt. Zufall, daß sie dich erwischt haben. Du bist nicht brutal. Du bist nur dämlich.»

Und das war der Beginn unserer Freundschaft. Worte, wie ich sie brauchte – schroff, aber freundlich. Sie halfen mir. Nicht sehr viel. Ich hatte Alpträume. Habe sie noch immer. Werde sie wahrscheinlich immer haben.

«Hoffentlich hat sie das nicht ernst gemeint», sagt Christopher, als er den Motor anläßt.

«Was?»

«Daß sie dich wiedersehen will.»

Ich antworte nicht. Wir haben unsere Adressen ausgetauscht, aber das brauche ich Christopher nicht zu sagen. Worüber redet sie wohl jetzt mit Oliver, wenn es überhaupt möglich ist, sich auf einem Motorrad zu unterhalten. Sagt er ihr zwischen zwei hastigen Atemzügen, daß er sie sehr liebt? Sie schienen sich zu freuen, daß sie wieder zusammen waren.

Nachdem wir eine Zeitlang kaum ein Wort miteinander gewechselt haben, schlägt Christopher vor, wir sollten im *The Wheatsheaf* frühstücken – ungefähr eine Stunde von unserem Londoner Heim entfernt. «Hast du etwas zu essen bekommen, bevor sie dich rausgelassen haben?»

Ich sage ihm, daß ich eine Tasse Tee getrunken habe. Ich sage ihm nicht, daß ich nicht hungrig bin. Er ist es offensichtlich, sonst hätte er nicht daran gedacht. Das letzte Mal haben wir vor vier Jahren an unserem ersten Hochzeitstag im *Wheatsheaf* gegessen. Daran erinnert er sich wahrscheinlich nicht mehr.

Aber er erinnert sich doch.

«Damals haben wir am selben Tisch gesessen», sagt er, als die Kellnerin uns in die grün und goldfarben tapezierte Nische in der Nähe des Kamins führt. Im Morgenlicht wirkt sie protzig und ein bißchen billig.

«Wann?» Wieder tu ich so, als ob ich mich nicht erinnerte.

Er durchschaut mich.

«Maeve – es ist gut. Nur eine schlechte Zeit, die hinter dir liegt.» Er greift herüber und berührt meine Hand. Ich zwinge mich, sie nicht wegzuziehen. Ich möchte weinen und wende das Gesicht ab.

Man bringt mir eine Grapefruit, die ich essen kann. Und ein kleines Stück Toast mit Marmelade. Christopher ißt das volle Programm: Eier, Speck, Wurst. Wenn er unter Stress stand, hat er früher zuviel geraucht. Jetzt ißt er zuviel. Er hat zugenommen, aber es steht ihm. Er ist ein attraktiver Mann. Ich kann ihn jetzt ansehen, als gehörte er mir nicht. Nun ja, das tut er auch nicht. Kein Mensch gehört einem anderen. Ich will damit nur sagen, daß ich ihn ganz objektiv betrachten kann. Er hat gute Züge. Ein bißchen Grau im braunen Haar. Augen, die zu scharf und durchdringend sind, wenn sie einen anvisieren. Bis jetzt habe ich es noch nicht zugelassen.

Er hebt den Blick. Ich sehe weg. «Deine Mutter hat eine Torte gebacken», sagt er.

Das ist eine verblüffende Bemerkung. Meine Mutter hat schon viele Torten gebacken. Sie kann es gut. Tut es gern. Meine Mutter ist häuslich, anders als ich.

«Na und?» sage ich mit einem Schulterzucken.

«Zu deinem Geburtstag», sagt er. «Sie kam gestern damit angefahren.»

«Und ist noch bei uns?» frage ich erschrocken.

«Nein, sie hat sie nur dagelassen. Sie versteht, daß wir eine Zeitlang allein sein müssen.»

Ich denke darüber nach. Allein miteinander ins Bett gehen – nach einer langen Periode der Abstinenz –, auf jeden Fall, was auf mich zutrifft und wahrscheinlich auch auf Christopher. Ich frage mich, wie es sein wird? Ich fühle mich eine Million Jahre von ihm entfernt.

«Sie wird nicht auf dir herumhacken, wenn ihr euch seht.» Er bemüht sich, überzeugend zu klingen. «Die Torte ist so was wie ein Friedensangebot. Nichts mehr von Schmach und Schande und daß dein Vater im Grab rotiert und diesen ganzen Blödsinn.» Er lächelt mir zu, und diesmal begegnen sich unsere Blicke, und wir sind imstande, miteinander zu kommunizieren, einander nicht nur Sätze vorzuwerfen. «Sie nennt, was passiert ist, eine Verirrung», fährt er fort. «Aber auf das Wort kommt es da nicht an, denke ich. Anscheinend hat einer der irischen Vorfahren deines Vaters etwas Ähnliches getan – vor langer Zeit. Das Gen ist daher auf deines Vaters Seite. Die Iren sind eine unberechenbare Gesellschaft.»

Ich könnte jetzt um meinen Vater weinen. Er war sanft und gütig. Nur er würde meine Art von Schuldgefühl verstehen.

Ich frage, wie es Sergeant Sutherland geht.

Christopher schenkt uns beiden Kaffee ein, bevor er antwortet. Ich warte. Voller Angst.

Endlich sagt er es mir: «Seine Augen sind geschädigt, seine Sehkraft ist beeinträchtigt. Der Stein oder was es auch war, mit dem du geworfen hast, hat ihn voll ins Gesicht getroffen. Aber das hast du ja gewußt. Er ist nicht erblindet. Hätte er das Augenlicht verloren, hätte er den Dienst quittieren und in Pension gehen müssen. Er wurde zur Metropolitan Police versetzt. In den Innendienst.» Nach einer Pause fährt er energisch fort: «Du mußt endlich kapieren, daß du's nicht vorsätzlich getan hast, daß es eine reine Reflexhandlung von dir war, als der Rabatz losging. Wärst du nicht bei diesen blöden früheren Konfrontationen in Greenham Common dabeigewesen, wärst du viel glimpflicher davongekommen. Der Richter hat an dir ein Exempel statuieren wollen.»

Ich weise, wie schon so oft, darauf hin, daß es zwischen Langdon Village und Greenham Common keinen Zusammenhang gibt. Er ist anderer Meinung. «Es war in beiden Fällen ein Verstoß gegen die rechtsstaatliche Ordnung.»

Für meinen zivilen Ungehorsam in Greenham Common war ich mit Geldbuße oder ersatzweiser Haft bestraft worden. Obwohl ich ihn gewarnt und ihm gesagt hatte, er dürfe es auf keinen Fall tun, hatte Christopher die Geldbuße bezahlt. Als wir nach Hause kamen, gab es Krach. Er hatte sich dafür entschuldigt, daß er aus dem Ballon meines Egoismus mit einem Nadelstich der Vernunft die Luft herausgelassen hatte. Wenn er wütend war, drischt er fürchterlich alberne Phrasen.

«Ich bin in Langdon geboren», gab ich ihm erbittert zu bedenken. «Ich habe bis zu meinem zehnten Lebensjahr dort gelebt. Ich hatte das Recht hinzugehen. Zu protestieren. Warum sollen sie ein so schönes Fleckchen Erde dazu mißbrauchen dürfen, ihren radioaktiven Abfall zu verbuddeln? Sie waren dabei, das Land für alle Ewigkeit zu vergiften. Man mußte sie daran hindern.»

«Aber nicht mit Gewalt.»

«Wir haben keine Gewalttätigkeiten erwartet. Wir haben nur eine Menschenkette gebildet, um die Bagger nicht durchzulassen. Es war nicht meine Gruppe, die sich mit der Polizei anlegte. Und es waren nicht die Dorfbewohner. Ich weiß nicht, wo die Gewalttätigkeiten ausbrachen. Ein Haufen hirnloser Rowdies mischte plötzlich mit – haben darin wohl eine Abwechslung zu ihren Krawallen in den Fußballstadien gesehen. ‹Kommt, tretet doch mal diesen Antiatom-Freaks in den Hintern, und laßt bei der Gelegenheit auch gleich ein paar Bullen bluten. Mischt sie auf, Jungs, mischt sie auf. Das wird 'n guter, sauberer Spaß.› Jesus, es war, als ob plötzlich ein Sturm losgebrochen wäre.» Meine Hand mit der Kaffeetasse zittert, und ich kann die Tasse nicht auf die Untertasse zurückstellen, ohne gegen den Rand zu stoßen.

Christopher nimmt sie mir ab und tut es für mich. «Du wirst zu emotional. Du steigerst dich zu sehr hinein. Lern endlich, dich zurückzuhalten, laß andere agieren. Du kannst Unaufhaltsames nicht aufhalten. Bei einem Temperament wie dem deinen kann ein soziales Gewissen zum Fluch werden. Du übertreibst immer. Verletzt dich selbst. Verletzt andere.»

«Hast du ihn besucht? Hast du Sergeant Sutherland besucht?»

«Nein. Er würde mich nicht sehen wollen. Und dich auch nicht. Der Brief, den du ihm geschrieben hast, ist zurückgekommen – zerrissen.»

Ich bin nicht überrascht. Es war ein schwacher Brief. Ein unartikuliertes Gestammel des Bedauerns. Ich an seiner Stelle hätte ihn in ätzende Säure getaucht und dann erst zurückgeschickt.

«Hat er ein paar Zeilen für dich beigelegt?»

«Nein.»

«Du hast mir das mit dem Brief bei deinen Besuchen nie gesagt.»

«Ich wollte nicht, daß du dich aufregst. Nicht an einem solchen Ort.»

«Dann weißt du, wie ich mich fühle?»

«Sei nicht albern, Maeve. Selbstverständlich weiß ich das.»
Ein oder zwei Sekunden sehen wir uns wortlos an.

Kurz nach elf waren wir daheim. Unser Haus in Süd-London, verwitterter Stein, auf dem sanft das Sonnenlicht lag, sah sehr einladend aus, bis ich den blauen Ford Granada entdeckte, der hinter dem Strauchwerk halb verborgen am oberen Ende der Zufahrt parkte. Die Presse hatte das Interesse also noch nicht verloren. Ein großer junger Mann stieg auf der Beifahrerseite aus, kam auf uns zugeschlendert und lächelte falsch. Er zückte seinen Presseausweis. Sein Chefredakteur habe ihn geschickt, sagte er, als wolle er die Schuld an seinem unbefugten Eindringen einem anderen in die Schuhe schieben. Er solle mir nur ein paar Fragen stellen und herausfinden, wie ich darauf reagiere, daß ich wieder «draußen» sei. Er werde mich nicht lange aufhalten.

Christopher, weniger aus der Fassung gebracht als ich, da er offenbar so etwas erwartet hatte, erklärte ihm höflich, ich hätte nichts zu sagen und sei ziemlich müde. Und er bat ihn zu gehen.

Der Reporter, der diese Szene schon oft durchgespielt haben mußte, wich und wankte nicht. «Was ist das für ein Gefühl, wieder frei zu sein, Mrs. Barclay?»

Die übliche alberne Frage. Was ist das für ein Gefühl, Sir, Madam, wenn Ihr Haus bis auf die Grundmauern abgebrannt ist – wenn man Sie nach einem Erdrutsch ausgebuddelt hat – wenn Ihre nächsten und liebsten Menschen tot sind? Oder ein bißchen prosaischer – wenn man Sie aus dem Knast entlassen hat?

Ich hätte gern gewußt, was man üblicherweise darauf antwortete, gehorchte jedoch Christophers unausgesprochenem Befehl, sagte nichts und ging ins Haus.

Überlaß es Christopher. Es gibt Zeiten, in denen ich seinen Schutz zu schätzen weiß und mich darin verkrieche wie in einen alten Mantel.

Schon ein paar Minuten später folgte er mir in die Diele und legte mir den Arm um die Schultern.

«Es ist nicht gut, wenn man sich mit der Presse anlegt, aber es gibt Grenzen. Hoffen wir, daß man uns nicht mehr belästigt. Willkommen zu Hause.»

Zuhause.

Ich habe daran gedacht, davon geträumt, mich danach gesehnt, und jetzt, da ich hier bin, ist es ganz anders, kleiner, als ich es in Erinnerung hatte, aber viel eleganter. Aubusson-Teppiche in sanften Farben, schwere Samtvorhänge in Bronze- und Aprikottönen, Waterford-Kristall, antikes Porzellan, unvorstellbar dünn. Ich weiß nicht recht, ob die Bilder an den Wänden mir noch gefallen – hypermoderne willkürlich nebeneinander gestellte Vierecke und Kleckse, mach aus ihnen was du willst, irgend etwas oder nichts. Im Moment – nichts.

Ich spaziere in den Hintergarten, einen privaten Ort, in den Pressefahrzeuge nicht eindringen können. Christopher hat in der Nähe der weißen Winterheide Unmengen roter Tulpen gepflanzt; doch vielleicht hat er auch Walker, den Teilzeitgärtner damit beauftragt. Und der Schuppen ist blitzblank. Die Spinnweben in den Ecken, denen ich nicht einmal in die Nähe kommen konnte, sind weggefegt. Mein Mann ist ein Juwel, das erklärt mir meine Mutter immer wieder. Und die meisten meiner Freundinnen sind ihrer Meinung. Natürlich vergleichen sie uns miteinander, und zu wessen Gunsten der Vergleich ausfällt, ist offensichtlich. Ob sich ihm wohl von den Unverheirateten diese oder jene als Trostspenderin angeboten hat?

Bis jetzt war von Scheidung noch nicht die Rede.

Ich stehe mitten auf dem rauhreifglitzernden Rasen und denke über die Freiheit nach. Ein unvorstellbarer Gedanke.

Ich gehe wieder hinein und streife eine Weile durch das Haus, fahre mit den Fingern über die Bücher im Regal, fasse im Bad die Parfumflaschen, das Talkumpuder, das Badeöl an und stelle fest, daß das Toilettenpapier weich und pastellfarben ist. Ich widerstehe der Versuchung, ein langes, heißes Bad zu nehmen, dusche statt dessen nur schnell und durchforsche dann meinen Schrank, weil ich mich umziehen möchte. Das Kostüm war ein Fehler. «Drinnen» trugen wir Räuberzivil, alles was bequem und leicht war, hauptsächlich Hemden und Jeans. Eine Gefangene, Anna Horden, trug adrette dunkle Kleider mit Stickkragen. Die schöne, schweigsame Anna mit dem verwirrten Blick, die wie eine Madonna aussah, aber gewiß keine war. Ich wähle ein grünes maßgeschneidertes Kleid, das mich an sie erinnert, aber es sitzt genauso schlecht wie das Kostüm. Ich bin schlaff geworden. Sehe so aus wie damals, als ich aus der Schule kam. Nicht dick, aber auch nicht schlank. Im Gefängnis sollte man abmagern und blaß aussehen. Wie ist es möglich, daß ich mich geistig völlig ausgehungert fühle und dennoch so aussehe? Und meine Haut muß auch besser werden. Zwar hat man uns frische Luft nicht vorenthalten, aber meine Haut sieht aus, als müsse sie Sonnenlicht einsaugen. Reagiert man körperlich auf seelischen Druck? O Gott, hör mit der Selbstanalyse auf. Zieh was Hübsches, Loses an. Ich schlüpfe in meine flaumigen Schlafzimmerpantoffeln und den samtenen Hausmantel und gehe so hinunter.

Christopher sitzt im Wohnzimmer. Er hat zwei Gläser Champagner eingeschenkt, wir stoßen mit einer Geste gezwungener Lässigkeit miteinander an und trinken schweigend. Zwischen uns steht eine große Verlegenheit, beinahe Scheu. Wir wissen nicht mehr, wie wir längere Zeit ungezwungen miteinander reden sollen. Früher war es besser, als er mir ständig vorhielt, wie verdammt dumm ich mich benahm. In jeder Hinsicht. Und ich lautstark zurückschrie.

Unsere Ehe ist eine Ehe der Gegensätzlichkeiten. Unsere Ansichten gehen fast in allen wesentlichen Dingen weit auseinander. In den für mich wesentlichen Dingen. An meinem achtzehnten Geburtstag wurde ich Mitglied der CND. Als wir uns ein paar Jahre später kennenlernten und heirateten und ich darauf bestand, weiterhin an den Versammlungen teilzunehmen, lächelte er nachsichtig über meine «Spinnerei». Als er Freimaurer wurde, lächelte ich genauso nachsichtig zurück. Jetzt ist unser Lächeln schon ziemlich fadenscheinig geworden.

Als ich in Greenham Common den Draht durchschnitt, muß ihm das furchtbar peinlich gewesen sein. Und als man mich nach Langdon festnahm und einsperrte, war es für ihn bestimmt die reinste Hölle. Wie hat nur er auf das Mitgefühl seiner konventionellen, gesetzestreuen Freunde reagiert? Mit einem Schulterzucken? Einem müden Lächeln? Ich sage ihm als eine Art verspäteter Entschuldigung, daß es für ihn nicht leicht gewesen sein kann, als ich «nicht da» war. Was für eine hübsche, saubere sprachliche Beschönigung, dieses «Nicht da». Er antwortet ein bißchen bitter, in einer Ehe gebe es eben gute und schlechte Zeiten. «Lassen wir Vergangenheit vergangen sein. Vergiß sie.»

Unmöglich.

Wir fürchten uns beide davor, tiefer zu schürfen, also packe ich meine Geburtstagsgeschenke aus und lese die Glückwunschkarten.

Er schenkt mir einen Smaragdring. Hübsch. Ich stecke ihn an. Er betont, wie rauh meine Hände, wie ungepflegt die Fingernägel sind. Er bemerkt es, und ich fühle sein Mitleid. «Du mußt es drin sehr schwer gehabt haben.» Es hätte schlimmer sein können, sage ich ihm. «Wir mußten oft unangenehme Arbeiten verrichten, aber viele Wärterinnen waren wirklich nett. Und es gab Kunstkurse und eine Bibliothek.» Die Zeiten der Angst, die plötzlichen hysterischen Tobsuchtsanfälle, die Feindseligkeiten und kleinlichen Eifersüchteleien lasse ich unerwähnt. Niemand «hackte» auf mir herum, aber daß die Presse immer wieder über meine Herkunft geschrieben und dabei blödsinnig übertrieben hatte, war für mich nicht sehr hilfreich gewesen. Wie man emotional auf die Haft reagiert, ist schwer zu beschreiben, und es ist besser, darüber hinwegzugehen. Christopher braucht nicht zu wissen, wie es wirklich war. Mein Schmerz gehört mir, ich werde ihn nicht damit belasten.

Er lenkt meine Aufmerksamkeit auf die übrigen noch ungeöffneten Geschenke. «Komm, Maeve. Wir wollen den heutigen Tag feiern. Schau doch mal nach, was du bekommen hast.» Er ist nett und taktvoll.

Meine Mutter schenkt mir ein weißes Seidennachthemd, üppig mit Spitzen und noch üppiger mit versteckten Anspielungen garniert. «Hier, Liebling», höre ich sie förmlich sagen. «Du warst sehr dumm, aber du hast für deine Dummheit bezahlt, also geh, und liebe deinen wundervollen Ehemann, und sorgt dafür, daß ihr ein Baby bekommt.»

«Sehr jungfräulich», sage ich zu Christopher. «Ganz ‹flitterwöchnerisch›.»

Er lächelt. «Wann hast du je ein Nachthemd getragen?»

Im Gefängnis immer, denke ich. Aber keins wie dieses.

2

Ins Gefängnis zu gehen, ist ein Kulturschock. Herauszukommen ist auch einer, mit entgegengesetzten Vorzeichen. Während der beiden letzten Wochen war meine Privatsphäre das Wichtigste für mich. Ich schließe das Badezimmer ab, während ich mich in der Badewanne aale. Sehr gern hätte ich auch die Schlafzimmertür abgeschlossen und mir ganz allein den Luxus des Doppelbetts gegönnt. Doch das konnte ich nicht. Handlungen können als Aussagen gewertet und Aussagen mißverstanden werden. Christopher sieht in einem Frauengefängnis eine Brutstätte für Lesbierinnen. Einige Frauen ware unverkennbar Lesben, besonders die dominanten Partnerinnen. Ich erinnere mich, daß Maggie, die wegen Brandstiftung einsaß und mit ihrem blonden Bürstenschnitt und den muskulösen Beinen sehr nach kesser Vater aussah, die Arme um Anna legte und Anna in entsetzter Abwehr zu erstarren schien. Maggie hatte die Zurückweisung schwer getroffen, und sie war gekränkt abgezogen. Ein paar Frauen, die zugesehen hatten, lachten. Zwei Menschen waren verletzt worden, und da schien mir ein Lachen fehl am Platz. Rene und ich mußten uns von Zeit zu Zeit nachdenklich fragende Blicke gefallen lassen. Waren wir nun ein Liebespaar oder nicht. Sie fand das komisch, und ich lernte es zu übersehen. Wir brauchen beide unsere Männer.

Und deshalb liebten Christopher und ich uns an meinem ersten Abend daheim. Und weil mein Körper nach Sex ausgehungert war, reagierte er. Der Orgasmus war nicht vorgetäuscht. Ich fand jedoch keine Liebesworte. Ich versuchte es nicht einmal. Christopher hatte nie viel gesprochen, wenn wir miteinander schliefen, also merkte er es wahrscheinlich gar nicht. Er schlief hinterher schnell ein, und ich stand auf und machte mir in der Küche etwas Milch heiß. Die Nacht ist schön, wenn niemand sonst da ist. Man hört das Ticken der Uhr und das sanfte Rauschen des Regens.

Meine Geburtstagstorte stand unangeschnitten auf einer Arbeitsplatte, und ich schnitt mir ein Stück ab. Meine Mutter hatte sie sehr sorgfältig mit Zuckerguß überzogen – dünne weiße Linien auf Blau und Weiß. Sie sahen wie Gitterstäbe aus und erinnerten mich an Holloway. Die Sicherheitsmaßnahmen im offenen Gefängnis von Chornley fielen nicht so ins Auge. Besucher sahen saubere Rasenflächen und Blumenbeete, die ein viktorianisches Gebäude aus rotem Ziegel umgaben, und waren zufrieden. Das Innere war in eine moderne Institution für Gefangene umgebaut worden, die ein geringes Risiko darstellten. Der Käfig mag äußerlich vergoldet scheinen, doch intern war er höchst funktional. Ein frei fliegender Vogel wäre auf meiner Torte eine passendere Dekoration gewesen. Da ich meine Mutter kenne, weiß ich, daß ihr ein solcher Gedanke nicht gekommen war. Sie hat keine Phantasie, meine Mami. Eine glückliche Frau.

Sie besuchte mich am Tag nach meiner Rückkehr, und nachdem sie mich geküßt und mir gesagt hatte, ich sähe blaß aus, standen wir uns ein paar Sekunden stumm gegenüber. Es ist schwierig, eine Zeitspanne zu überbrücken, wenn das Wasser unter der Brücke getrübt war. Sie war die erste, die sich faßte, und schwatzte taktvoll eine Menge banales Zeug, ehe sie auf das Hauptthema zu sprechen kam. Wir tranken im Wohnzimmer Kaffee, als sie mir die *Daily Mail* reichte. «Sie haben ein Bild von dir gebracht, Liebling. Da es weder im *Telegraph* oder im *Guardian* erschienen ist, hast du es wahrscheinlich noch nicht gesehen.»

Der Reporter muß aus seinem Wagen heraus fotografiert haben, als wir aus unserem ausstiegen. Ich bin im Profil zu sehen und mache einen so selbstsicheren und ruhigen Eindruck, als käme ich aus dem Urlaub in einem todschicken Hotel zurück. Christopher, der hinter mir steht, sieht müde und verhärmt und viel älter als siebenunddreißig aus. Man könnte ihn für meinen Vater halten.

CND-Mitglied frei lautet die Bildunterschrift, und darunter ist ein kurzer Artikel:

> CND-Aktivistin Maeve Barclay (27) war gestern nach ihrer Entlassung aus dem offenen Strafvollzug in Chornley zu keinem Statement bereit. Zu 18 Monaten Haft verurteilt, nachdem sie bei einer Anti-Atom-Demo in Langdon Village vor zwei Jahren einen Polizeisergeant verletzte, verbrachte die elegante blonde Karrierefrau den ersten Tag in Freiheit in der Isolation der imposanten georgianischen Villa ihres Ehemannes, eines Börsenmaklers, und lehnte es ab, mit der Presse zu sprechen. Sergeant Robert Sutherland (48), verheiratet, zwei kleine Kinder, erlitt schwere Augen- und Gesichtsverletzungen.

Ich setzte mich auf die Fensterbank, und mir war übel. Kinder. Zwei kleine Kinder. Das hatte mir niemand gesagt. Hatte ich auch ihr Leben zerstört? In der Luft hing das schwere Parfum, das meine Mutter benutzt, und das alte panikartige Gefühl, nicht mehr atmen zu können, zwang mich zu ein paar schnellen, flachen Atemzügen.

Sie setzte sich neben mich und tätschelte mir die kalte Hand. «Du hast mit Publicity rechnen müssen, als sie dich einsperrten, und jetzt, da du draußen bist, müßte sie eigentlich ein Ende haben. Es hätte schlimmer sein können. Sie nennen dich nicht mehr nur ‹Barclay›. Elegante Karrierefrau ist nicht herabsetzend, und das Foto ist hübsch...»

«Ich wußte nicht, daß er Kinder hat...»

«In einigen Zeitungen hat es damals gestanden. Christopher und ich haben die meisten von dir ferngehalten. Hast du gemerkt, daß sie ihn Börsenmakler und dieses Haus eine imposante georgianische Villa nennen?»

«Was es nicht ist.» (Wie alt sind seine Kinder. Wie klein ist klein?)

«Nun, es ist gewiß nicht klein, und es ist georgianisch. Du bist doch nicht so naiv, daß du nicht verstehst, worauf sie hinauswollen. Wenn eine Frau deiner Herkunft sich wie eine Schnepfe aufführt, macht das Schlagzeilen. Wenn eine Schnepfe mit Pflastersteinen wirft, beachtet es keiner. Von ihr erwartet man nichts anderes, weil sie's nicht besser weiß.»

Ich bemühe mich, nicht mehr an die Kinder zu denken und mich auf das zu konzentrieren, was sie sagt. Schnepfe, erkläre ich ihr, ist ein amerikanischer Ausdruck für Hure, und ist sie wirklich der Meinung, daß alle weiblichen CND-Mitglieder Callgirls aus dem Big Apple* sind? Lady Mary Jewson, zum Beispiel, zur Zeit Vorsitzende des Bezirksausschusses?

Meine Mutter weiß genau wie ich, daß Mary eine überzeugte Tory und in jeder Hinsicht eine Konformistin ist – außer in dieser einen – und als Magisterin der Naturwissenschaften genug Verstand besitzt, um jede Opposition, gleich welcher Couleur oder Weltanschauung in Grund und Boden zu argumentieren.

Sie wechselt das Thema und schlägt vor, Christopher und ich sollten irgendwo im Ausland einen hübschen, kleinen Urlaub machen. Ich sage ihr, ich müsse mich erst einmal daran gewöhnen, hier zu sein, bevor ich mich daran gewöhnen kann, mich woanders aufzuhalten – und wo haben ihrer Ansicht nach Sergeant Sutherland und seine Familie ihre hübschen kleinen Urlaube verbracht, seit er durch meine Schuld fast erblindet ist?

* Big Apple: Spitzname von New York

Mutter ignoriert das und erwähnt die glückliche Zeit, die wir ein Jahr vor meines Vaters Tod mit ihm in Portugal erlebten. «Du warst damals sechzehn. Hast gut gelernt. Er war sehr stolz auf dich.»

Ich liebe ihn in der Erinnerung noch immer, und das Eis in meinem Innern schmilzt ein wenig, wenn ich an ihn denke. Er war ein lässiger Katholik, und ich bin nichts – nicht einmal Agnostikerin –, aber wir verstanden beide, was in Fatima geschehen war, als wir die Pilger auf den Knien zum Heiligtum rutschen sahen. «Wir passen unsere Strafen unseren Bedürfnissen an», sagte er mir damals. Er hatte recht. Ich habe das Gefängnis gebraucht. Es hat mich nicht bitter gemacht. Es hat die Oberfläche meines Schmerzes angeritzt. Ohne das Gefängnis hätte ich mich vielleicht noch viel schlimmer verletzt.

All das läßt sich nur schwer ausdrücken, und man kann kaum darüber sprechen. Egal mit wem.

Die Folge des Artikels in der *Mail* waren viele Briefe – ein paar von Leuten, die mich kannten. In den meisten wurde ich verdammt. Einige waren freundlich. Einer war so bösartig, daß ich mich erbrach. Von da kümmerte sich ausschließlich Christopher um meine Post, und ich war froh darüber. Er zerriß alle Briefe, auch die positiven, wie ich vermute. Er teilte nicht die Meinung der Leute, die meine Meinung teilten, und beschützte mich daher vor allen. Er konnte jedoch nichts gegen die – wie er sie nannte – «blühenden Huldigungen» tun. Die meisten kamen von Leuten aus Langdon Village. Ich stellte sie in jede erreichbare Vase und ignorierte ihn, als er erklärte, ich verwandelte das Haus in eine Friedhofshalle.

Man bekommt auch im Krankenhaus Blumen. Manchmal werden Leute gesund. Irgendwann will man nicht mehr sterben.

Gestern ist zweierlei passiert. Ich fuhr mit dem Wagen – dem Mini, der mir allein gehört – auf die Straße, und der Verkehr hat mich so nervös gemacht, daß ich fast sofort wieder umkehrte. Verkehrspolizisten regen mich auf. Die Möglichkeit eines Unfalls jagt mir entsetzliche Angst ein. Ich muß mir eine stille Straße suchen und wieder lernen, sicher mit dem Wagen umzugehen.

Die zweite Sache war auf andere Weise beinahe genauso traumatisch. Ich war bei meiner ersten Dinnerparty als ehemalige Strafgefangene. Christopher scheint zu denken, daß ein Sprung in die Gesellschaftsszene weniger Wirbel macht, wenn der Teich ziemlich voll ist. Diesmal waren jedoch nicht so viele Gäste da, wie wir erwartet hatten. Paul und Samantha bauen gewöhnlich ein Büffet auf, um das man mit einem Drink herumwandern, sich unter die Leute mischen kann oder nicht und sogar unauffällig verschwinden kann, wenn man will. In ihrem Penthouse haben dreißig Platz. Gestern abend waren es nur acht, und wir saßen einander Aug in Auge an einem ovalen Tisch gegenüber, sehr förmlich und sehr höflich. Ich war, wie man freundlich andeutete, wieder in Gnaden aufgenommen, als sei ich nie weggewesen. Daß mir achtzehn Monate ihres Lebens entgangen waren und ich die meiste Zeit nicht wußte, wovon sie redeten, merkten sie zuerst gar nicht. Annie hatte sich scheiden lassen. Louella eine Fehlgeburt gehabt. Laut Paul, der um diese Zeit schon zuviel getrunken hatte, war ich Opfer eines Justizirrtums. Daraufhin verstummten alle. Und alle sahen mich an. Christopher wurde rot und murmelte etwas, das so ähnlich klang wie: «Lassen wir das, ja?» Man ignorierte ihn. Ich fingerte an meiner kleinen Perlenkette herum, die genauso unauffällig war wie das graue Seidenkleid, das ich trug, und sagte so gelassen ich konnte, daß das Urteil unter den gegebenen Umständen gerecht gewesen sei.

Louella, die neben mir saß und intensiv nach *Ysatis* von Givenchy duftete, erklärte, es müsse schlimmere Erfahrungen geben. «Ich meine, der Knast ist auch nicht mehr das, was er früher war, oder?» Sie lächelte, aber ihre stark mit malvenfarbenem Lidschatten geschminkten Augen waren kalt. «Ich weiß nicht, wie es früher war», sagte ich. «Weißt du es denn?»

Ihr Lächeln wurde starr, und sie warf ihre lange blonde Mähne zurück. «Ach, komm schon, Maeve! Wenn einem so was zustößt, muß man vernünftig sein – alles in die richtige Perspektive setzen und so. Ich meine, du wurdest nicht geschlagen, bist nicht verhungert, man hat dich nicht in Einzelhaft gesperrt oder so was. Ich wette, du hast dich stundenlang auf der Couch eines Gehirnklempners geaalt, während er dich durch und durch analysierte. Und erzähl mir bloß nicht, daß ihr Weihnachten keine Pute und keine Party hattet. Okay, es waren lauter Frauen, und das kann nicht gut gewesen sein, aber abgesehen davon, ist dir nichts Schreckliches passiert, oder?»

O nein, dachte ich, überhaupt nichts Schreckliches. Die kleine, magere Prostituierte Deirdre hat sich mit einer Glasscherbe die Pulsadern aufgesäbelt, nachdem sie einen Brief von ihrem Zuhälter gelesen hat. Nur die Wärterinnen haben gewußt, was drinstand. Sie haben Deirdre zu spät gefunden.

Eines von den einfältigen Mädchen – geistig zurückgeblieben in deinen Augen, Louella – hat sich nach einer lesbischen Beziehung eingebildet, sie sei schwanger und wollte abtreiben, was nicht da war. Vielleicht nicht weiter tragisch. Aber schlimm genug. Sie hat sich den Gebärmutterhals perforiert.

Und dann die Drogenabhängigen – ein Haufen verlorener, kranker Kids und auch älterer Frauen. Du hättest ihr zerstochenes Fleisch sehen sollen, Louella, die Farbe ihrer Haut, den Ausdruck ihrer Augen. Sie hatten an der Nadel gehangen und sollten mit Methadon vom Heroin loskommen. Oder zum Teil loskommen – wer weiß das schon?

Und manchmal schrie jemand in der Nacht. Nein – keine Brutalitäten, ganz einfach aufgestaute Verzweiflung. Frauen, die sich nach ihren Kindern sehnten. Nach ihren Familien.

O nein, Louella, du fettes, durchgestyltes Miststück im grünen Samtkleid, nichts Schreckliches. Du wärst hingerissen gewesen.

Sie wartete auf eine Antwort. «Nenn mir nur eine einzige furchtbare Sache, über die du dich in unserer aufgeklärten Zeit mit Recht beschweren könntest.»

«Nun», sagte ich, «das Toilettenpapier war ziemlich rauh.»

Während des ziemlich verlegenen Lachens, das meiner Erklärung folgte, gelang es mir, mich so ungeschickt zu bewegen, daß ich mein volles Rotweinglas umwarf. Der Wein landete zu meiner großen Zufriedenheit auf ihrem Schoß.

Ihr war natürlich klar, daß ich es absichtlich getan hatte. «O Scheiße!» Ihre Augen funkelten mich wütend an.

Meine funkelten zurück, aber meine Stimme klang so lieb und arglos wie überhaupt möglich. «Das haben sie drin auch immer gesagt. Aber dort war es meist angebracht.»

Es regnete, als wir die Party verließen, und als ich neben Christopher im Wagen saß und die Scheibenwischer beobachtete, die über die Windschutzscheibe huschten, wartete ich innerlich gespannt auf die Strafpredigt. Statt dessen war er jedoch meinetwegen wütend. «Tut mir leid, daß du dem ausgesetzt warst.» Ich sagte ihm, er solle sich keine Sorgen machen. Der Abend war für Louella schlimmer verlaufen. «Es war ein Designer-Kleid und ein paar hundert Pfund wert.»

Sein Mitgefühl mit mir ebbte ganz offensichtlich ein bißchen ab. Es ist durchaus akzeptabel, seine Gegnerin mit Wein zu beschütten, wenn die Kampfeslust den Adrenalinspiegel hochtreibt, aber sich hinterher damit zu brüsten, ist unzivilisiert.

Christopher hat sich, wie ich feststelle, für mich auf dem Arbeitsmarkt umgehört, während ich «drin» war. Die Direktoren meiner alten Firma wollten mich nicht mehr, und unter den gegebenen Umständen kann ihnen niemand vorwerfen, sie handelten unfair, weil sie mich entlassen haben. Anscheinend sind auch andere Firmen in der City, mit denen Christopher in Geschäftsverbindung steht – oder in denen er persönliche Bekannte hat –, nicht unbedingt erpicht darauf, mich einzustellen. Sie hatten ihm zu verstehen gegeben, mit der Zeit werde sich ihre Haltung möglicherweise ändern. Inzwischen könne ich mich doch selbständig machen, meinen sie. Freunden bei der Einkommensteuererklärung und der Mehrwertsteuer helfen und so weiter. Das ist natürlich Unsinn. Wer würde mir schon seine finanziellen Geheimnisse anvertrauen? Als ich in der City arbeitete, war ich nur eine Unterschrift auf einem Stück Papier. Ein Teil des Geldautomaten. Unpersönlich. Und so wollen es die Leute haben.

Unsere eigenen finanziellen Verhältnisse sind so gesund, daß es nichts ausmacht, wenn ich nichts zu unserem Einkommen beitrage. Christopher spielt versteckt darauf an, daß es jetzt vielleicht die richtige Zeit wäre, an Kinder zu denken. Wenn er energisch und überzeugend erklärte, daß dies ganz bestimmt die richtige Zeit sei, um ein Kind zu bekommen, könnte er es schaffen, mich zu überzeugen. So aber weiß ich nicht recht. Man entscheidet sich nicht für ein Kind, weil man keinen Job bekommt und nichts anderes zu tun hat.

Nichts anderes zu tun – nur nachzudenken.

Mit der Psychoanalyse hatte Louella unrecht gehabt. Wenn es im Knast einen Seelenklempner gegeben hat, hatte ich ihn nicht zu sehen bekommen. Ich weiß nur, daß da jemand war, den sie «Berater» nannten – möglicherweise ein Euphemismus. Mich hat nie jemand beraten. Mir wäre eine Konfrontation nur recht gewesen. Eine Möglichkeit, meine Aggression auf andere Art loszuwerden. So denke – fühle – ich, Sir oder Madam. Graben Sie tief und holen Sie die Gründe ans Licht, damit ich sie widerlegen kann. Ich entschuldige mich für nichts, außer dafür, daß ich diesen Mann verletzt habe.

Rene war meine Vertraute. Na ja, vielleicht ist das nicht das richtige Wort. Ich glaube, sie hat mir nicht oft zugehört. Sie hat mich nie verurteilt, mir nie beigepflichtet. Bei ihr hatte ich es nie nötig, mich irgendwie zu rechtfertigen. Und sie versuchte es gar nicht erst. Wir seien Schwestern im Verbrechen, sagte sie einmal sehr vergnügt zu mir, also was, zum Teufel? Während meiner ersten Wochen im Knast nahm sie mich gewissermaßen bei der Hand wie ein Heiliger Bernhard, der einen widerstrebenden Reisenden durch eine sibirische Wüste führt. Sie hatte schon früher gesessen und kannte die Fußangeln und die Fallen. Ich denke, es amüsierte sie, die Beschützerin zu spielen.

Meine Freunde hier sind von anderer Art. Die politisch auf meiner Linie liegen, haben Abstand gehalten. Ich habe das Image des Friedens ein bißchen beschmutzt. Mein persönlicher Gewaltakt sei mir vergeben, aber wir wollen nichts überstürzen, Maeve, wir brauchen ja nicht gleich weiterzumachen, wo wir aufgehört haben, lassen wir erst ein bißchen Gras darüber wachsen. Komm ruhig wieder zu den Versammlungen, Maeve, meine Liebe, sagte einer, aber nur wenn du dich bereit fühlst.

Mit anderen Worten, wenn du dich beherrschen kannst. Wieder bei Verstand bist. Normal.

Und meine anderen Freundinnen? Die, mit denen ich Squash gespielt habe, ins Theater gegangen bin? Sophie, Malcolm und Jane, Terry? Dahin, dahin sind sie, die alten vertrauten Gesichter, wie es in einem Gedicht heißt.

Also bin ich allein, wonach ich mich sehnte, als ich drin war, und ich bin so verdammt gelangweilt und langweilig, daß das Leben mit mir die Hölle sein muß.

Christopher ist sehr geduldig.

Mit der Zeit wird bestimmt alles besser, sagt er. Eine unglückliche Wortwahl. Er merkt es und lächelt ein bißchen schief.

3

Manchmal frage ich mich, ob Rene und ich uns tatsächlich die Mühe gemacht hätten, wieder Verbindung aufzunehmen, hätten wir uns vor dem Kaufhaus in der Oxford Street gegenseitig nicht fast umgerannt. Wahrscheinlich nicht. Sie nannte die Umstände unseres Zusammentreffens einen glücklichen Zufall. Für sie war es das in diesem Augenblick wirklich.

Sie ließ sich, als sie rasch und energisch den Laden verließ, nicht anmerken, daß sie mich kannte, und schob sich an mir vorbei, bevor ich «Hallo» sagen oder einen anderen Gruß anbringen konnte. Als sie ein paar Schritte weitergegangen war, legte ihr eine untersetzte Frau von ungefähr Fünfzig, die durchaus nicht die biedere Hausfrau im braunen Kopftuch und grauen Regenmantel war, die sie zu sein schien, die Hand auf den Arm. Es folgte eine Unterhaltung, die so leise geführt wurde, daß ich sie nicht verstehen konnte, und Rene wurde energisch in den Laden zurückgeführt. Die Szene war eindeutig. Hätte ich nicht gemerkt, daß meine Einkaufstasche plötzlich viel schwerer war als vorher, wäre ich vielleicht in der Nähe geblieben, um zu sehen, was ich eventuell tun konnte. So war es wohl am besten, wenn ich machte, daß ich nach Hause kam. Schnell.

Das Telefon klingelte, als ich durch die Haustür trat.

Rene hörte sich sehr vergnügt an. «In deiner Einkaufstüte von Harrods steckt ein Dinosaurier», sagte sie. «Er hat einen beweglichen Unterkiefer und einen beweglichen Schweif, mit dem er wedeln kann. Wann darf ich ihn abholen?»

«Wovon, zum Kuckuck, redest du?» Was es auch sein mochte, ich freute mich riesig, ihre Stimme zu hören. «Werden sie dich anzeigen? Du mußt verrückt sein. Geht es dir gut?»

Nein, sie werde nicht angezeigt, sprudelte sie fröhlich heraus. Sie hatten ja nichts bei ihr gefunden. Und sie hatte dem Kaufhausdirektor frech erklärt, daß man sie für die erniedrigende Behandlung eigentlich entschädigen müßte. Er hatte sich entschuldigt.

Mir fiel ein, daß sie mich zu ihrer Komplizin gemacht hatte. Ich sagte es ihr auch. Aber ohne Groll.

«Oh, ich hätte natürlich alles zugegeben, wenn die alte Hexe was gemerkt hätte», sagte sie beschwichtigend. «Ich hätte dich in nichts hineingezogen, Maeve. Aber du warst nun mal zufällig da.»

So geht es im Leben eben zu, nehme ich an. Manchmal kommt es in Fahrt und gerät außer Kontrolle. In dieser Zeit ließ ich es gern zu. Rene war besser als Valium oder Alkohol. Sie hatte mir den seelischen Schubs gegeben, den ich brauchte. Aber ein Dinosaurier?

Sie wollte mich am nächsten Tag besuchen und einen Bissen bei mir essen. Christopher lunchte in der Stadt und brauchte es nicht zu erfahren.

Der Dinosaurier, komplett mit Batterie, kostete siebzehn Pfund, stellte ich fest. Er war niedlich. Ich spielte auf dem Küchentisch damit, bis ich Christophers Wagen die Zufahrt heraufkommen hörte, versteckte das Spielzeug schnell im Schuhschrank und begrüßte meinen Mann mit einem Lächeln.

Er war leicht überrascht. «Was Besonderes los?»

«Was meinst du?»

«Du siehst glücklich aus.»

Es klang sarkastisch, war aber nicht so gemeint.

Das Gefängnis ist ein Gleichmacher. Man steht auf der gleichen Ebene wie alle anderen. Hinterher zeigen sich die Risse, und sie werden immer breiter, wenn man es zuläßt. Ich hatte mich riesig darauf gefreut, Rene wiederzusehen, doch wir hätten uns lieber zu einem Imbiß aus Brot und Käse und einem Glas Bier in einer Kneipe treffen sollen, anstatt bei mir. Erstens hatte sie Schwierigkeiten, unser Haus zu finden. Von der Bushaltestelle in die Beeches Avenue sind es zehn Minuten, aber Rene stieg an der falschen Haltestelle aus. Vierzig Minuten später als erwartet, ging ich ihr entgegen, um sie zu begrüßen, als sie sich erhitzt und sauer die Zufahrt heraufschleppte.

«Verdammte Ein-Mann-Busse!» beschwerte sie sich. «Keiner sagt dir was. Hoffentlich hast du einen Eintopf gemacht oder sonst was, das nicht verkochen kann.»

Ich sagte ihr, es gebe einen kalten Lunch. Räucherlachs und Salat.

«So also wohnen die Bonzen.» Sie warf einen Blick über den Rasen. «Na, wenigstens siehst du die Wäsche deiner Nachbarn nicht.»

«Wenn sie schmutzig genug ist, sieht man sie meilenweit», sagte ich. «Von meiner redet man noch jetzt.»

Sie brauchte ein paar Sekunden, um zu begreifen, daß ich es nicht wörtlich meinte.

Sie mußte auf die Toilette, und ich brachte sie ins Badezimmer im ersten Stock, nicht in den Garderobenraum neben der Diele. Der Garderobenraum wäre vielleicht besser gewesen. An einem zu großen Bissen meines ziemlich protzigen Hauses hat man schwer zu schlucken. Sie musterte die kunstvollen vergoldeten Armaturen und die Seife, die albernerweise auf einem Schwan aus Kristall lag, sagte jedoch nichts. «Nicht mein Geschmack», entschuldigte ich mich. «War alles schon da, als wir einzogen.»

Als sie zehn Minuten später zu mir in die Küche kam, wischte ich die französische Salatsoße auf, die ich umgeworfen hatte.

Rene half mir beim Aufwischen.

Sie hat eine seelische Antenne. Im Gefängnis warf ich Sachen um, wenn ich im Stress war. Was oft passierte. Daß ich jetzt Angst hatte, muß sie verwirrt haben. Ich wollte, daß dieses Treffen gutging. Warum es mir so viel bedeutete, weiß ich nicht. Vielleicht weil ich mich von allen anderen im Stich gelassen fühlte. Ich hatte keinen Menschen, mit dem ich reden konnte. Mit ihr hatte ich immer reden können. Heute war es schwierig.

Sie reichte mir den Wischlappen.

«Es ist in Ordnung, oder?» fragte sie.

Was? Der von Salatsoße gesäuberte Fußboden? Diese komplizierte Erneuerung einer Freundschaft?

«Es ist gut», sagte ich vage. «Alles ist gut.»

Sie zuckte mit den Schultern. «Kann ich dir irgendwas tragen helfen, oder essen wir hier?»

Ich hatte den Tisch nicht im Speisezimmer, sondern lieber im Wintergarten gedeckt. Heute strömte die Sonne herein. «Wenn es dir dort drin nicht zu hell ist.»

«O du meine Güte», sagte sie, als sie hinter mir herkam, «ziemlich super – das.» Ich wußte nicht, ob sie die Korbmöbel oder den Blick auf den Obstgarten meinte.

Ich sagte ihr, daß Christopher und ich im Sommer meistens hier aßen, es sei denn, wir hatten Gäste oder es goß in Strömen. «Es ist gemütlich für zwei.»

«Habt ihr's denn gemütlich, Christopher und du?»

Hätte jemand anders diese Frage gestellt, hätte ich sie übelgenommen – ihr mehr Bedeutung beigemessen, als dahintersteckte. Rene hatte nie tiefschürfende Fragen gestellt. Es war vermutlich nur so eine Bemerkung. Trotzdem antwortete ich ernst mit einem Zitat von ihm: «Alles muß sich erst wieder einspielen. Das braucht seine Zeit.»

Sie warf mir einen langen, nachdenklichen Blick zu.

Bei ihr hatte wahrscheinlich alles sofort geklappt. Eins, zwei, drei, klick. Wieder im warmen, zerwühlten Ehebett. Kein falscher Ton. Totale Akzeptanz auf beiden Seiten. Wunderbar.

Ich fragte, wie es Oliver ging.

«Oh – gut. Ist im Moment arbeitslos, doch das ist ja nichts Neues.»

«Was macht er?» Das klang wie ein Quiz. «Ich meine, was kann er?»

Sie betrachtete zweifelnd den Räucherlachs und beträufelte ihn mit Zitrone, bevor sie sich Salat nahm. «So ziemlich alles, zu dem man keine Ausbildung braucht. Gelegenheitsarbeiten. Was macht dein Christopher?»

Es fiel mir jetzt erst auf, daß wir während der langen Monate, die wir uns gekannt hatten, nie nach unseren persönlichen Verhältnissen gefragt hatten. Unsere Männer waren unerreichbar und daher unwichtig, bewegten sich in ihrer Umgebung, während wir unsere ertrugen.

Börsenmakler und Gelegenheitsarbeiter – der Unterschied war zu groß, man konnte nicht ungezwungen darüber sprechen – wenigstens jetzt noch nicht. Später, wenn wir uns wieder so nahe gekommen waren wie früher, würde solcher Unsinn keine Bedeutung mehr haben. Ich sagte, er verkaufe Verschiedenes.

«Was zum Beispiel?»

«Aktien, Effekten, Wertpapiere.»

«Du meinst Geld.»

«Ja, das Geld anderer Leute.» Ich sagte, es sei so kompliziert, es zu erklären, daß ich es selbst nicht so recht verstünde.

«Aber du bist Steuerberaterin», sagte sie hartnäckig.

«Jetzt nicht mehr», antwortete ich. «Niemand will mich haben.»

«Mich auch nicht», sagte sie verständnisvoll. «Das ist schon hart, nicht wahr?»

Obwohl man die Art, wie sie es sagte, als «amüsant» bezeichnen konnte. Nun – amüsant, wenn man es auf mich bezog. Renes gesunder Menschenverstand hatte etwas von Schmirgelpapier. Zuerst rieb er einen wund. Ich wartete auf das nächste Stadium – den Balsam. Es kam nach dem Lunch, nachdem sie mir beim Abspülen geholfen hatte. Wir nahmen den Kaffee ins Wohnzimmer mit – ihr Vorschlag. «Ich möchte das ganze Haus sehen.»

Sie betrachtete den Raum forschend, ungefähr so, wie ich an dem Tag im Februar, an dem ich aus dem Gefängnis entlassen worden war. «Das also», sagte sie endlich, «bist du.»

Ich war auf Abwehr eingestellt. «Genausoviel oder sowenig wie du deine Wohnung bist.»

«Es ist verdammt viel von mir drin. Und für das meiste an mir kann ich nichts.»

«Ebensowenig wie ich.»

«Täusch dich nicht selbst.» Sie ging in die Hocke, lehnte sich mit dem Rücken ans Sofa und zeichnete mit beiden Händen das Muster des chinesischen Teppichs nach. «Du hast alles, Maeve. Also – wo fehlt's?«

Sie wollte es wissen, deshalb versuchte ich es ihr zu erklären. Das Gefängnis hatte mich aus der Bahn geworfen. Das konnte niemand nachfühlen, der nicht schon «drin» gewesen war. Nur sie konnte verstehen, was es bedeutete. Sie war gut zu mir gewesen. Ihr konnte ich meine Alpträume erzählen. Ich hatte sie noch immer. «Du», schloß ich, «hast niemanden verletzt. Wenigstens nicht körperlich.»

Sie zuckte mit den Schultern. «Du hättest den Bullen mit dem Wagen überfahren können. Es wäre genauso ein Unfall gewesen. Was würdest du dann empfinden?»

«Das ist nicht relevant. Es ist nicht so passiert.»

«Nun», sagte sie, «du hast nichts geplant, nichts vorsätzlich getan. Ich schon.»

Renes vorsätzlich geplante kriminelle Aktivitäten hatten mich zu keiner Zeit schockiert. Als ich mit ihr im Knast saß, war ich zu erschüttert über das, was ich Sergeant Sutherland angetan hatte, um moralisch zu verurteilen, was ich für ein viel geringfügigeres Vergehen hielt. Sie stahl. Ich hatte einen Menschen zum Krüppel gemacht. Ich hätte jederzeit ihre Tat und ihr Gewissen gegen meine Tat und mein Gewissen eingetauscht.

Und als ich mit ihr sprach, empfand ich noch genauso.

«Du bist Idealistin», sagte Rene, «das ist der Jammer mit dir.»

Damit war sie so völlig auf dem Holzweg, und es klang, aus ihrem Mund kommend, so ungewöhnlich, daß ich keinen Ton mehr sagte.

Da sie das Thema für abgeschlossen hielt, schlug Rene vor, ich sollte Waynes Spielzeug holen. «Und dann muß ich zu ihm zurück.»

«Wayne?»

«Mein Kind.»

«Ich habe nicht gewußt...»

Sie unterbrach mich. «Daß ich einen Sohn habe? Nun, ich habe einen. Er ist vier. Ich habe im Knast nicht allzuviel von ihm geredet, damit er nicht dem Sozialamt in die Hände fällt. Wenn du ein Kind gehabt hättest, hätten sich wahrscheinlich deine piekfeinen Verwandten darum gekümmert.»

Sie stand auf und sah sich noch einmal im Zimmer um. «Es wäre alles arrangiert worden», sagte sie. «Du weißt nicht, was für ein verdammtes Glück du hast, Maeve. Weißt du wirklich nicht.»

«Materieller Besitz ist nicht alles», erklärte ich ihr düster.

Sie lächelte ein bißchen schief und antwortete nicht.

Ich bot ihr an, sie nach Hause zu fahren, und hoffte, sie werde das Angebot nicht annehmen. Doch sie nahm an. Ich war schon ein paarmal mit dem Mini unterwegs gewesen und wurde allmählich wieder sicherer, aber seit Chornley hatte ich mich nicht mehr in den Verkehr in der City gewagt. Nachdem ich das Getriebe beim Schalten ein paarmal mißhandelt und das Steuer wie einen Rettungsring in stürmischer See umklammert hatte, wurde ich ruhiger. Es standen keine Polizisten an jeder Ecke, um mir einen Strafzettel zu verpassen. Die aggressivsten Fahrer waren Taxi- und Bus-Chauffeure, wie immer. Ich wünschte, der Mini wäre schwerer, könnte sich besser wehren, wie der Oldtimer Buick, der chromblitzend und mit einer Karosserie aus schwerem Metall vorwärtsstürmte. Vielleicht sollte ich mir einen größeren Wagen kaufen, höher und mit längerer Motorhaube. Fast hätte ich das laut gesagt, hielt mich jedoch gerade noch rechtzeitig zurück.

Wenn Rene mich nicht gelotst hätte, hätte ich ihre Wohnung in Hackney wohl kaum gefunden. Sie lag in einer sanierten Reihenhaussiedlung in einer häßlichen Gegend, und die Sanierungsarbeiten waren, milde ausgedrückt, schlampig ausgeführt worden. Der Besitzer hatte den größten Teil der Straße erworben, sagte Rene, und die restlichen Häuser in ihrer Reihe waren unbewohnt, bis mehr Bargeld zur Verfügung stand. Dann würden die Häuser aufpoliert und an die Yuppy-Brigade verkauft werden, die mehr Geld als Verstand hatte, und sie und die anderen Leute, die noch da waren, würden mit einem Tritt in den Hintern hinausbefördert werden. Die Aussicht schien sie nicht allzusehr zu beunruhigen, aber sie ließ sich auch sonst sehr selten aus der Ruhe bringen. Hätte ich hier leben müssen, hätte ich mich über den drohenden Hinauswurf allerdings auch nicht aufgeregt. Die Gegend war nicht nur schmutzig, sie war deprimierend. Ich hatte geglaubt, sie lebe in einer Sozialwohnung, auch wenn das Haus schäbig gewesen wäre, mit Außenkorridoren und Graffiti an den Wänden. Irgendwo, wo es wimmelte vor Leben. Das Herz dieser Straße schlug langsam, war alt und müde. Es war nicht Renes Umgebung, nur ein Platz, den sie gefunden hatte und an dem sie vorläufig ausharren mußte.

«Drinnen ist es nicht ganz so schlimm», sagte sie, meinen Gesichtsausdruck deutend, bevor ich ihn beherrschen konnte. «Unsere Wohnung liegt im ersten Stock.»

Die Wohnungen waren nicht nach individuellen Wünschen gebaut worden, und den unteren Flur benutzten die Hausbewohner gemeinsam. Zwei Namensschilder neben zwei Klingelknöpfen bei der Haustür: in einem steckte eine verschmierte Karte, auf der stand, daß Wohnung zwei von den Dudgeons bewohnt wurde. Der Name neben Wohnung eins war ein unleserliches Gekritzel. «Da wohnt die alte Ma Heaton», sagte Rene, als sie merkte, daß ich die Augen zusammenkniff, um den Namen entziffern zu können. «Sie paßt auf Wayne auf. Ich kaufe ihr dafür Orangen.»

Das schien mir eine merkwürdige Bezahlung für nachbarliche Gefälligkeiten. Drüben in meiner Welt, jenseits der Trennlinie, sind es Blumen, Pralinen oder eine gute Flasche Wein… Orangen? Na ja, warum nicht?»

«Sie ißt ein halbes Dutzend pro Tag», erklärte Rene. «Braucht Vitamin C oder so. Kostspielige Sache.»

Praktische Rene. Ich stellte mir vor, wie sie über den Markt schlenderte und Orangen von den Ständen klaute.

Wir gingen hinauf, und sie bat mich hinein. «Hier wären wir», sagte sie munter. «Weder Olly noch ich haben die Tapete ausgesucht, also nimm sie uns nicht übel.»

Rot-beige gemusterte Velourstapete, dick genug, um die Risse und Sprünge zusammenzuhalten, ohne sie zu verbergen. «Wäre es meine Wohnung», sagte ich unklugerweise, «hätte ich weiße Emulsionsfarbe genommen.»

«Wäre es deine Wohnung», sagte sie scharf, «würdest du das bestimmt tun. Aber bist du nicht froh, daß sie's nicht ist?»

Als ich in London Wirtschaftswissenschaften studierte, hatte ich mit zwei Kommilitoninnen eine ähnliche Wohnung bewohnt. Sie war sogar noch schlimmer gewesen. Wir hatten sie jedoch verbessert.

Im Gefängnis hatte Rene ihre Zelle verbessert. Hatte sie ausgeschmückt. Ich war diejenige, der alles egal gewesen war. Eine Zelle war eine Zelle. Kalenderbilder mit süßen kleinen Hunden und Katzen und idyllischen Landschaften änderten nichts daran. Als ich ihr das sagte, hatte sie nicht widersprochen, nur gelassen erwidert, da keine erotischen männlichen Pin-ups zu haben waren, müsse man eben sein Bestes tun. «Oder auch gar nichts», hatte sie hinzugefügt. «Wenn man's so haben will.»

Es ist eine Philosophie der Akzeptanz. Deshalb hatte sie das Gefängnis so gut überstanden. Der Geistliche hatte eines Sonntags über das Bibelwort gepredigt, das da hieß, man solle nicht wider den Stachel löcken – worüber hinterher ein paar deftige Zoten gerissen wurden –, doch Rene hatte die Predigt so genommen, wie sie gemeint war, und war ganz und gar damit einverstanden gewesen.

«Warum sollten wir uns hier die Mühe machen?» fuhr sie jetzt fort. «Warum Geld für etwas ausgeben, das einem anderen gehört?»

Das große Wohnzimmer blickte auf einen kleinen Hintergarten, wo sich Unkraut zwischen Pflastersteinen breitmachte. Bei der hinteren Gartentür stand aufgebockt ein schweres Motorrad neben einem roten Kinderdreirad.

Ich fragte, wo Vater und Sohn waren.

«Oh, irgendwo in der Gegend», antwortete Rene vage. «Mit dem Lieferwagen weggefahren, wenn er schon repariert ist. Hat ein neues Kupplungspedal gebraucht oder so.»

Sie zeigte mir die übrige Wohnung – ein ziemlich großes Doppelschlafzimmer – die gleiche Tapete–, das Doppelbett ordentlich gemacht. Und nebenan das Kinderzimmer voller teurer Spielsachen. Wayne fehlte es offensichtlich an nichts. Rene setzte den Dinosaurier auf die Pinocchio-Bettdecke. «Eine Überraschung für heute abend. Man muß ihn ein bißchen verwöhnen. Er hat eine harte Zeit hinter sich.»

Ich war neugierig, wollte mehr über das Kind wissen, aber sie wechselte abrupt das Thema. «Ich habe eine neue Mikrowelle. Komm, schau sie dir an.»

Ich folgte ihr in die Küche. Der Mikrowellenherd, der ziemlich groß war, nahm fast die ganze Platte eines wackligen Tisches ein. «Ich habe nicht genug Platz dafür. Willst du das Ding vielleicht kaufen, oder hast du schon eins? Olly hat es gestern mitgebracht.»

Mitgebracht ist ein dehnbares Wort. Ungenau. War die Mikrowelle vielleicht von der Ladefläche eines Lasters gefallen?

«Er hat sie geschenkt bekommen», sagte Rene, meine Miene richtig deutend. «Von einem Freund.»

Ich wurde rot.

Sie lachte. «O Maeve, Maeve, wie, zum Teufel, habe ich dich nur während all der vielen verdammten Monate ertragen? Wenn ich Diebesgut verkaufen wollte, dann doch nicht ausgerechnet dir. Wir sind doch Freundinnen, um Himmels willen, oder nicht?»

In diesem Augenblick waren wir es wieder.

Ich sagte ihr, daß ich eine Mikrowelle hätte. Sie antwortete gleichmütig: «Natürlich.»

Mein erster Eindruck von Oliver vor dem Gefängnis war flüchtig und völlig falsch gewesen. Kein Ford Madox Brown-Auswanderer-Typ kam die Treppe heraufgepoltert, als wir etwa eine halbe Stunde später beim Tee saßen. Gesicht und Hände waren ölverschmiert, anscheinend hatte er selbst unter dem Wagen gearbeitet, und auch der kleine Junge, der auf seinen Schultern ritt, war schmutzig.

Sie lachten beide, als sie hereinkamen. Ihr Lachen verstummte, als sie mich erblickten.

«Oh!» sagte Oliver.

Rene war entrüstet, als sie das Kind sah. «Wo warst du denn? Du bist überall voller Öl. Hast du ihn etwa in die Garage mitgenommen? Ihr stinkt beide.»

Sie half dem Jungen herunter, und er versteckte sich, seine Jeans umklammernd, hinter dem Vater.

Renes Stimme wurde sanfter. «Okay, Schätzchen. Ich bin nicht böse. Komm raus und sag Maeve guten Tag.»

Er blieb, wo er war, und musterte mich mit tiefem Mißtrauen.

Oliver, den die Reaktion des Kindes mehr interessierte als der Anlaß, gab Rene lautlos zu verstehen, sie solle kein Theater machen. «Laß ihm Zeit.»

Dieses Kind, fühlte ich erschrocken, war nicht nur Fremden gegenüber scheu wie so viele Kinder, dieses Kind hatte ein traumatisches Erlebnis hinter sich.

Seine Eltern umschmeichelten den Jungen wie ein kleines, verängstigtes Tier, so daß er zögernd ein paar Schritte näher kam. Leise schloß Rene die Außentür. Er merkte es. Wimmerte.

Lieber Gott, dachte ich, was ist ihm passiert, als seine Mutter im Gefängnis war? Wer hat ihm weh getan?

Die Tür zu seinem Zimmer stand offen, und ich sah auf dem Bett den Dinosaurier. Vielleicht wurde der Junge durch das Spielzeug abgelenkt, oder erschreckte es ihn vielleicht noch mehr?

Ich stand leise auf, holte die Schachtel und hielt sie auf meinen Knien. Öffnen oder nicht? Ich wußte es nicht.

«Oh, großartig!» Renes Stimme klang gekünstelt fröhlich. «Maeves Geschenk. Schau, was Maeve dir mitgebracht hat! Ist er nicht phantastisch?»

Sie kauerte sich neben mich und nahm den Dinosaurier aus der Schachtel. Oliver hockte sich zu uns. Er zog ihn auf, und wir drei spielten anscheinend ganz hingegeben mit ihm, während der kleine Junge uns beobachtete. Er hatte die gleichen Farben wie Rene, aber sein rotes Haar war dünn und glatt. Seine Augen, dunkelbraun, halb verborgen hinter Wimpern, die heller waren als sein Haar, blickten wachsam.

Er wollte das Spielzeug, doch solange ich da war, würde er nicht einmal die Hand danach ausstrecken.

Ich stand auf und sagte leise, ich sollte jetzt wohl lieber gehen. Ich käme ein andermal wieder.

Offensichtlich erleichtert, versuchte Rene nicht, mich zurückzuhalten. «Ach, und danke, daß du ihm das Spielzeug gekauft hast. Aber wenn du das nächste Mal kommst, bring nur dich selber mit. Geschenke sind nicht nötig. War schön, dich zu sehen.»

In ihrer Stimme und in ihren Augen stand eine Botschaft. *Geschenk* hieß sie und *deins*. Ich hab's nicht geklaut. Du hast es gekauft. Ganz ordnungsgemäß. Okay?

Sie sagte ihrem Sohn, er solle zum Abschied winken. Er starrte mich an wie eine kleine, kalte Statue. Reglos.

Oliver brachte mich an die Tür. «Ich begleite Sie zu Ihrem Wagen. Ich nehme an, der weiße Mini gehört Ihnen?»

«Ja. Aber bleiben Sie doch bei Ihrem Kleinen. Ich finde allein hinaus.»

«Kein Problem. Außerdem steh ich mit meinem Kombi zu dicht an Ihrem Wagen. Ich muß ihn wegfahren.»

Sein Kombi war blau, rostig und so schmutzig wie er. Er setzte ihn ein Stück nach vorn und kam dann mit einer sauberen Sackleinwand über dem Arm wieder. «Darf ich mich ein paar Minuten zu Ihnen setzen, wenn ich das auf den Sitz lege? Ich mache Ihnen die Polster bestimmt nicht dreckig.»

«Selbstverständlich.» Ich öffnete ihm die Tür auf der Beifahrerseite.

Wir sprachen jetzt mit unseren normalen Stimmen, der gedämpfte, sehr sanfte Ton war nicht mehr nötig. Sein Akzent stammt aus dem Norden, dachte ich, er muß irgendwo in der Nähe der schottischen Grenze zu Hause sein. Was für ein Gegensatz zu Renes Cockney.

Er mußte auch auf meinen Tonfall geachtet haben. «Sie also sind die irische Maeve», sagte er. «Die Dame mit dem Ziegelstein.» Es klang belustigt, nicht tadelnd.

Ich erklärte ihm, daß mein Vater Arzt für Allgemeinmedizin in Langdon gewesen war, dem Dorf, in dem sie den Atommüll vergruben. «Er ist vor ein paar Jahren gestorben. Aber er war auf Seiten der Heiler, nicht der Zerstörer. Er wäre mit meinem Protest einverstanden gewesen, nicht mit meiner Gewalttat. Sie war nicht beabsichtigt.» Ich fügte hinzu: «Ja, er war Ire. Hatte aber nur einen ganz leichten Akzent. Mir war gar nicht klar, daß ich ihn geerbt habe.»

Er antwortete nicht, und ich vermutete, daß er nicht neben mir saß, um über Akzente oder Ziegelsteine zu sprechen – sondern über Dinge, die ihn persönlich betrafen.

«Rene hat mir gesagt, daß Sie ihr in Chornley ein guter Kumpel waren», leitete er ein, was er zu sagen hatte.

Ich antwortete düster, daß sie sehr gut zu mir gewesen sei, mir geholfen hatte zu überleben.

«Die Menschen draußen müssen auch überleben», sagte er. «Besonders die Kinder. Wenn Rene noch einmal in den Knast muß, verliert sie Wayne. Er ist emotional gestört – das haben Sie selbst gesehen. Wir versuchen ihn wieder hinzukriegen. Verstehen Sie mich?»

«Ja, ich verstehe. Er ist ein wunderbares Kind. Man merkt, daß Sie ihn beide sehr lieben... Ich...» Ich krümmte mich innerlich vor Verlegenheit und konnte nicht weiterreden. Gleich würde er mich fragen, ob Rene den Dinosaurier geklaut hatte, und ich mußte ihr zuliebe lügen und nein sagen. Ich lüge gewöhnlich nicht. Ich kann es ganz einfach nicht. Außerdem weiß er verdammt genau, daß sie das Ding geklaut hat. Sie ist auch keine brillante Lügnerin. Die Vorstellung, die sie eben gegeben hat, war rührend. Ich verstehe ihre Angst.

Er sieht mich forschend an, stellt die Frage aber nicht. «Schon gut», sagte er, «entspannen Sie sich. Nicht Ihr Problem.»

Er steigt aus dem Wagen. «Hat Rene versucht Ihnen die Mikrowelle zu verkaufen?»

«Sie hat sie mir gezeigt. Ich hab schon eine.»

«Na schön, wenn Sie irgendwas anderes brauchen, fragen Sie einfach. Ich habe Verbindungen und krieg das Zeug billiger.»

«Ich denk dran.»

«Gut», sagte er, «gut.» Und dann lächelt er.

Ich mag ihn. Wahrscheinlich gehört auch er nicht zu den sogenannten «ehrlichen Menschen» – wie Rene. Aber das ist mir egal. Es sollte mir nicht egal sein, doch es ist es nun mal. Ich mag sie beide.

«Manche Leute», sagte er, «regen sich wegen der großen Dinge auf. Unsere Atomwinter – Renes und meine – sind undichte Leitungen und keine Zentralheizung. Kleinigkeiten. Wenn's hier mal zu Tumulten kommt, sind Sie herzlich eingeladen, für uns einen Ziegelstein zu schmeißen.»

Er lacht. Ich kann zwar nicht mitlachen, bin aber nicht beleidigt. Es ist ein Standpunkt.

4

Die BBC hat sich mit mir in Verbindung gesetzt. Radio Four bereitet eine Serie mit dem Titel *Reaktionen* vor. Reaktion auf Tod. Auf Scheidung. Auf Bankrott. Auf Gefängnis. Anscheinend planen sie eine aufrüttelnde Serie, aber erst später. In dieser ersten Staffel sind sie an Frauen interessiert, die ihre Erfahrungen artikulieren können, und sie würden sich freuen, mich dafür zu gewinnen. Da ich, schreiben sie weiter, vor drei Monaten aus dem offenen Strafvollzug entlassen wurde, sei es mir jetzt vielleicht möglich, meine Erlebnisse objektiver zu sehen, als wenn sie sich mit ihrem Ersuchen früher an mich gewandt hätten. Die Sendung werde innerhalb der nächsten vierzehn Tage an einem für beide Teile genehmen Datum aufgezeichnet. Falls ich einverstanden sei.

Der Brief kam zur Frühstückszeit, und ich reichte ihn Christopher. Meine Post, gute, schlechte und indifferente war auf Null geschrumpft, und der Brief überraschte mich. Meine erste Reaktion war: Nein.

Christopher las ihn stirnrunzelnd. «Auf keinen Fall», sagte er. «Die Öffentlichkeit hat dich vergessen, du wirst wieder normaler. Ich erlaube nicht, daß du wieder zum Mittelpunkt öffentlicher Interessen wirst.»

«Ich werde wieder normaler?»

Er reichte mir den Brief zurück. «Mehr du selbst. Du weißt, was ich meine. Schreib ihnen ab, und dann zerreiß den Brief.»

«Mehr ich selbst?»

Christopher ist kein Morgenmensch. Seine Reizbarkeit blubbert wie ein Topf auf der heißen Herdplatte – bis zum zweiten Frühstück im Büro. Wäre der Tag weiter fortgeschritten gewesen, hätte er sich vielleicht taktvoller verhalten.

«Mehr du selbst, wenn du in einer vernünftigen geistigen oder seelischen Verfassung bist. Um Gottes willen, komm mir jetzt nicht mir Wortklaubereien.»

«Ich mag keine verschwommenen Wörter, die nichts bedeuten. Genausowenig mag ich Sätze wie diesen...» Ich beziehe mich auf den Brief. «‹Frauen, die ihre Erlebnisse artikulieren können›, anstatt ‹Frauen, die über das sprechen können, was sie erlebt haben›.»

«Gut», sagte er und entspannte sich ein wenig. «Dann schreib und sag diesem Mr. Sowieso – diesem Programmdirektor – mit einfachen einsilbigen Wörtern, daß du nicht kommst.»

«Du scheinst ja sehr überzeugt zu sein, daß ich nicht gehen sollte.»

«Ja, willst du es denn?»

Bis zu diesem Augenblick hatte ich es nicht gewollt. «Ich brauche Zeit, um darüber nachzudenken.»

«Du hast zuviel Zeit», sagte Christopher, «das ist dein Problem. Und ich weiß nicht, was du mit dieser Zeit anfängst.»

Ich fragte mich, ob sich das auf den Zustand des Hauses bezog – darauf, daß ich nur selten staubsaugte, flüchtig Staub wischte und die Mahlzeiten alles andere als hervorragend waren. Das Tagesmädchen hatte gekündigt, kurz bevor ich aus dem Gefängnis kam, und ich war noch immer zu empfindlich, um jemand anders um mich zu dulden.

«Wir werden irgendwann in nächster Zeit eine Dinnerparty geben», sagte ich. «Und ich werde mir Mühe geben. Freunde werden wieder auftauchen. Alles wird gut.»

Christopher schob seine Kaffeetasse beiseite und musterte mich kritisch. «Du könntest damit anfangen, daß du dich morgens richtig anziehst.»

«Stört dich mein Morgenmantel?»

«Deine Morgenmantel-Mentalität. Steh von deinem Siechenbett auf, Maeve. Deine Rekonvaleszenz dauert zu lange. Zeig ein bißchen Schwung. Du bist eine intelligente Frau. Fang endlich wieder an, dein Leben so zu leben, wie es gelebt werden sollte.»

Wie du möchtest, daß ich es lebe, dachte ich. Aber er hatte schon recht mit dem, was er sagte. Ich hatte mich zu lange hinter Türen versteckt. Es war höchste Zeit, ein paar zu öffnen und mich einen Schritt hinauszuwagen. Das war der Moment, in dem ich mich entschloß, mich dem Interview zu stellen, aber es war nicht die richtige Zeit, es ihm zu sagen.

Rückblickend wird mir klar, daß mein Grund, mich auf die Sache einzulassen, komplexer war, als es scheint. Masochismus, Schuldbewußtsein. Gespielte Tapferkeit. All das gehört dazu, aber der entsetzliche immer wiederkehrende Alptraum um Sergeant Sutherland ist das stärkste Motiv.

In meinem Traum sind die Massen verschwunden, und er kommt über ein dunkles Feld auf mich zu. Leise Schritte auf Gras. Sternenloser Himmel. Ich gehe ihm entgegen, und wir scheinen miteinander zu verschmelzen, so daß das Blut auf seinem Gesicht meine Wangen benetzt, als seien es Tränen. Ich wache weinend auf, weine aber leise in mein Kissen, damit Christopher es nicht hört.

Mein Verstand sagt mir, daß die große, lauschende Welt da draußen mir keine Absolution gewähren wird für etwas, das ich während eines Rundfunkinterviews vielleicht sage. Ich habe in meinem Prozeß wenig gesagt. Ich war viel zu geschockt, und der Richter übte zuviel Druck auf mich aus. Jetzt habe ich eine kräftigere Stimme und eine Chance, sie zu nutzen. Ein paar Leute werden mich vielleicht verstehen. Sogar Sutherland. In gewisser Weise ist es ein Versuch, Zugang zu ihm zu finden.

Voller Wut besteht Christopher darauf, mich zum Sender zu begleiten. Er hat mich auf jede erdenkliche Weise abzulenken und davon abzubringen versucht, und da es ihm nicht gelungen war, spielt er sich als bissiger Wachhund auf.

Sofort nachdem wir ihm vorgestellt worden sind, erklärt er dem Interviewer Simon Macberra, daß er aufs äußerste mißbilligt, worauf ich mich da eingelassen habe. «Es könnte unangenehme Folgen haben. Meine Frau hat genug mitgemacht.»

Ich bin es gewohnt, daß Christopher für mich spricht. Ärgerlich, aber so ist er nun mal. Er ist zehn Jahre älter als ich und bevormundet mich. Deshalb schreie ich so oft, um mich durchzusetzen.

Ich sage Macberra, der ziemlich ratlos aussieht, daß wir nicht gekommen sind, um das Interview abzusagen.

Er ist erleichtert und bietet uns Kaffee an. Nach dem Kaffee führen wir ein kurzes Gespräch, bei dem ich warm und locker werden soll. Zur Nervenberuhigung des Interviewpartners, nehme ich an. Und in unserem Fall, um Christopher zu beschwichtigen.

Macberra erklärt, daß wir uns ganz ungezwungen etwa eine halbe Stunde unterhalten werden, die eigentliche Sendung aber nur halb so lang sein wird. «Sie wird sehr sorgfältig redigiert», versichert er Christopher. «Falls Mrs. Barclay etwas Unkluges sagt – etwas, das sie später bedauern könnte –, wird dieser Teil des Bandes gelöscht. Sie brauchen sich keine Sorgen zu machen.»

Ich wünschte, er richtete diese Bemerkungen an mich.

Christopher fragt, ob er mit mir im Aufnahmestudio sitzen darf – oder wie immer das heißt. Macberra sagt, das sei nicht erlaubt, aber er dürfe sich im Nebenraum aufhalten, wo er mich durch eine Glasscheibe sehen und hören könne, was gesprochen werde.

Das Ganze hat einen Anstrich von Gefängnisaufsicht. Ich weiß nicht, ob ich amüsiert oder verärgert sein soll. Die Sache kostet mich allmählich Nerven.

Macberra ist um die Dreißig. Klein, blond, mit einem humorvollen Mund, den er zu einem leichten mitfühlenden Lächeln verzieht, als er mich in den Mikrofonraum bringt. «Keine Bange», sagte er. «Es wird gutgehen.»

«Das hoffe ich. Ich bin mir jetzt nicht mehr so sicher.»

Das Mikro steht auf einem Tisch und sieht aus wie eine kleine Handgranate am Stiel. Ich habe mir das alles ganz anders vorgestellt. Ein altmodischer Kopfhörer – eine ferne Stimme – eine anonyme Befragung. Ich glaube, es gibt solche Einzelstudios. Man kann jederzeit den Kopfhörer abnehmen und gehen.

Ich möchte jetzt gehen.

Christopher, der neben einem anderen Mann vor einer anderen Apparatur sitzt, sieht mich durch das Glas an. Seine ganze Willenskraft ist auf mich gerichtet, er möchte mich zwingen, jetzt zu gehen.

Ich winke ihm lächelnd zu, mit einer Zuversicht, die ich nicht empfinde. Er runzelt die Stirn.

Macberra erklärt mir ein paar technische Einzelheiten. Wenn das rote Licht aufleuchtet, soll ich ein paar Worte ins Mikro sprechen, damit die Tonhöhe richtig eingestellt werden kann, und danach beginnt das eigentliche Interview. «Vorher müssen wir aber noch abklären, ob es Themen gibt, die wir nicht anschneiden sollen.»

Ich sage ihm, mein Kopf sei völlig leer. «Mir fällt im Moment kein einziges ein.»

Er lächelt mit schmalen Lippen, was irgendwie herzerwärmend ist, und sagt noch einmal, alles sei ganz großartig – nur keine Bange.

Das rote Licht leuchtet auf. Ich zähle laut von eins bis zehn. Macberra schiebt das Mikro ein Stückchen zurück. «Setzen Sie sich nur ganz bequem hin. Das ist etwa die richtige Entfernung. Fein.»

Er hat ein Blatt mit Notizen vor sich liegen, die er für die einführenden Worte benutzt. Sie enthalten nähere Angaben über die «Straftat», wie er es nennt, wo und wann sie begangen wurde, wie hoch die Strafe war und wann ich entlassen wurde. Alles sehr cool und unpersönlich. Ich habe das Gefühl, daß er über jemand anders spricht. Er hat knochige Handgelenke, fällt mir auf, und trägt am kleinen Finger einen Siegelring.

Ich merke, daß er mich nachdenklich betrachtet und die Notizen zur Seite geschoben hat.

«Da Sie jetzt Hintergrund und Hergang kennen, möchte ich Ihnen etwas über die Frau selbst erzählen. Als Mrs. Barclay sich einverstanden erklärte, heute hierherzukommen, sich einverstanden erklärte, noch einmal zu erleben, was für sie eine Qual gewesen sein muß, hatte ich keine Vorstellung von dem, was mich erwartete. Jetzt sitzt sie mir hier im Studio gegenüber – eine attraktive Frau Mitte Zwanzig. Sie trägt ein unauffälliges pflaumenblaues Cordsamtkostüm und passende Schuhe. Ihr hellbraunes Haar, halblang und lässig frisiert, umrahmt ein blasses, sensibles Gesicht. Aber ist es wirklich ein sensibles Gesicht? Würde eine sensible Frau tun, was sie getan hat? Und wenn ja, wie hätte sie auf die Folgen reagiert?»

Er macht eine Pause. «Mrs. Barclay – darf ich Sie Maeve nennen? Ich möchte Ihnen folgende Fragen stellen: Was hatten Sie für ein Motiv, in Langdon so gewalttätig vorzugehen, und konnten Sie hinterher vor sich selbst rechtfertigen, was Sie getan hatten?»

Macberra, begreife ich, ist ein lächelnder Feind. Die Erkenntnis läßt mich innerlich erstarren.

Ich muß antworten, und ich antworte auch. Ruhig.

«Es gibt keine Rechtfertigung für Gewalt. Keine einzige. Es war nie beabsichtigt, daß der Protest in Langdon zu Gewalttaten führen sollte. Er hat friedlich begonnen und hätte friedlich zu Ende gehen sollen. Die Dorfbewohner wollten ihr ererbtes Land vor nuklearer Verseuchung schützen – sie wollten nicht, daß man den Atommüll in ihrer nächsten Umgebung vergrub. Sie machten sich Sorgen um sich – ihre Kinder – die zukünftigen Generationen. Erst als die Bagger unsere Reihen zu durchbrechen versuchten, mischte der Pöbel sich ein. Chaoten gibt es bei fast jeder Demonstration. Es wurden Steine und Ziegelsteine geworfen. Einer riß mir den Arm auf. Ich bückte mich und warf ihn zurück. Impulsiv. Gedankenlos. Falls ich überhaupt ein Ziel hatte, war es gewiß nicht Sutherland.»

«Sutherland? Der Polizeisergeant, den Sie getroffen und schwer verletzt haben.»

Das ist eine Aussage, die keiner Antwort bedarf, aber ich nickte stumm. «Ich gäbe zehn Jahre meines Lebens dafür, wenn es nicht passiert wäre.» Ich möchte noch mehr sagen. Ich bin hierhergekommen, um mehr zu sagen, aber ich finde keine Worte.

«Statt dessen», fährt Macberra glatt fort, «haben Sie achtzehn Monate Ihres Lebens dafür gegeben – im Gefängnis. Und um darüber zu sprechen, sind wir heute hier.» Er wirft einen Blick in seine Notizen. «Die ersten Wochen waren Sie im Frauengefängnis Holloway. Für eine Frau Ihrer Herkunft muß das sehr schwer gewesen sein.»

«Es ist für jede Frau schwer.»

«Ja, natürlich, doch für Sie war es vielleicht schwerer als für die meisten. Sie haben eine gute Erziehung genossen, um einen altmodischen Ausdruck zu verwenden. Wohlhabende Familie. Public School-Bildung. Karrierefrau mit intellektuellem Umfeld. Sich plötzlich inmitten der kriminellen Klasse wiederzufinden, muß ein ziemlicher Schock für Sie gewesen sein.»

Ich denke an Rene und schweige.

Er bleibt hartnäckig. «Oder haben Ihre früheren Auseinandersetzungen in Greenham Common Sie in einem gewissen Maß darauf vorbereitet?»

Jetzt muß ich antworten. «Ich bekam eine Geldstrafe, weil ich den Draht der äußeren Umzäunung durchgeschnitten hatte. Es gab keine Gewalttätigkeiten – nicht auf unserer Seite.»

«Ich habe nicht behauptet...»

«Und was die ‹kriminelle Klasse› betrifft – wofür halten Sie die Frauen in Holloway, in anderen Gefängnissen? Für eine eigene Rasse? Und wenn ja – wieso nehmen Sie mich aus? Ich unterscheide mich nicht von ihnen, natürlich nicht. Wieso denn auch?»

Er sagt ruhig, ein bißchen belustigt: «Immer mit der Ruhe, sonst bekommt Ihr Mann einen Herzanfall.» Das rote Licht geht aus, und die Aufnahme wird unterbrochen. Ich vermeide es, Christopher durch die Glasscheibe anzusehen.

Macberra bietet mir eine Zigarette an. Ich lehne ab. Er steckt sich eine an.

«Mrs. Barcley – Maeve, ich bin nicht absichtlich aggressiv, ich will nur eine Antwort.» Er erklärt das näher: «Eine kontrollierte Antwort. Ich habe das Gefühl, daß Sie eine politische Plattform suchen, und wahrscheinlich wäre ich in vielen Dingen mit Ihnen einer Meinung, aber das ist nicht der richtige Ort für Polemik. Ich will wissen, wie Sie auf das Gefängnis reagiert haben. ‹Kriminelle Klasse› war ein durchaus angemessener Ausdruck, aber wenn Sie denken, ich sei ein moralinsaurer Snob, dann ziehe ich ihn zurück.

Ich bin sicher, daß man Ihnen eine Haftstrafe aufgebrummt hat für etwas, das einfach Pech und ein Unfall war, und daß Sie das Opfer eines Vorurteils wurden. Aber das kann ich in der Sendung nicht sagen. Wir sollen hier nicht kommentieren, sondern unvoreingenommen berichten. Machen wir also weiter?»

«Dazu bin ich hier.»

«Stimmt. Sind Sie also bereit?»

Die rote Lampe leuchtet wieder auf.

Er formuliert um, was er vorher gesagt hat. «Sich plötzlich in einer Ihnen so fremden Umgebung wiederzufinden, muß ein ziemlicher Schock für Sie gewesen sein. Wie sind Sie damit fertig geworden?»

«Indem ich einen Teil meines Innern, meines Verstandes gewissermaßen dagegen verschloß. Akzeptierte, was akzeptiert werden mußte.»

«Können Sie das näher erklären?»

Ich kann es, werde es aber nicht tun. Die ersten Tage waren die schrecklichsten. Das klaustrophobische Entsetzen, eingesperrt zu sein. Sich nackt ausziehen zu müssen und durchsuchen zu lassen. Da legte man seine Würde mit der Kleidung ab. Das Gefängnisbad, in dem man nie allein war. Die medizinische Untersuchung durch einen Arzt, der wahrscheinlich nach Drogen und Geschlechtskrankheiten fahndete. Es hat mich zutiefst erschüttert, hat mich krank gemacht. Eine Zeitlang war ich nicht imstande, in einen Spiegel zu sehen. Ich verachtete, was ich sah. Ich war eine Nummer geworden. Eine aus einer Herde. Verurteilt. Wund, verletzlich, voller Scham. Ich weigere mich, meine Scham einer begierig lauschenden Welt preiszugeben, und murmele statt dessen nur etwas über die Kälte.

«Meinen Sie physische Kälte – oder die Kälte einer feindseligen Atmosphäre?»

‹Feindselige Atmosphäre› reicht völlig. Es ist nah genug.

«Es ist mir gelungen, mich anzupassen», lüge ich, einer Antwort ausweichend. «Später, als ich in den offenen Strafvollzug überstellt wurde, war es leichter.»

«Chornley ist eines von den neueren Gefängnissen, glaube ich. Wie würden Sie es beschreiben?»

Eine Institution mit hübschen Vorhängen an den Fenstern, einer Krippe für Babies, Gemeinschaftsräumen mit Teppichböden und

Landschaftsdrucken an den Wänden. Stimmt alles. Will er das von mir hören? Natürlich will er, also sage ich es auch.

«Eine angenehme Umgebung», stellt er fest.

Plötzlich sehe ich ganz deutlich meine heiß geliebte Großmutter vor mir, die in ihrem mit weißer Seide gefütterten Sarg liegt. Das war auch hübsch gewesen. Aber Großmutter hatte trotzdem tot ausgesehen.

Er fragt mich nach den Wärterinnen. «Wie haben Sie auf die Vollzugsbeamtinnen reagiert? Ist es Ihnen schwergefallen, Anordnungen von ihnen entgegenzunehmen?»

Wenn man ins Gefängnis geht, erwartet man, Anordnungen befolgen zu müssen. Wird man ins Krankenhaus gebracht und möchte überleben, muß man den ärztlichen Anordnungen ebenfalls folgen. Nicht wir sagen den Ärzten, was sie tun sollen. Es ist nicht mehr unser Körper. Wir haben ihn dem System überantwortet. Die neuen Wärterinnen, die sich anbiedern wollten, waren schlimmer als die erfahrenen, die eine klare Grenze zogen. Bei den alten Haudegen wußte man, wo man stand: *Du brauchst nur zu spuren, Maeve, tu, was man dir sagt, und denk nicht.*

Nach einer kurzen Pause antworte ich aufrichtig, daß die meisten Anordnungen vernünftig waren. «Es muß Vorschriften geben. Das habe ich verstanden.»

«Hat man Sie mit Ihrem Nachnamen angesprochen?»

«Nein, die Beamtinnen benutzten unsere Vornamen. Und sie waren für uns Miss oder Mrs. Sowieso.»

«Das klingt fast nach Internatsschule. Ist es Ihnen so vorgekommen?»

«Nein.»

In einer Internatsschule bezahlt man dafür, daß man sie besuchen darf – oder vielmehr, die Eltern bezahlen. Es wird nicht erwartet, daß man, auf Knien liegend, den Boden schrubbt. Oder in der Küche Kartoffeln schält. Hausarbeit gehört nicht zum Stundenplan. Wenn man sich schlecht benimmt, wird man relegiert und muß nicht länger bleiben. Man mag seine Internatsschule hassen, aber man schämt sich nicht für sie, und auch sie schämt sich selten für Lehrer oder Schüler.

Macberra wartet, möchte mehr hören. Ich sage, es ist eben ein Gefängnis, und man kann es mit nichts anderem vergleichen.

«Bestand das gesamte Personal aus Frauen?»

«Ja, außer den Hilfskräften. Sie wurden gut mit allem fertig, auch wenn es manchmal rauh zuging.»

«Rauh?»

Ja, Macberra, rauh. Wärterinnen sind schon böse zusammengeschlagen worden. Der Job ist keine Sinekure. Und Häftlinge sind über Mithäftlinge hergefallen, haben sie beinahe umgebracht.

«Hin und wieder aufwallende Animositäten», sage ich. «Frauen mit unterschiedlichen Temperamenten, die auf engem Raum zusammenleben müssen. Auseinandersetzungen sind nicht immer höflich verlaufen.»

Er hat verstanden. «Wurden Sie körperlich mißhandelt?»

Eine Frau namens Margaret hat mir einmal mit dem Handrücken ins Gesicht geschlagen. Sie hatte eben ein paar Tage in Einzelhaft verbracht, jener völlig kahlen Zelle, in der es nur eine Matratze gibt, weil sie gegen eine andere Mitgefangene gewalttätig geworden war. Mich zu schlagen, war wahrscheinlich der letzte Ausläufer ihres Zorns, bevor wieder Ruhe bei ihr einkehrte.

«Nein», sage ich zu Macberra, «niemals.» Eine Ohrfeige zählt nicht.

«Waren Sie seelischer Grausamkeit ausgesetzt?»

Ich überlege, bevor ich antworte. «Grausamkeit ist ein subjektiver Begriff. Wir alle sind manchmal gegeneinander grausam. Nicht immer mit Absicht.»

Er sieht mich fragend an, merkt vielleicht, daß ich so hochgestochene Worte benutze, um mich um eine echte Antwort zu drücken. Aber ich kann nichts Genaueres darüber sagen.

Er bohrt nicht nach. «Würden Sie mir beistimmen, wenn ich sage, daß das Gefängnis heute eine konstruktive Rolle bei der Rehabilitation von Häftlingen spielt, insbesondere bei jenen, die nach einer langen Haftstrafe wieder in die Welt hinausgehen?»

«Vielleicht. Doch das trifft in meinem Fall nicht zu. Meine Strafe war verhältnismäßig kurz.»

«Wie steht es um die Fortbildung – Vorbereitung auf Berufe – Karrieren?»

«Es gibt Kurse, die je nach Fähigkeit besucht werden können. Einige Gefangene lernten lesen. Andere bereiteten sich auf ein Universitätsstudium vor.»

Und viele Gefangene lernten noch ein paar gesellschaftsfeindliche Fertigkeiten, zusätzlich zu jenen, die sie schon beherrschten, aber Sie sind kein Idiot, Macberra, und ebensowenig sind es unsere Zuhörer, also betone ich nicht eigens, was alle ohnehin wissen.

Er fragt, wie ich die Freizeit verbrachte. «Vielleicht in der Bibliothek oder in der Kunstwerkstatt?»

Rene und ich hatten uns eine stille Ecke gesucht, und sie hatte mir das Stricken beigebracht. Ich hatte einen halben Pullover gestrickt, rot mit schwarzen Rauten. Sie hat ihn fertiggemacht, und soviel ich weiß, hat sie ihn jetzt noch. Rene. Realität. Ich verliere allmählich die Kontrolle. «O ja», sage ich, «in der Bibliothek und in der Kunstwerkstatt.» Zwei kulturelle Einrichtungen, von denen ständig die Rede ist. Ich erinnere mich an meine Unterhaltung mit Louella und erfinde um ein Haar etwas über Sitzungen beim Seelenklempner. Doch das könnte unangenehme Folgen haben.

Wenn jemand eine Analyse gebraucht hätte, dann Anna. Sie verbrachte ihre Freizeit fast ausschließlich damit, immer wieder dasselbe Bild zu malen. Einfarbig. Welliges Moorland und in der Ferne ein kleines Haus. Manchmal war die Szene rot, so daß das Moorland wie Blut aussah. Oft jedoch in Grautönen wie die hereinbrechende Nacht. Rene neckte sie wegen der Bilder, nannte sie ein gefundenes Fressen für den Psychiater. Anna sah sie düster an und sagte nichts. Ihre Bilder verursachten mir Gänsehaut, und es beunruhigt mich sogar noch jetzt, an sie zu denken.

«Bilder malen», sage ich, «ist Therapie. Behaupten sie. Man klatscht mit Farben rum. Gewalttätigkeit, die harmlos auf der Leinwand explodiert. Große karminrote Kleckse. So was eben.»

Aber Anna hatte die Farben nicht draufgeklatscht. Sie hatte sie fein säuberlich aufgetragen. Die blaue Schürze, die sie über ihrem Kleid trug – es war kein Kittel, sah eher so aus, wie das, was man beim Friseur überzieht –, hatte nicht einen einzigen Fleck. Mich störte, daß verglichen mit dem umliegenden Moorland, das Haus – zuerst und bis in die kleinste Einzelheit peinlich genau gemalt – so klein war und vom wild wuchernden Gras fast erstickt wurde. Hatte ihr Heim ihr so viel bedeutet – oder so wenig? Was war dort geschehen? Was, um Gottes willen, hatte sie getan? Ich fragte Rene, sie zuckte mit den Schultern und antwortete nicht. Wahrscheinlich wußte sie es nicht. Gewöhnlich war es besser so.

Ich merke, daß Macberra zu dem Fenster hinsieht, das die beiden Räume trennt, und Christopher ermutigend zunickt. Die Bemerkung über Gewalttätigkeit wird vermutlich gelöscht werden.

Er wendet sich wieder an mich. «Sind Sie jetzt eigentlich verbittert, Maeve?»

Ganz offensichtlich bin ich verbittert. Für ihn ist es offensichtlich, und jetzt auch für mich. Das Gefängnis, glaubte ich, sei nötig gewesen, damit meine Schuld getilgt würde. Ich glaube es noch immer, aber ich bin verbittert, und das mit der Tilgung der Schuld hatte nicht funktioniert. Nicht ausreichend jedenfalls. Schuld ist nicht so leicht heilbar, egal, was man tut. Vielleicht heilt sie nie.

«Ich habe keinen Grund, verbittert zu sein», sage ich. «Aber auf Gründe kommt es hier nicht an, nicht wahr?»

Ich werde allmählich sehr müde. Im Raum ist es heiß, und ich fühle, wie mir ein kleines Rinnsal aus Schweiß das Rückgrat hinunterläuft.

Er merkt, daß ich mich nicht wohl fühle, und unterbricht die Aufzeichnung für ein paar Minuten. «Sie machen das sehr gut. Wir sind fast am Ende.» Er schenkt mir aus einer Karaffe, die auf dem Tisch steht, ein Glas Wasser ein. Es ist lauwarm, aber ich trinke es pflichtschuldig.

«Wieder okay?» fragt er lächelnd.

Ich nicke. Wir machen weiter.

«Bevor Sie in den offenen Strafvollzug verlegt wurden, müssen Sie mit sehr vielen echten Verbrecherinnen zusammengekommen sein. Wie haben Sie das aus Ihrer Sicht empfunden? Bei Kindsmörderinnen zum Beispiel?»

Ich sage ihm, daß Kindsmörderinnen isoliert werden. «Und zwar zu ihrer eigenen Sicherheit. Die anderen Mörderinnen waren unter uns.» Sadie, eine sanft aussehende ältere Frau, erschreckte mich eines Tages halb zu Tode, als sie mir im Detail schilderte, wie sie ihrem Mann die Kehle durchgeschnitten hatte. Solche Geschichten hätten Macberra und den Radiofans zweifellos größtes Vergnügen bereitet. Doch von mir bekommen sie sie nicht zu hören.

Er scheint meine Gedanken lesen zu können. «Manchmal müssen Ihnen auch Dinge zu Ohren gekommen sein, über die Sie entsetzt waren.»

«Ja.»

«Können Sie uns das näher erklären?»

«Nein.»

«Warum nicht?»

«Sie sind drin, ich bin hier draußen. Und es kommt immer auf den Stellenwert an, den man einer Sache beimißt. Der Polizeisergeant, den ich verletzt habe, hätte sterben können.»

«Und das belastet Ihr Gewissen schwer. Es tut mir leid, daß ich je an Ihrer Sensibilität gezweifelt habe. Sie sind ganz offensichtlich ein Mensch, der sich alles sehr zu Herzen nimmt.»

Ich antworte nicht. Was er eben sagte, war für die Hörer bestimmt. Ein Mensch, der sich alles sehr zu Herzen nimmt? Ich wünschte bei Gott, ich täte es nicht.

«Ich habe da noch eine wichtige Frage, die ich Ihnen stellen muß, obwohl sie auf Sie nicht zutrifft. Glauben Sie, daß das Gefängnis korrumpieren kann?»

«In welcher Beziehung?»

Er faltet seine Notizen sehr vorsichtig, damit das Papier so nahe beim Mikrofon nicht raschelt, und legt sie ordentlich neben die Wasserkaraffe. «Wir hören viel über Gewalt, lesen von Gewalttaten, bekommen sie täglich im Fernsehen vorgesetzt. Man kann sich, bis zu einem gewissen Grad, sogar daran gewöhnen. Im Gefängnis ist der Blickwinkel enger, aber wesentlich schärfer. Dort steht das Verbrechen im Mittelpunkt. Ist es für einige nicht leicht, die Moralbegriffe außer acht zu lassen und mit den Wölfen zu heulen?»

Wieder muß ich an Rene denken. Wir waren Kumpel geworden, wie sie es ausdrückte. Wir haben unsere Verbrechen gegenseitig akzeptiert, ohne zu verurteilen. Ich würde nicht betrügen und keinen Ladendiebstahl begehen. Sie würde keinen Ziegelstein werfen.

«Ist Toleranz ein höflicher Ausdruck für Korruption?»

Eine Frage mit einer Frage zu beantworten, gilt nicht. Er schüttelt den Kopf. «Ich frage Sie. Wie denken Sie darüber?»

«Es gibt sehr viel Leid und Frustration», sage ich. «Überall. Daher gibt es keinen besonderen Nährboden für Korruption. Einige werden im Gefängnis korrumpiert. Soziale Ungerechtigkeit draußen korrumpiert andere. Menschen sitzen einem anderen aus vielerlei Gründen im Nacken, unterdrücken ihn. Wenn die großen Jungs aus der City ein paar Millionen machen, indem sie sich das Gesetz ein bißchen zurechtbiegen, werden sie nicht immer eingesperrt.

Wenn eine junge Mutter dem Sozialamt unberechtigt ein paar Hunderter abknöpft, kriegt sie achtzehn Monate.» (Und wenn sie rauskommt, klaut sie einen Dinosaurier, denke ich. Unverbesserliche Rene. Aber korrupt? Korrumpierend?)

Macberra lächelt mir zu. Ich sitze wieder auf meinem improvisierten Podium. Das rote Licht ist ausgegangen. «Sprechen Sie weiter», sagt er freundlich, «es hört niemand zu. Nicht einmal Ihr besorgter Ehemann.»

Ich finde, ich habe nichts mehr zu sagen. Diese Sendung war vermutlich ein Fehler. Ich möchte sie beenden. Und das erkläre ich ihm auch.

Er widerspricht nicht. Er hat genügend Material, um etwas Gutes daraus zu machen. Sagt er.

5

«Wenn das als eine Art innerlicher Selbstreinigungsprozeß gedacht war, dann hoffe ich, daß du dich jetzt wohler fühlst», maulte Christopher hinterher bei einem hastigen Lunch. In sein Gesicht hatten sich tiefe Zornesfalten eingegraben. Macberra hatte ihn nach dem Interview beiseite genommen, doch keines seiner beschwichtigenden Worte war bei Christopher auf fruchtbaren Boden gefallen.

«Ich habe es schon immer seltsam gefunden», fährt er sarkastisch fort, «daß du mit anderen Leuten leichter und ungezwungener sprechen kannst als mit mir. Warum mußtest du deinen Kummer vor einem Fremden ausbreiten – und vor Gott allein weiß wie vielen Leuten, die ihr Radio einschalten werden.»

Auf diese Frage gab es keine Antwort. Ich schob meine Pizza auf dem Teller herum. War nicht hungrig.

«Oder hast du versucht, Sutherland zu erreichen?» bohrte er unheimlich genau nach. «Mit einem öffentlichen *mea culpa*? Hast du es deshalb getan?»

Ich hatte ihm nie von meinen Alpträumen erzählt und geriet jetzt fast in Versuchung, darüber zu sprechen. Aber das Restaurant war überfüllt. Bei der Tür wartete eine Schlange. Eine Kellnerin stand auf dem Sprung.

«Wenn du das Gefühl hast, dein Gewissen beschwichtigen zu müssen», fuhr er, offensichtlich keine Antwort erwartend, fort, «warum beteiligst du dich dann nicht in irgendeiner Form an irgendwelchen guten Werken? Um Himmels willen, Maeve! Weißt du denn nicht, daß es das Leben leichter macht, wenn ganz gewöhnliche Menschen ganz alltägliche Dinge tun, um anderen zu helfen.»

Er hatte natürlich recht. Das hat er immer.

Er mußte zurück ins Büro, um seinen reichen Klienten das Leben zu erleichtern.

Ich beschloß, das gleiche für Rene zu tun.

Wayne ganz neu einzukleiden, schien mir ein guter Anfang zu sein. Ich ging in einen Laden, der sich auf Kinderkleidung spezialisiert hatte, und stieß auf eine hilfsbereite Verkäuferin. «Für einen vierjährigen Jungen», sagte ich. «Rothaarig. Ziemlich zart.»

Nachdem sie mir ein buntes Sortiment aus Hosen und Pullis vorgelegt hatte, wurde mir klar, daß die Sachen nicht passen würden. Wayne war größer als der Durchschnitt gleichaltriger Jungen, und die Größen für Fünf- bis Sechsjährige schienen mir passender zu sein. Oliver war groß; offenbar geriet der Junge nach ihm. Ich sagte es der Verkäuferin, und sie pflichtete mir bei: Kinder entwickelten sich unterschiedlich, es handelte sich immer um ungefähre Größen und war besser, die Sachen ein bißchen zu groß als zu klein zu kaufen. Also fingen wir von vorn an. Kinderkleidung macht Spaß. Der Pyjama mit den Eisenbahnzügen würde ihm gefallen. Ich fand einen passenden Bademantel und legte ihn zu dem übrigen Stoß auf den Ladentisch. Es machte mir Freude, die Sachen für Wayne auszusuchen, aber noch schöner wäre es gewesen, wenn ich für ein eigenes Kind hätte einkaufen können, und eine Weile träumte ich, daß es so war. Vielleicht eine natürliche weibliche Reaktion auf einen Laden, der den Mutterinstinkt weckte.

Die Sachen kosteten eine Menge. Die Verkäuferin entfernte die Preisschilder und packte alles ein, während ich den Scheck ausschrieb. Nachdem Rene für den Jungen jetzt das Nötigste haben würde, blieb ihr bestimmt ein bißchen Geld übrig, so daß sie Spielsachen kaufen konnte und sie nicht klauen mußte. Das redete ich mir wenigstens ein. Ich nehme an, wir versuchen unsere Handlungen immer dann zu rechtfertigen, wenn wir nicht ganz von ihrer Richtigkeit überzeugt sind.

Es war nicht einfach, sie vor Oliver zu rechtfertigen. Er kam eines Mittwoch nachmittags auf dem Motorrad, als Walker eigentlich den Rasen mähen sollte. Walker hatte jedoch eine Nachricht geschickt, daß er krank sei und eine Zeitlang nicht kommen könne, und daher schob ich den Rasenmäher reichlich ungeschickt vor mir her. Oliver mußte mich eine Weile beobachtet haben, bevor ich ihn sah und den Rasenmäher abstellte. Er hatte eine Plastiktüte in der Hand und machte kein besonders freundliches Gesicht.

Der Tag war windig, und das geschnittene Gras flog in alle Richtungen. Ich versuchte meine Jeans abzuklopfen, aber es blieben grüne Streifen zurück. Die Luft roch nach Benzin aus Olivers Maschine.

«Ich habe es riskiert, Sie einfach zu überfallen, um Ihnen das hier zurückzubringen», sagte er.

Ich hatte die Sachen für Wayne in braunes Papier eingepackt und ihnen anonym zugeschickt. Auf der Plastiktüte war die Reklame eines Supermarkts. Um Zeit zu gewinnen, sah ich ihn verwirrt an. «Zurückbringen? Was denn?»

«Sie wissen, was. Ich will nicht, daß Sie für uns Geld ausgeben. Alles, was meine Familie braucht, bekommt sie von mir.»

«Ja», sagte ich, «natürlich. Es tut mir leid.»

Er reichte mir die Tüte. Ich nahm sie, beschämt und verlegen. Ein Ärmel der Pyjamajacke hing halb heraus. Ich steckte ihn hinein.

Meine Mutter würde so etwas einen sozialen *faux pas* nennen. In ihrer klassenbewußten Generation waren sie häufig vorgekommen. In meiner nicht. Ich hatte – unabsichtlich – etwas getan, das Oliver als herabsetzend empfinden mußte, war unglaublich unsensibel gewesen.

Ich sah ihm an, daß er verärgert war. «Sie haben es gut gemeint», seine Stimme klang jetzt nicht mehr so metallisch und bei weitem nicht mehr so scharf, «aber wir nehmen kein Almosen von unseren Freunden.»

«Nein.» Ich sah ihn nicht an. Es war leichter, das Stück des Rosenspaliers im Auge zu behalten, das im Wind hin und her schaukelte und festgenagelt werden mußte.

«Die Sachen kosteten …

... eine Menge», stellt Maeve überrascht fest, nachdem die Verkäuferin die Preisschilder der Kinderkleidung addiert hat. Es ist also nicht nur eine Redensart, daß Kinder Geld kosten – Eltern wissen das nur zu gut. Die Haushaltskasse zeigt recht schnell die Grenzen des Möglichen auf, und da kann froh sein, wer zusätzlich zum regulären Einkommen noch ein paar Extra-Einnahmen verbuchen kann.

Die Stille wuchs. Wurde allmählich peinlich.

Er brach sie. «Sie haben Gras im Haar.» Er berührte flüchtig mein Haar. «Genau hier. Der Rasenmäher müßte eine Auffangvorrichtung haben.»

Ich strich mir mit der Hand über die Schläfe. Wo er sie berührt hatte. Nicht viel Gras. Kaum der Rede wert.

«Ich nehme an, Sie rechen es hinterher zusammen?»

Ein banales Thema – Gras. «Der Mann, der es sonst mäht, macht das immer. Er konnte nicht kommen.»

«Und Ihr Spalier hat sich losgerissen.»

«Er hätte auch das repariert.»

«Maeve – sehen Sie mich an.»

Ich sehe ihn an.

«Werden Sie mich mit einem Tritt hinausbefördern, weil ich ein so undankbarer Bastard bin, oder soll ich bleiben und den Rasen mähen?»

Er lächelt nicht, aber er ist auch nicht mehr zornig. Er ist jetzt genauso verlegen wie ich. Wir haben beide etwas gutzumachen.

Während Oliver den Rasen mäht, steckte ich Waynes Sachen in einen alten Koffer auf dem Schrank, dann ging ich hinunter und machte Tee. Eine Reflexhandlung. Ich hatte für Walker immer eine Tasse aufgegossen und das Tablett ins Gartenhaus gebracht, da er sich weigerte, den Tee in der Küche zu trinken. «Die Leute könnten reden», hatte er mir an einem dunklen, feuchten Tag erklärt, als ich ihn überreden wollte, ins Haus zu kommen. Da er an die Sechzig war und kaum als Sexobjekt bezeichnet werden konnte, hatte ich das urkomisch gefunden. Christopher ebenfalls, als ich es ihm erzählt hatte.

An Oliver würde er bestimmt nichts komisch finden.

Er kam an die Küchentür. «Ich brauche einen Hammer und Nägel – für das Spalier.»

Er hatte seine Motorradjacke ausgezogen und trug jetzt ein weißes T-Shirt mit dem schwarzen Aufdruck «Le Mans». Er hatte, stellte ich fest, schmale, wohlgeformte Hände, aber mit kräftigen Muskeln bepackte Arme. Er und Rene verstanden sich im Bett wahrscheinlich großartig.

«Für das Spalier», wiederholte er. «Ich möchte es in Ordnung bringen.»

«Wollen Sie nicht zuerst eine Tasse Tee trinken?» Ich redete wie eine würdige ältere Dame, aber ich fühlte mich nicht so.

Er sagte, er werde gern einen Schluck trinken – aber bitte keinen Tee –, nachdem er das Spalier repariert hatte. Ich ging mit ihm in den Werkzeugschuppen und reichte ihm dann die Nägel zu, während er hämmerte.

Bitte keinen Tee – das hieß Kaffee – Wein – etwas Härteres – oder Lagerbier. Er bat um eine Dose Lager und trank sie stehend im Wintergarten, wo Rene und ich gegessen hatten.

«Rene hat gesagt, daß Sie ein hübsches Haus haben», sagte er. «Das stimmt. Es ist sehr hübsch.»

Ich hatte das Gefühl, er wählte seine Worte mit Bedacht so, daß sie in die Umgebung paßten. Ich hatte es *gut gemeint* – mein Haus war *hübsch*. (Führen wir eine hübsche, langweilige Unterhaltung, Oliver, und dann müssen Sie gehen.)

«Aber Ihr Sicherheitssystem ist miserabel», fuhr er fort. «Jeder könnte hier einbrechen.»

Nicht langweilig – aber auch nicht drohend.

Ich sagte, wir hätten eine Alarmanlage.

Er sagte, das habe er gesehen. «Sie taugt nichts. Sie schreckt höchstens Herumtreiber ab. Sonst keinen.»

«Nun», entgegnete ich, «das ist wenigstens etwas.»

«Damit sollte man nicht scherzen.»

«Ich scherze nicht.»

«Aber Sie nehmen es auch nicht ernst. Sie interessieren sich nicht für Dinge, die Sie verhindern könnten, und regen sich nur über solche auf, die nicht zu verhindern sind.»

Jetzt redet er fast wie Christopher. Beide reiten immerzu auf demselben Thema herum. Mit fast den gleichen Worten hatte Oliver mich das letzte Mal verabschiedet. Falls er und Christopher sich je begegnen sollten – was Gott verhüten möge –, hätten sie wenigstens das gemeinsam.

«Wenn Sie mir Bleistift und Papier holen würden, könnte ich Ihnen die Namen einiger Alarmanlagen notieren, die besser sind als die Ihre. Sie sind nicht vollkommen, doch das ist keine.»

Ich hole Papier und Bleistift. Um ihn bei Laune zu halten. Warum sollte ich mir über Alarmanlagen den Kopf zerbrechen, wenn Christopher mit der unseren zufrieden ist?

Oliver hat eine sehr exakte Handschrift, und die Diagramme, die er zeichnet, sind sehr übersichtlich. Ich sage ihm, daß er ein ausgezeichneter Repräsentant der Firma wäre, für die er hier Werbung macht. Er antwortet trocken, er werbe für keine Firma, sondern helfe nur einer Freundin. Diesmal steckt viel Wärme in dem Wort.

«Wenn der Mann, der Ihren Rasen mäht, nicht wiederkommt», sagt er, «kann ich die Arbeit für ein paar Wochen übernehmen. Wenn Ihr Mann einverstanden ist.»

Dieser Vorbehalt bringt mich zum Schweigen. Natürlich wäre Christopher nicht einverstanden.

«Das heißt, wenn Sie wollen», fügt er hinzu, als ich mit der Antwort zögere.

Ich will es und kann mir nichts anderes einreden. Ich sage ihm, daß Christopher alle Angelegenheiten in Haus und Garten mir überläßt. Und daß ich mich freuen würde, wenn er käme, aber er müsse Rene und Wayne mitbringen. «Jeden Mittwoch nachmittag um zwei für ungefähr zwei Stunden, wenn's recht ist. Wayne kann auf dem Rasen spielen, und Rene und ich können richtig miteinander klatschen.»

Oliver sieht mir sehr direkt in die Augen. Wir fangen an, einander sehr gut zu verstehen. Überall Barrieren. Alles sicher und brav.

Ein delikates Problem bleibt jedoch ungelöst. Steckt man einem Freund, der einem den Rasen mäht, eine Flasche besten Scotch zu – oder wie zeigt man sich erkenntlich? Ich denke daran, daß er Waynes Sachen zurückgebracht hat.

Er scheint mein Dilemma zu spüren und sagt mir, er bekomme den üblichen Stundenlohn. Ich stelle fest, daß er ein bißchen mehr verlangt, als ich Walker bezahlt habe, bin aber sehr erleichtert.

«Eine faire Entlohnung für geleistete Arbeit», sagt Oliver schroff und sachlich.

«Ja», entgegne ich. «Ein gutes Arrangement.»

Es gibt eine hauchdünne Linie zwischen Lüge und sparsam angewandter Ehrlichkeit. Christopher wußte nicht, daß Walker nicht mehr kam. Ich hatte ihm Walkers letzte Nachricht nicht gezeigt, in der es hieß, er sei zu alt für den Job. Oliver pflegte den Garten besser als Walker. Besonders gut war er im Beschneiden der Rasenkanten, aber wenn Christopher es überhaupt merkte, dachte er wahrscheinlich, Walker arbeite gewissenhafter als sonst.

Ich hinterging Christopher, doch es war mir egal. Ich war froh, meine Freunde um mich zu haben. Man weiß nicht, daß man einsam ist, bis jemand die Lücke füllt und man erkennt, was einem gefehlt hat. Am Mittwoch schien meistens die Sonne – zumindest kam es mir so vor.

Besonders hell schien sie für Wayne. Er war wie ein kleines, scheues Waldtier, das die stillen Winkel im Garten erforschte, während Oliver mähte und Kanten beschnitt und Rene und ich einfach herumsaßen oder, wenn wir Lust hatten, ein bißchen Unkraut jäteten. Wayne beobachtete mich manchmal, als versuche er, mich zu ergründen. Freund oder Feind? Sicher? Meist aber ignorierte er mich, und es war besser, es dabei zu belassen. Er brauchte Zeit. Er war ein sehr stiller kleiner Junge, unterhielt sich jedoch leise mit sich selbst, wenn er glaubte, daß ihm niemand zuhörte. Rene neigte dazu, ihn mit mütterlicher Hingabe zu ersticken; Oliver wußte besser mit ihm umzugehen. Sie lachten miteinander. Waren ganz locker.

Nach und nach verlor er auch vor mir ein wenig von seiner Scheu. Eines Tages saß ich auf dem Rasen auf einer Decke, und sein Ball landete dicht neben mir. Ich ließ ihn liegen und lächelte Wayne zu. Sein Gesicht verzog sich ärgerlich, also stieß ich den Ball ein Stückchen in seine Richtung, aber nicht so weit, daß er ihn nicht erreichen konnte. «Manchmal füttere ich die Vögel», sagte ich. «Sie kommen ganz nah zu mir. Sie wissen, daß ich ihnen nicht weh tu.»

Vielleicht hätte ich das Wort «weh» nicht sagen dürfen. Er kannte es zu gut. Sein Gesicht umschattete sich sofort, hatte gar nichts Kindliches mehr. O Gott, dachte ich, es tut mir leid. So leid! Ich wandte den Kopf ab und biß mir auf die Lippe.

Als ich mich wieder umdrehte, war er näher geschlichen, hockte, den Ball in den Armen, vor mir und sah mich an. Ich versuchte zu lächeln und wölbte dann meine Hände. «Wirf. Ich fange.»

Er überlegte und stieß dann sehr zögernd den Ball in meine Richtung. Ich ließ ihn genauso vorsichtig zurückrollen. Sein Vertrauen wuchs, während wir spielten.

Ich weiß nicht, wieviel Kontakt er zu anderen Kindern hatte. Für die Schule war er noch nicht alt genug, und in den Kindergarten ging er nicht. An einem Mittwochvormittag kramte ich in meinen Bücherregalen und fand ein paar Bücher von Beatrix Potter, die ich seit meiner Kindheit aufgehoben hatte. Auf das Vorsatzblatt eines der Bücher hatte mein Vater geschrieben: *Für Maeve zu ihrem sechsten Geburtstag von ihrem Daddy, der sie sehr lieb hat.* Meine Kindheit war von Liebe umgeben gewesen. Ich hatte Furcht nie gekannt.

Am Nachmittag gab ich Wayne das Buch.

Rene sagte mir, ich sei verrückt. «Er wird nur drin rumkritzeln. Und es ist von deinem Dad.»

«Das macht nichts. Ich schenke es ihm gern.»

Wir beobachteten ihn beide, als er das Buch Oliver brachte, um es ihm zu zeigen. Oliver nahm ihn auf die Knie und las ihm die Geschichte vor. Es war, von Olivers Standpunkt aus, ein akzeptables Geschenk. Ein altes, schmuddeliges Buch, das mir viel bedeutete.

Rene hatte andere Maßstäbe. Als wir an diesem Nachmittag Limonade aus dem Kühlschrank holten, sagte sie mir ohne Umschweife, sie und Oliver hätten sich wegen der Sachen, die ich Wayne gekauft hatte, furchtbar gestritten. Sie hatte sie behalten wollen. Warum denn nicht? «Aber o nein, Maeve! Sie mußten wieder zurück. Er hat so seltsame Vorstellungen. Wärst du Sozialarbeiterin oder eine ähnlich beschissene Type, er hätte sie genommen, ohne mit der Wimper zu zucken.»

Sie fragte mich, was ich damit gemacht hätte.

Ich sagte ihr, ich hätte vor, die Sachen für irgendeinen wohltätigen Zweck zu stiften, sei aber noch nicht dazu gekommen. «Soll ich sie behalten und dir vielleicht später heimlich wiedergeben, wenn er nicht mehr dran denkt?»

Sie verzog die Lippen zu einem kleinen, bitteren Lachen. «Nette Idee, Blümchen, aber ich würde gern noch ein Weilchen in einem Stück rumlaufen.»

«Nenn mich nicht Blümchen.» Eine Gewohnheit, die sie sich «drin» angeeignet hatte und die mich rasend machte. Doch ich sagte es automatisch, während ich eifrig damit beschäftigt war, mir im Geist ein anderes Bild von Oliver zu zimmern. Er war stolz. Okay. Das war verständlich. Sie hatten sich gestritten. Nun ja. Aber noch ein Weilchen in einem Stück rumlaufen?

«Er hat dich doch bestimmt noch nie geschlagen?»

«Habe ich das je behauptet?» Sie füllte Waynes kleinen Becher mit Limonade und sah sich dann in der Küche um. «Weißt du was?

Ich würde gern einen Kuchen backen oder einen Pudding kochen oder so. Haben wir noch Zeit?»

Um fünf Uhr waren sie nie mehr im Haus. Ein ungeschriebenes Gesetz. Ihr Gesetz, nicht das meine. Aber ich war froh darüber. Sie hatten die Situation erfaßt. Völlig richtig.

Ich sagte: «Ja – aber du willst doch sicher nicht ... Ich meine, wer ißt schon gern Kuchen?» Sie hatte natürlich nur das Thema wechseln wollen.

«Nun, Christopher vielleicht», antwortete Rene und drang widerrechtlich in mein verbotenes Land ein. «Der Mann, von dem du nie sprichst», fügte sie hinzu.

«Wenn du wirklich einen Kuchen backen willst», sagte ich, «dann – ja, es ist noch Zeit.»

«Das Thema Christopher abgeschlossen», sagte sie leichthin.

Ich antwortete nicht.

Die Möglichkeit, daß Christopher an einem Mittwoch früher nach Hause kommen könnte, geisterte immer im Hintergrund meines Bewußtseins herum, aber mir wäre nie die Idee gekommen, daß meine Mutter uns überraschen könnte. Wir saßen ganz hinten im Garten, picknickten und tranken Tee. Es war gegen halb vier, und Rene hatte die letzte Stunde damit verbracht, Krapfen und Ingwerbiskuits zu backen. Der Rasen war sauber gemäht und beschnitten und der Rasenmäher gesäubert. Wir saßen um den weißen Gartenservierwagen herum, und Wayne hatte seinen eigenen kleinen Hocker direkt daneben, auf dem er knien konnte, um seinen Teller zu erreichen. Er war es, der den Wagen in die Zufahrt einbiegen hörte. Er lauschte, den Kopf ein bißchen zur Seite geneigt, dann sprang er plötzlich auf und flüchtete zwischen die Hortensiensträucher. Von seiner Angst abgesehen, war die Situation nicht ohne Komik, nehme ich an. Wir wußten nicht, wovor er erschrocken war, bis meine Mutter um das Haus herumkam, stehenblieb und uns genauso erschrocken ansah.

«Liebling», sagte sie und kam auf mich zu, «als ich den Kombi sah, dachte ich, du hättest die Handwerker da. Ich wußte nicht, daß du Besuch hast.»

Meine Mutter zieht sich immer gut an. Sie sah in dem hellblauen

Leinenkostüm und den erst kürzlich leicht silbern getönten Haaren absolut makellos aus. Rene und ich trugen Jeans und Sweatshirts. Meins war gelb, das ihre rot – eine Schattierung dunkler als ihr Haar. Olivers Arbeitszeug besteht aus einem marineblauen Trainingsanzug, zu dem er beim Rasenmähen schwere Schuhe trägt. Er hatte sie ausgezogen, und seine nackten Füße, braungebrannt und schmal, waren nur schwer zu übersehen. Schwer für mich. Und aus einem anderen Grund schwer für meine Mutter.

Sie küßte mich.

Irgend etwas schrecklich Unangenehmes bedrückte sie. Alle Signale standen auf höchster Alarmstufe. Aber die Anstandsregeln mußten beachtet werden, also beachtete sie sie. Und ich auch.

Ich stellte ihr meine Freunde vor.

Rene in ihrer Ungezwungenheit benahm sich gegen sie genauso lässig wie gegen alle anderen. «Hallo», sagte sie, «nett, daß wir Maeves Mum einmal kennenlernen.»

Oliver stieg in seine Schuhe und entschuldigte sich. «Es ist so heiß.» Er stand auf und bot ihr seinen Liegestuhl an. «Oder wäre Ihnen einer mit hoher Lehne lieber? Im Schuppen steht einer, der sehr bequem ist.» Er fragte mich, ob er ihn holen solle. Ich sagte, ja bitte.

Die Szene stand.

Ich versuchte sie mit den Augen meiner Mutter zu sehen. Ein Mann, der wußte, wo die Sachen aufbewahrt wurden, und gern mit nackten Füßen herumsaß. Eine vollbusige, hübsche junge Frau, die mich offenbar sehr gut kannte.

Ein kleiner rothaariger Junge, der sich zwischen den Sträuchern versteckte.

Meine Mutter entdeckte ihn. Lächelte ihm zögernd zu. Sah mich fragend an. «Er ist scheu», sagte ich. «Er wird bald herauskommen.»

«Aber bitte stürzen Sie sich nicht auf ihn, wenn er kommt», warnte Rene. «Er mag es nicht, wenn man ihn umarmt.»

Meine Mutter stürzt sich nicht auf fremde Kinder, um sie zu umarmen. Das war eigentlich offensichtlich.

Sie akzeptierte den Sessel, den Oliver ihr brachte, lehnte jedoch Renes Biskuits und meinen Tee ab.

Sie hatte etwas auf dem Herzen, das sie mir unter vier Augen sagen wollte. Ich spürte es sehr deutlich und hätte gern gewußt, was es war. Wir redeten eine Weile über den Garten, obwohl sie nicht vermutete, daß Oliver die Gartenarbeit erledigte. Er verschwieg es nicht absichtlich, es wurde einfach nicht erwähnt. Sie fragte ihn nicht direkt, was er machte. Das wäre unhöflich gewesen. Und wenn sie ihre Fühler ausstreckte, ignorierte er sie.

Nach einer Weile stellte sie die Frage, die ich insgeheim ein bißchen gefürchtet hatte. Sie wandte sich an Rene. «Merkwürdig, daß wir uns noch nie begegnet sind. Ich dachte, daß ich die meisten Freundinnen von Maeve schon mal getroffen habe. Wo haben Sie sich kennengelernt?»

Rene griff nach einem Biskuit. Sah mich an. Biß ein Stück Biskuit ab. Schluckte es hinunter. Sah mich wieder an.

«Nun», sagte sie bedächtig, «das könnte peinlich sein.»

«Aber durchaus nicht», widersprach ich schroff. «Warum denn? Ich habe Rene im Gefängnis kennengelernt.»

Meine Mutter wurde rot, die Haut an ihrem Hals bekam Flecken. Sie spitzte die Lippen. Sah Rene an. Sagte nichts. Die Stille war so zerbrechlich wie Glas. Ich hätte am liebsten mit der Faust hineingeboxt. Sie zersplittert. Ich hatte vergessen, auf welche Weise meine Mutter Ablehnung demonstrieren konnte – nein, das war ein zu schwaches Wort – Verachtung. Ihre Haltung gegen mich nach meiner Verurteilung war eine Mischung aus Kummer, Zorn und Scham gewesen. Sie war damit fertig geworden, indem sie mich so selten wie möglich besuchte. In ihren Briefen war sie über das Thema völlig hinweggegangen, es waren steife Berichte gesellschaftlicher Ereignisse gewesen. Sie an das Gefängnis zu adressieren, mußte eine Qual für sie gewesen sein. Ich stellte mir vor, daß sie sie ganz heimlich und verstohlen eingesteckt hatte. Rene musterte sie jetzt forschend wie ein Wesen aus einer finsteren Subkultur.

Ich log ohne einen Hauch von schlechtem Gewissen – impulsiv – und um Rene zu schützen. «Rene», sagte ich, «besucht strafgefangene Frauen, um die sich niemand kümmert.»

«Was?» platzte Oliver heraus, und seine dunklen Augen funkelten vor Vergnügen.

Rene brauchte ein paar Sekunden, um zu begreifen. Sie hätte einen Scherz machen, es abstreiten können, doch da sie erriet, was ich um ihretwillen empfand, tat sie es nicht. Sie sagte absolut glaubwürdig: «Maeve hat nicht dorthin gehört. Sie sagt ständig, daß ich ihr geholfen habe. Ich weiß es nicht. Wir haben ein bißchen über dies und das geredet. Ich weiß aber, daß es ihr sehr weh getan hat, weil Sie sie nicht öfter besucht haben.»

Ein Bumerang für meine Mutter. Sie hatte das Gefühl, sich verteidigen zu müssen, und wußte nicht, was sie sagen sollte. «Es ist nur, daß ich... Wenn Sie eine Tochter haben, die Sie lieben – und sie – an einem solchen Ort... Ich meine...» Sie stotterte nur noch und gab den Versuch auf.

«Das Gefängnis ist für manche schwerer zu ertragen als für andere», fuhr Rene freundschaftlich fort, «aber sie hat es geschafft, so gut sie konnte. Jetzt ist es vorbei, und es hat nicht mehr viel Sinn, darüber zu reden.» Sie sah zu Wayne hinüber, der sich mit seinen Shorts abmühte. «Halt noch ein bißchen aus, Schätzchen, mach nicht in die Hose!» Sie spurtete zu ihm und nahm ihn hinter die Büsche.

Wieso meine Mutter glauben konnte, daß eine Gefangenenhelferin mit ihrer Familie ganze Nachmittage bei einer entlassenen Strafgefangenen verbrachte, ist schwer zu verstehen. Aber sie glaubte es.

Als Rene zurückkam, nachdem sie sich um Wayne gekümmert hatte, hatte sich Mutters Verhalten verändert. Sie war kühl, aber nicht eisig. «Wie alt ist Ihr Kleiner?»

«Vier.»

«Er hat Ihre Farben, aber nicht Ihre Locken. Glauben Sie, er ließe sich überreden, herauszukommen und mit mir zu sprechen?»

Rene erklärte, daß er sehr wenig sprach. «Nicht, daß er taub oder zurückgeblieben ist oder so was.»

«Nun ja», sagte meine Mutter, des Themas schon wieder überdrüssig, «ich bin sicher, wenn er erst richtig zu schwatzen anfängt, wird er reden wie ein Wasserfall.» Sie wandte sich an mich. «Maeve, ich wollte es nicht vor deinen Freunden erörtern – aber offensichtlich wissen sie Bescheid. Mein liebes Kind, wie in aller Welt konntest du nur diese Sendung machen? Du mußt besessen gewesen sein.»

«Du hast also die *Radio Times* gelesen? Das Interview wird erst nächste Woche gesendet. Ich wollte es dir sagen.» (Wollte ich das wirklich? Vielleicht?)

Die Vorschau nahm eine halbe Seite ein, und sie hatten mein Paßfoto benutzt. Von Macberra war ein freundlicher Brief gekommen, darunter ein mit Tinte hingekritzeltes P. S., in dem er mir alles Gute wünschte.

«Aber um Himmels willen – warum?»

«Ich hatte das Gefühl, ich müßte es tun.»

«Du meinst, man hat dich gezwungen?» Sie schüttelte den Kopf. «Ich kann es nicht glauben. Du hattest doch Entscheidungsfreiheit. Man hätte dich nie überreden dürfen.» So ging es noch eine Zeitlang weiter, und endlich wandte sie sich an Oliver und Rene um Unterstützung. «Wären Sie unter den gegebenen Umständen bereit, sich so zur Schau zu stellen?»

Da sie keine Ahnung hatten, wovon die Rede war, retteten sie sich in unbestimmtes «Hm» und «Ach» und «Tja».

Ich klärte sie auf.

Sie sagten, ich sei verrückt, aber sie wollten sich die Sendung anhören.

«Unglücklicherweise», sagte meine Mutter, «kann ich es nicht, aber das ist vielleicht ganz gut so. Wenn die Sendung ausgestrahlt wird, bin ich im Ausland.»

Sie erzählte, daß sie in letzter Minute eingeladen worden sei, mit einer Freundin für drei Monate eine Kreuzfahrt zu machen. «Ihre Schwester ist erkrankt und mußte zurücktreten, also bekomme ich ihr Ticket.»

Ich freute mich für sie. «Das ist wunderbar. Ich freu mich so. Du hast schon viel zu lange keinen richtigen Urlaub gehabt.» Ich küßte sie liebevoll. «Die letzten beiden Jahre waren schrecklich für dich.»

Ihre Augen füllten sich mit Tränen, und ich fühlte mich entsetzlich schuldig. Wir streiten. Wir tun einander weh. Aber wir lieben uns.

Sie begann Einzelheiten über die Kreuzfahrt zu erzählen, hauptsächlich, um zwischen uns wieder Abstand zu schaffen. Gefühle sind hinterhältig. Tränen bedeuten Schwäche.

«Die Nachbarn kümmern sich während meiner Abwesenheit um das Haus», sagte sie, «aber der Wohnwagen in Shuter's Cove ist so weit vom Schuß. Ich gebe dir und Christopher die Schlüssel. Benutzt den Wagen sooft ihr wollt, und sorgt dafür, daß er richtig wintersicher gemacht wird.»

Sie stand auf.

Ich ebenfalls.

Wir sahen einander lange an. «Alles», sagte ich, «wird wieder gut.»

Ein unklares Versprechen. Eine Bitte an die Götter. Eine ganz gewöhnliche Hoffnung auf bessere Zeiten. Für uns alle. Ich schob die Hand unter ihren Arm und begleitete sie zu ihrem Wagen.

Als meine Mutter fort war und ich wieder bei Rene und Oliver saß, wurde Wayne von einem Schmetterling angegriffen. Das heißt, so muß es ihm vorgekommen sein. Das sanfte, flatternde, kleine, in der Sonne leuchtend gelbe Insekt tanzte um seinen Kopf herum, und er wich, totenblaß vor Schreck, vor ihm zurück. Und dann begann er zu jammern, als verbrenne und zerkratze es ihn. Oliver war noch vor Rene bei ihm. Er fing das zarte Ding ein, zerquetschte es zwischen den Händen. Seiner Schönheit beraubt, taumelte es auf den Rasen hinunter, und er zermalmte es mit dem Absatz. Wayne fiel auf die Knie und rollte sich zusammen wie ein Embryo. Rene kauerte neben ihm und fuhr ihm zärtlich mit den Fingern durch das Haar.

Das war keine gewöhnliche Phobie. Nicht nur über seine Reaktion, sondern auch über die seiner Eltern erschrocken, saß ich da und beobachtete sie. Olivers Miene warnte mich davor, etwas zu tun oder zu sagen. Still blieben sie beide bei dem kleinen Jungen, warteten darauf, daß er wieder aufstand, sich beruhigte. Die lastende Stille schien lange zu dauern.

Als sie gingen, machte Rene – Wayne war außer Hörweite – eine Bemerkung über die Szene. «Kinder», sagte sie, «erschrecken vor den seltsamsten Dingen. Wenn es wieder passieren sollte – und wir sind zufällig nicht in der Nähe –, tu, was wir getan haben. Er braucht ein bißchen Hilfe – okay?» Ihre Augen waren fast schwarz vor Sorge, doch sie behielt den leichten Ton bei. «Bei mir», sagte sie, «sind es Spinnen.»

6

Am Tag meiner Sendung lief ein Drogensüchtiger Amok und brachte fünf Menschen um.

Christopher benutzte die Nachricht, die zwei Stunden vor dem Interview über den Äther ging, als eine Art Beruhigungsmittel. Was ich getan hatte, gab er mir zu verstehen, war geringfügig. Etwas Ähnliches wie ein Kavaliersdelikt. «Also beschwichtige dein Gewissen, Maeve. Hör auf, dir so viel Kummer zu machen. Versuch, mehr im Frieden mit dir zu leben.»

Gestern nacht hatte ich wieder den Alptraum und flüchtete mich zitternd zu ihm, und er hielt mich fest, während ich ihm davon erzählte. Er kann sanft sein, aber er kann nicht in meinen Kopf hinein und nicht unter meine Haut und meine Gefühle verhindern. Seine Stimme hat einen Unterton von Ungeduld, wenn er mit mir spricht.

Als wir jetzt dasitzen und uns die Sendung anhören, ist er stocksteif vor Verlegenheit. Es ist kurz nach acht, und die Abendsonne strömt ins Zimmer und vergoldet es. Neben ihm auf dem Tisch stehen Whisky und Wasser, doch er hat nur ein paar Schluck getrunken. Mein Glas Gin mit Tonic ist schon fast leer. Ich hatte mich innerlich darauf eingestellt, aber es ist schwer zu glauben, daß die Stimme, die ich höre, die meine ist. Der einzige Satz, der ehrlich klingt, ist der, als ich sage, ich würde zehn Jahre meines Lebens dafür geben, meine Tat ungeschehen zu machen, Sergeant Sutherland nicht verletzt zu haben. Macberra spricht weiter über meine achtzehn Monate im Gefängnis. Die Sendung ist zu einer Art Flickwerk der Meinungen geworden – vielleicht um ein zu kurzes Programm zu verlängern. Die Gefängnisdirektorin nennt mich eine «sehr selbstsichere junge Frau mit einem schweren Komplex». (Selbstsicher? Wie wenig sie mich kannte. Komplex? Sah es so aus?)

Daß ich mit der fremden Umgebung fertig wurde, indem ich mich in mich selbst zurückzog und akzeptierte, was akzeptiert werden mußte, ist der Einstieg für den Psychiater, der sich mächtig aufspielt. Er gibt zu, daß wir uns nicht kennengelernt haben – «da gibt es andere, die meine Hilfe viel nötiger brauchen» – und fährt dann fort zu verallgemeinern. Es klingt wie der übliche Lehrbuchjargon. Meine Lüge über das Anpassen scheint alle glücklich zu machen, besonders den Gefängnisgeistlichen, der ein paar Worte über christliche Führung, irregeleiteten Idealismus im Umfeld der Diskussion um die Atomenergie und den dornigen Pfad der Erlösung zu sagen hat. Ich erinnere mich an seine Predigt über den «Stachel» und fange fast hysterisch zu kichern an.

Christopher steht halb aus seinem Sessel auf. «Schalten wir doch das verdammte Ding aus!»

«Nein, nein, es ist schon gut. Es ist nur, weil alles so falsch ist. Das bin nicht ich. Es hat nichts mit mir zu tun.»

Die letzte Frage und Antwort über die Korruption ist – nicht unerwartet für mich – stark bearbeitet und zusammengestrichen worden.

Meine Stimme – ja, meine Stimme – oberlehrerinnenhaft, weit in den Hals gerutscht – salbadert, daß es überall Schmerz und Frustration gibt. «Es gibt keinen besonderen Nährboden für Korruption. Manche werden im Gefängnis korrumpiert.»

Und hier endet das Interview abrupt.

Mein Beitrag ist zu Ende, und jetzt haben die Fachleute noch einmal das Wort.

Sie sind so sicher, diese Fachleute, so klinisch. Wir, die anderen, müssen beobachtet werden wie Labortiere. Ein bißchen von dieser Therapie. Ein bißchen von jener. Das Gehirn der Kriminellen liegt vor ihnen auf dem Seziertisch ihrer Vorurteile. Aber sie sind sehr vorsichtig, nennen es beileibe nicht so. Das Wort «gestört» wird beschönigend umschrieben. Sind sie selbst so immun, so sorgfältig abgeschirmt in ihren Festungen aus Respektabilität, daß sie nie «gestört» sein können?

Warum hat Macberra sich nicht ein paar Strafvollzugsbeamtinnen in die Sendung geholt? Diejenigen, die wußten, was los war und ihr Bestes taten. Zu viele Häftlinge. Hochspannung. Therapie?

Macberra beendet die Sendung mit ein paar freundlichen Worten über mich. «Eine sensible Frau, die tief bereut, was sie getan hat. Wenn sie diese Sendung hört, wünsche ich ihr alles Gute.»

Danke, Macberra. Aber seien Sie nicht freundlich zu mir. Nicht gerade jetzt. Ich ertrage es nicht.

Christopher schaltet das Radio aus. «Blöder Wichtigtuer! Er hätte dich nie dazu überreden dürfen.» Er sieht mich genauer an, und ich wende den Kopf ab. Mir brennen die Augen, und mein Hals ist so rauh, als hätte jemand ihn wundgerieben.

«Jetzt ist es vorbei», sagt Christopher. «Es hätte nie dazu kommen dürfen, aber jetzt ist es vorbei.»

Seine Mißbilligung gibt mir Kraft. Ich habe nicht mehr das Gefühl, mich zu ihm flüchten zu müssen wie letzte Nacht. Er hat mich getröstet, als mein Alptraum mich quälte. Ich kann seine Verlegenheit nicht zerstreuen.

Die Sendung hatte Folgen, die wir nicht erwartet hatten. Freunde tauchten wieder auf. Man hatte mir anscheinend vergeben, daß ich Louella mit Wein begossen hatte. Wir gehörten wieder zur Gesellschaft. Wurden zu einem Dinner eingeladen – zu einem Opernbesuch. Ich erfand höfliche Ausreden und bemühte mich Christopher zuliebe, niemanden zu kränken.

Ich konnte das Verhalten der Leute nicht verstehen. Kann es noch immer nicht. Was ist an einer Rundfunksendung so reinigend? Hatte mich die BBC porentief reingewaschen?

Ganz locker und ungezwungen bin ich nur bei Rene und Oliver. Ich habe jetzt das Gefühl, auf ihrer Seite des trennenden Grabens zu stehen. Sie jeden Mittwoch zu sehen und Wayne immer näherzukommen, tut meinem Herzen gut. Ich hintergehe Christopher ganz fürchterlich, aber darauf kann ich keine Rücksicht nehmen.

Darauf, daß auch Christopher mich hintergehen könnte, machte Samantha mich aufmerksam. Sie kam eines Vormittags vorbei, nachdem ich unter dem Vorwand, Grippe zu haben, eine formelle Einladung zum Lunch abgelehnt hatte.

Nach der üblichen Begrüßung – flüchtige Berührung von Wange an Wange – fegte sie an mir vorbei ins Wohnzimmer, drehte sich dann um und musterte mich mit einer Mischung aus Mißbilligung und Amüsement.

«Für mich siehst du kerngesund aus», sagte sie brüsk.

Ich widerstand der Versuchung, mir glättend über das unordentliche Haar zu streichen, und schob die Hände in die Taschen. Ich wirkte zwar total schlapp, aber nicht krank, nein, das nicht.

Sie selbst sah phantastisch aus. Eine Sechsunddreißigjährige, die wußte, wie sie sich darzustellen hatte. Eine schmeichelnde Kleopatrafrisur mit Stirnfransen betonte ihre hohen Wangenknochen. Das cremefarbene Wildlederkostüm saß hervorragend und kaschierte ihre zu breiten Hüften. Ich sagte ihr, ich fände ihre Frisur todschick. Aber als Ablenkungsmanöver funktionierte es nicht.

Sie machte eine ungeduldige Geste, und ein paar Schildpattarmbänder schlugen klappernd aneinander wie Totengebein. «Laß mich aus dem Spiel. Ich bin hier, um über dich zu reden. Um Himmels willen, Maeve, ich weiß, daß die Dinnerparty damals für dich ziemlich katastrophal war, aber wir waren eben alle nervös. Heute wäre es anders. Du bist drüber weg.»

«Fein», sagte ich. «Ist gut, das zu wissen. Was soll's denn sein? Kaffee? Whisky? Gin?»

«Kaffee.» Sie kam zu mir in die Küche, während ich den Kaffee machte, und half, die Tassen auf ein Tablett zu stellen. Ihre Fingernägel waren pink mit einem Hauch von Bronze. Sie schaute sich in der Küche um. «Hast du keine Putzfrau mehr?»

Vielleicht fragte sie wegen der schmierigen Fettflecken auf der Herdplatte. «Nein, ich werde ganz gut allein fertig.»

«Ich weiß von einem Au-pair-Mädchen. Es ist besser als die meisten.»

«Nein, danke.»

Sie warf einen Blick auf meine ungepflegten Fingernägel, sagte aber nichts.

Ich schenkte den Kaffee ein, und wir gingen damit ins Wohnzimmer. Sie nahm sich einen Stuhl am Fenster, in der prallen Sonne. «Dein Garten ist in Ordnung. Ihr teilt euch denselben Mann, du und Louise, nicht wahr?»

Einen Augenblick dachte ich an Oliver. Ich wünschte nur, er gehörte mir, damit ich ihn mit jemandem teilen konnte. Loyalität gegen Rene legte mir Zügel an. Der Mann der besten Freundin mag einem gefallen, aber wenn man nicht absolut skrupellos ist, macht man ihn ihr nicht abspenstig.

«Ich habe gedacht», fuhr Samantha fort, «daß Louise ihn verloren hat – wegen Krankheit oder so. Ich glaube, sie nannte ihn Williams – oder war es Walker? Vielleicht hab ich da was mißverstanden.»

«Vielleicht», stimmte ich zu.

«Zu dir kommt er also noch?»

«Wie du siehst, ist mein Rasen gepflegt.»

«Okay», sagte sie lächelnd, «sei verschwiegen. Wenn du ihm mehr bezahlst als Louise, dann darfst du ihn auch länger behalten.»

Sie wechselte das Thema und rückte endlich mit dem heraus, weswegen sie gekommen war. «Ich habe eben von Christophers neuer Assistentin gehört. Paul sagt, sie hat vor ungefähr zwei Monaten angefangen. Die gleichen Qualifikationen wie du – akademischer Grad in Wirtschaftswissenschaften. Ich dachte, daß er dir den Job angeboten hätte.»

Ich bemühte mich, meine Überraschung nicht zu verraten, aber es gelang mir nicht. Samantha hatte Falkenaugen. Christopher hatte erwähnt, daß die Arbeit ihm und seinem Partner langsam über den Kopf wuchs. Natürlich waren ausreichend Sekretärinnen da. Möglicherweise hatte er auch erwähnt, daß er eine qualifizierte Assistentin einstellen wollte. Doch ich konnte mich nicht mehr erinnern.

«Ehepaare arbeiten nicht allzu gut zusammen», wich ich aus.

Samantha ließ sich nicht täuschen. Ich hatte nichts gewußt. Sie machte sich daran, mich aufzuklären. «Sie ist die Tochter eines Anwaltsfreundes von Paul – von Harrington, dem Kronanwalt. Sie heißt Sarah und ist um die Vierundzwanzig. Klein – zieht sich nicht besonders gut an –, aber laut Paul ganz schnuckelig.»

Sie nahm einen Schluck Kaffee. «Willst du noch mehr hören?»

Wenn sie glaubte, daß sich jetzt mein Magen in entsetzter Erwartung umdrehte, wurde sie enttäuscht. «Wenn es noch etwas zu hören gibt, wirst du es mir ohnehin sagen.»

Sie zuckte mit den Schultern. «Liebling, wir sind schon so lange befreundet. Ich möchte nicht Alarm schlagen. Im Augenblick klingelt es nur ganz leise. Nur beinahe täglich Lunch in dem spanischen Restaurant unweit von Christophers Büro. Wahrscheinlich eine gewöhnliche Arbeitsgemeinschaft. Ein praktisch in der Nähe gelegenes Speiselokal.»

«Wahrscheinlich.»

«Männer brauchen Gesellschaft», fuhr sie fort. «Es kann riskant sein, sie ihnen zu verweigern. Nicht so gefährlich, wie wenn man ihnen Sex verweigert, aber fast.» Sie dachte darüber nach. «Vielleicht sogar gefährlicher. Einem flüchtigen sexuellen Abenteuer kann man leicht beikommen. Kameradschaft kann zu einer Dauerbeziehung führen.» Sie beugte sich vor, legte lächelnd den Kopf schief. «Schlag mich, wenn du glaubst, ich sei impertinent.»

Ich versicherte ihr, daß ich mich zur Zeit immer im Griff hatte.

«Krieg dich noch besser in den Griff», riet sie mir. «Fang an, Einladungen anzunehmen. Schau dir Christopher sehr gut an. Er ist ein attraktiver Mann.»

Samantha ist eine Klatschbase, doch in diesem Fall glaube ich ihr sogar, daß sie es gut meinte. Und was sie sagte, war vernünftig. Christopher und ich passen in vielen Dingen nicht zusammen. Als wir heirateten, bestand eine starke sexuelle Anziehungskraft zwischen uns, und sie war wichtiger als alle Unterschiede. Heute lieben wir uns wie zwei Fremde auf einer verlassenen Insel, die nur verbindet, daß der andere eben da ist. Aber nein, das ist vielleicht nicht fair. Ich weiß nicht, was er empfindet. Woher denn auch?

Aber ich weiß, was ich nicht empfinde.

Keinen Schreck, keinen Zorn, keine Eifersucht. Dazu besteht auch kein Grund. Hätte Samantha mir erzählt, daß Christopher jeden Mittag mit – wie heißt sie? – Sarah ins Bett geht, dann hätte mich das vielleicht getroffen. So aber reagierte ich fast gleichgültig – fast, nicht ganz.

Er hat mich immer gern gehabt. Mißbilligt, was ich tat. Sich über mich geärgert. Aber er hat mich nicht absichtlich verletzt. Ich war total ichbezogen. Aufreizend. Und taugte in praktischen Dingen nicht viel.

Ich sollte versuchen, mehr an ihn zu denken. Mit ihm ausgehen, wenn er das will. Er war so tolerant, wie seine Natur es ihm erlaubte.

Wenn Christopher eine Veränderung an mir bemerkte, sagte er nichts dazu. Ich schlug vor, ein Wochenende im Wohnwagen meiner Mutter zu verbringen, und er war sofort einverstanden. Er wußte, daß ich den Ort liebte, daß mit ihm viele Erinnerungen an meinen Vater verbunden waren. Der Wohnwagen steht auf einem Feld, ein paar Minuten zu Fuß von der Bucht entfernt, und bietet herrliche Ausblicke auf die See. Eine wahre Pracht, wenn die Sonne scheint, und ziemlich düster, wenn sie es nicht tut. Für uns schien sie nicht. Frierend wanderten wir am Strand entlang und kletterten den Klippenpfad hinauf. Wir hatten einander nicht viel zu sagen. Ich fragte ihn nicht nach seiner neuen Assistentin, und er erwähnte sie nicht. Wir verbrachten zwei unbequeme Nächte in den Etagenbetten, aßen unappetitliches, auf dem Paraffinöfchen zubereitetes Essen, hauptsächlich gebratenen Speck und Eintöpfe, die man in Dosen warm machen konnte, und fuhren erleichtert nach Hause.

Es war nicht sehr erfolgreich gewesen, aber ich hatte es versucht.

Der nächste Vorschlag kam von ihm. Ein paar Tage zusammen in Paris.

«Warum?» fragte ich.

«Warum nicht?» entgegnete er.

Weil ich dann am Mittwoch nicht zu Hause bin, dachte ich.

«Gut», sagte ich, «wenn du es gern möchtest.»

«Ich möchte, daß du glücklich bist. Wir könnten uns ein paar schöne Tage machen.» Ein bißchen linkisch fügte er hinzu: «Wieder.»

In diesem Augenblick liebte ich ihn so, daß es weh tat – aufblitzendes Schuldbewußtsein, gemischt mit Schmerz – eine flüchtige Erinnerung, wie es einmal zwischen uns gewesen war.

«Nun gut», stimmte ich zu, «fahren wir.»

Paris überschüttete uns mit Sonnenschein, Kultur und *haute cuisine*. Mit Feuereifer spürte Christopher Gourmet-Restaurants auf, sogar *Maxim's* und das ausgezeichnete kleine Lokal im Quartier Latin, wo der Weinkellner wie Oliver aussah. Er fand auch in die Église du Dôme und stand voller Ehrfurcht vor Napoleons Grab, während ich geduldig an seiner Seite ausharrte. Nur widerstrebend gab er das Musée de l'Armée auf und begleitete mich statt dessen in den Louvre. Wir waren beide – oh, so entsetzlich rücksichtsvoll. An unserem letzten Abend gingen wir in die Oper. Es wurde *Die Nachtwandlerin* von Bellini gegeben. Hinterher schlenderten wir durch die Rue de la Paix zu unserem Hotel und kamen bei Cartier vorbei. Es war natürlich geschlossen, doch Christopher schlug vor, am nächsten Morgen vor dem Rückflug einen kurzen Abstecher zu dem Nobeljuwelier zu machen. Er wolle mir ein kleines Andenken kaufen. Da ein kleines Andenken von Cartier ein Widerspruch in sich war – und gewiß war Christopher doch nicht so reich oder hatte Sarahs wegen ein so schlechtes Gewissen –, lehnte ich ab. Er habe mir schon ein Paar Schuhe gekauft, sagte ich, und sie hätten ein Vermögen gekostet. Mehr wollte ich nicht.

Im Hotel leerten wir zwei Minifläschchen Scotch aus dem Kühlschrank im Zimmer, und dann liebten wir uns. Sanft, kurz und ohne Erregung. Wie immer schlief Christopher fast sofort ein, doch ich tauchte in den Schlaf, als glitte ich langsam in finstere Schrecknisse hinab. Irgendwann zwischen zwei und vier Uhr morgens riß mich der Alptraum unrettbar in die Tiefe.

Es war so schlimm wie eh und je. Ich roch den Schlamm. Fühlte Sutherlands Gesichtshaut. Als ich mich wieder bewegen konnte, ging ich ins Bad und setzte mich zitternd auf den Wannenrand. Ich brauchte lange, um zu mir zu kommen. Ich berührte die marmornen

Wandfliesen, puderte mir die Füße mit stark parfümiertem Talkum, vergrub das Gesicht in den steifen Falten des Duschvorhangs und sagte mir immer wieder, dies sei das *Ritz* auf der Place Vendôme, kein Feld in Langdon. Allmählich gelang es mir, es auch zu glauben. Als ich ins Schlafzimmer kam, murmelte Christopher etwas im Schlaf. Ich legte mich neben ihn, traute mich aber nicht, noch einmal einzuschlafen. Am Morgen sagte er besorgt, ich sähe müde aus. Ich sagte ihm nicht, warum.

Der Rückflug nach Heathrow war sehr unruhig, und auf der Heimfahrt herrschte dichter Verkehr. Es war später Nachmittag, als wir in unsere Zufahrt einbogen, und wir waren beide froh, aus dem Wagen steigen zu können. Christopher ging zum Kofferraum, um das Gepäck herauszuholen. Ich kramte inzwischen den Hausschlüssel aus der Tasche und sperrte auf. Als ich über die Schwelle trat, drückten sich die dünnen Absätze meiner neuen Schuhe in etwas Weiches. Auf der Matte lag mit der Vorderseite nach unten ein Manila-Umschlag. Ich hob ihn auf und drehte ihn um. *MAEVE* stand darauf, in großen Druckbuchstaben und mit violetter Tinte. Verblüfft riß ich ihn auf. Er enthielt einen schmutzigen Lappen, auf den jemand mit einer rostfarbenen Substanz sehr sorgfältig das Logo der CND gezeichnet hatte. Es dauerte ein paar Sekunden, ehe ich begriff, daß es Blut war.

7

Ich hatte mich noch nie bedroht gefühlt. Doch dies gehörte in eine andere Kategorie als die üblen Briefe, die ich nach meiner Entlassung aus dem Gefängnis bekommen hatte. Die Drohung lag in dem Blut – Worte waren überflüssig. Und der Umschlag war in unseren Briefkasten gesteckt, nicht mit der Post geschickt worden. Jemand hatte sich auf unserem Grundstück herumgetrieben, als wir nicht hier waren.

Ich setzte mich auf die Treppe, zu geschockt und zu schwach, um mich von der Stelle zu rühren, an der ich den Umschlag gefunden hatte. Es lagen noch andere Briefe auf dem Boden – ein Katalog für Saatgut – die Telefonrechnung – eine Ansichtskarte, wahrscheinlich von meiner Mutter. Der Nachmittag schien so freundlich und normal. Sonne lag auf der silbernen Rosenschale, die auf dem Dielentisch stand. Die Standuhr tickte leise. Wir waren noch nicht einmal fünf Minuten zu Hause.

Christopher, der den Koffer nach oben bringen wollte, sah mich erstaunt an. «Warum sitzt du hier? Was ist los?»

Ich gab ihm den Umschlag und den blutverschmierten Lappen.

Er war außer sich vor Zorn. «Das ist eine Sache für die Polizei.»

«Nein.»

«Was meinst du mit nein? Das kann ich nicht aus der Welt schaffen. Dazu brauchen wir die Polizei.»

«Und, was wird sie deiner Ansicht nach tun? Außer sich hämisch zu freuen?»

«Hämisch freuen? Jesus, Maeve! Was redest du denn da?»

Ich konnte die Worte nicht zurückhalten, die ich jetzt heraussprudelte. «Ich habe einen von ihnen schwer verletzt – und bekomme dann dies – es soll mich daran erinnern, daß Blut vergossen wurde. Was erwartest du von ihnen? Daß sie sagen werden ‹tut uns leid, Mrs. Barclay – wie unangenehm für Sie, Mrs. Barclay› – oder ‹gottverdammtes Frauenzimmer, sie hat es nicht anders verdient›?»

«Du bist hysterisch. Du weißt nicht, was du redest.»

«O ja, ich weiß es sehr gut. Ich kenne sie. Die Bullen. Es heißt sie und wir. Du hast ganz recht. Du gehörst zu ihnen. Stehst auf ihrer Seite. Ich habe hinter Gittern gesessen, vergiß das nicht.»

«Glaubst du, du läßt es je zu, daß ich es vergesse?» Das klang sehr verbittert.

Allmählich beruhigten wir uns. Er half mir, den Anorak auszuziehen, und brachte mich ins Wohnzimmer. Ich mag keinen Cognac, doch er zwang mich, ein paar Schlucke zu trinken. Er sagte, er werde das Blut gerichtsmedizinisch untersuchen lassen. «Es könnte uns zu demjenigen führen, der dir das geschickt hat.»

Von uns beiden war ich jetzt diejenige, die rationaler dachte. «Wenn ich tot – ermordet worden – wäre, dann würden sie es untersuchen. Unter den gegebenen Umständen werden die Bullen keinen Finger rühren. Da draußen gibt es Millionen mit dieser bestimmten Blutgruppe – und ein paar davon sind nicht ganz dicht. Am besten, wir verbrennen das Ding.»

Feuer ist rein. Ich wollte, daß der widerliche Lappen sich darin krümmte und zu schwarzer Asche verbrannte. Es dauerte eine ganze Weile, ehe Christopher zustimmte. Dann ließ er es mich tun, riß mir jedoch das Feuerzeug aus der Hand, als ich mir fast die Finger verbrannte.

Von diesem Moment an sorgte er sich um meine Sicherheit. Ich durfte keinem Fremden öffnen. Die Tür bekam einen Spion und eine Sicherheitskette. Er fragte mich, ob ich vielleicht gern einen Hund hätte. Nein, sagte ich, ich will keinen. Wenn überhaupt ein Tier, dann eine Katze – eine Perserkatze vielleicht. Er sagte, ich solle gefälligst ernst bleiben, meine Launen seien unerträglich, und ich solle aufhören, die Polizei Bullen zu nennen. Daß er die Polizei ins Spiel brachte, war absolut überflüssig, nur weiterer Vorwand für eine Meinungsverschiedenheit; ich hatte sie in letzter Zeit kein einziges Mal erwähnt.

Vorübergehend war ich die Stärkere und beruhigte ihn.

Oliver war es, der mich zu beruhigen versuchte.

Seit ein paar Wochen war der Garten ungepflegt geblieben. Oliver hatte angerufen und gesagt, Wayne habe die Windpocken. Ich sagte, ich würde ihn besuchen, doch Oliver meinte, nein, lieber nicht. Sie kämen bald wieder alle zusammen zu mir. Liebe Grüße von Rene. Okay?

Okay. Aber sie fehlten mir.

Vergangenen Mittwoch war er allein hier. Wayne gehe es besser, aber er dürfe noch nicht ins Freie. Nächste Woche vielleicht. Es sei noch nicht sicher.

Er erledigte im Garten seine üblichen Arbeiten. Das Wetter war schlecht, doch der Regen schien ihn nicht zu stören. Ich regte mich auf, weil er durch und durch naß wurde, und machte ihm einen Teller Suppe heiß. Er saß mir, nach feuchtem Trainingsanzug riechend, am Küchentisch gegenüber, und wir versuchten Konversation zu machen, aber ohne großen Erfolg. Er spürte meine innere Anspannung und wollte wissen, was ich hatte.

Ich erzählte ihm von dem grotesken Inhalt des Briefumschlags, meinem Schuldbewußtsein gegen Sergeant Sutherland, meinen Alpträumen. Er konnte gut zuhören und sagte sehr wenig, doch mit dem, was er sagte, bewies er Wärme und Verständnis. Der blutige Lappen war unwichtig, das hatte sich irgendein Idiot ausgedacht, ein Verrückter. Oliver riet mir, die Sache zu vergessen. Das übrige nahm er ernster.

«Im Knast zu sitzen, das ist wie eine Krankheit – für jemanden wie Sie. Und ich meine Sie persönlich. Es sitzen haufenweise Miststücke aus der sogenannten besseren Gesellschaft drin, denen es scheißegal ist. Sie werden eines Tages drüber wegkommen. Aber vielleicht müssen Sie vorher mit Sergeant Sutherland sprechen.»

Das schien so unwahrscheinlich, daß es mir die Sprache verschlug.

Wir achteten bei unserer Unterhaltung streng darauf, einander nicht zu berühren, doch während ich dasaß und über das nachdachte, was er gesagt hatte, schob er den leeren Suppenteller beiseite, stand auf und kam zu mir herüber. Er legte mir die Hände auf die Schultern und massierte sanft meine Nackenmuskeln.

«Es hilft Rene, sich zu entspannen», sagte er.

Mir half es nicht. Mich elektrisierte es. Ich wollte, daß er mich in die Arme nahm. Mit mir nach oben ging. Mich liebte. Wir waren allein im Haus. Gelegenheit und Verlangen trafen zusammen.

Ich entzog mich ihm.

Ich sah seine Augen nicht, hörte ihn jedoch leise aufseufzen. Seine Stimme klang bedauernd. «Rene mag es.»

«Rene hat Glück.»

Was ich meinte, muß sehr klar gewesen sein. Loyalität mit einem ganz großen L.

Er kehrte auf seine Tischseite zurück. «Ihr Mann aber auch», sagte er trocken.

Bevor er ging, nahm ich ihn ins Arbeitszimmer mit, wo die meisten unserer Bücher stehen, und gab ihm ein anderes Buch für Wayne mit. «Es ist ‹Der Schneider von Gloucester›, eines meiner Lieblingsbücher, als ich in seinem Alter war. Lesen Sie es ihm vor dem Einschlafen vor.»

Wayne. Ein sicheres Thema.

Er sah es kaum an, schaute sich aber im Zimmer um, merkte vielleicht, daß dies Christophers ureigenstes Territorium war. Auf dem Schreibtisch stand ein Feuerzeug mit Monogramm neben einem kleinen Foto von mir, das er auf unserer Hochzeitsreise aufgenommen hatte. Über der Sessellehne hing unordentlich Christophers grauer Pullover mit baumelnden Ärmeln.

«Wayne wird die Geschichte gefallen», versicherte ich ihm. «Die meisten Kinder lieben sie.»

Er bemühte sich, Interesse an dem Buch zu zeigen, und blätterte darin. «Das andere hat ihm gut gefallen. Es muß immer bei seinem Bett liegen.»

«Fein.»

«Er verliert die Scheu vor Ihnen, spricht von Ihnen. Hat sich aufgeregt, weil er heute nicht mitkommen konnte. In der Wohnung fühlt er sich ziemlich eingesperrt. Er hat keinen Platz, wo er spielen kann.»

Ich wußte das. Es war ein trostloses Loch.

Ganz impulsiv schlug ich ihm vor, doch hin und wieder über ein Wochenende Mutters Wohnwagen zu benutzen. «Für einen Familienurlaub ist er genau das richtige. Und für Wayne wäre es gut, ein bißchen Seeluft zu schnuppern.»

Ich ging den Schlüssel und eine Landkarte von der Gegend holen.

Als ich zurückkam, saß er hinter dem Schreibtisch, und Christophers Pullover war auf den Boden gefallen. Oliver stand auf. Er sah verlegen aus und bückte sich nach dem Pullover. «Entschuldigung.»

«Wofür die Entschuldigung? Seien Sie nicht lächerlich.» Ich wollte ihn überreden, sich wieder zu setzen, aber er wollte nicht.

Nebeneinander stehend studierten wir die Landkarte, und ich zeichnete mit dem Bleistift die Route ein. «Ein kleiner Wohnwagen», sagte ich. «Gerade richtig für euch drei.»

«Dann kommen Sie wohl nicht mit?»

Die fragenden dunklen Augen versuchten zu ergründen, wie weit meine Bereitschaft ging.

Ich sagte ihm, ich käme nicht. «Aber rufen Sie mich an, bevor Sie fahren. Christopher und ich waren zwar erst vor kurzem dort, aber er könnte sich entschließen, noch einmal zu fahren – und daher...»

Wenn Oliver der Meinung war, es gebe verschiedene Grade der Loyalität – bei der Sexualität und allen anderen Arten zwischenmenschlicher Beziehungen – sprach er es nicht aus.

Ich begleitete ihn zu seinem Motorrad hinaus. Der Regen hatte nachgelassen, und die Luft duftete nach warmer Erde und Blumen.

«Wenn Sie wollen, könnte ich Sie vielleicht mit Sergeant Sutherland zusammenbringen», sagte er.

Ich war so überrascht, daß ich nicht wußte, was ich sagen sollte.

«Wenn Sie wollen», wiederholte er.

«Aber wieso können Sie das? Ich verstehe nicht. Wie ist es möglich – ich meine, wieso können Sie das? Sie kennen ihn doch nicht – oder?»

Er sagte, nein, er kenne ihn nicht. Aber er kannte andere, die wiederum Sutherland kannten. Diese anderen, vermutete ich, trugen keine adretten Uniformen und fuhren auch keine Streifenwagen.

Aber sie hatten Kontakt zu Sutherland.

Und es wäre vielleicht wirklich gut für mich, wenn ich mit ihm spräche. Ich war so durcheinander, daß ich vor Unentschlossenheit zu schwitzen begann.

«Ich weiß nicht. Ich weiß es ganz einfach nicht.»

«Denken Sie darüber nach», sagte Oliver gelassen. «Sie müssen sich ja nicht gleich entscheiden.»

Ein Doppelbett, in dem ein zweiter liegt, ist nicht unbedingt der beste Platz, um Entscheidungen zu treffen. Daß Christopher ebenfalls nicht schlief, obwohl er tat, als sei er völlig entspannt, war mir klar. Er sorgte sich noch immer um meine Sicherheit. In unserer Straße war in mehrere Häuser eingebrochen worden. Unseres war trotz der miserablen Alarmanlage bisher verschont geblieben. Doch die Gefahr eines Einbruchs beschäftigte mich längst nicht so wie die Frage, wie ich mich wegen Sergeant Sutherland entscheiden sollte. Und wegen Oliver. Bisher hatte ich in ihm Renes Mann und Waynes Vater gesehen, fest eingebunden in seine häusliche Umgebung. Doch wohin ging er, wenn er allein loszog? Und mit wem zog er los?

«Bist du wach, Maeve?» fragte Christopher durch die Dunkelheit.

«Ja.»

«Fehlt dir etwas?»

«Nein.»

Er setzte sich auf und knipste die Nachttischlampe an. «Ich habe heute mit Colonel Claythorpe gesprochen. Er und ein paar andere Nachbarn gründen einen Nachbarschafts-Wachdienst. Ich habe ihm gesagt, daß ich dabei bin. Und du auch.»

«Hättest du mich nicht vorher fragen sollen?»

«Die Sache nützt dir doch auch. Natürlich habe ich ihm nichts von diesem widerwärtigen Lappen gesagt. Aber seit man ihn uns durch den Briefschlitz geworfen hat, habe ich deinetwegen keine ruhige Minute mehr. Wenn der Colonel oder ein anderer Nachbar Fremde in der Gegend sieht, werden sie uns verständigen. Die Polizei rufen, wenn nötig.»

O Gott! dachte ich. Olivers Kombi, der pünktlich jeden Mittwoch hier auftaucht – alt, verbeult, häßlich –, wird die ganze aufgeblasene, Mercedes fahrende Bande in helle Aufregung versetzen und zu den waghalsigsten Spekulationen verführen.

Höchste Zeit, Christopher zu sagen, daß ich den Gärtner gewechselt habe. Aber wie? Er wird alles haarklein wissen wollen. Fragen, wie ich von ihm erfahren habe, was für Zeugnisse er hat. Meine Phantasie und meine Zunge erlitten eine moralische Lähmung. Ich murmelte, ich müsse auf die Toilette.

Als ich zurückkam, lag Christopher mit hinter dem Kopf verschränkten Händen da. Er machte ein Gesicht wie sonst nur, wenn er mit mir schlafen wollte, aber als ich mich neben ihn legte, machte er keine Anstalten, mich zu berühren.

Mein Geständnis, das ich eben widerstrebend in Worte fassen wollte, wurde plötzlich von seinem überrollt.

«Vor einiger Zeit hatten wir im Büro eine freie Stelle. Du warst meiner Meinung nach noch nicht soweit, um arbeiten zu können. Sonst hätte ich dir davon erzählt. Jetzt denke ich, daß ich vielleicht unrecht hatte. Wenn du jeden Tag aus dem Haus müßtest, wäre das besser, als immer nur hier rumzuhängen.»

Ich erwiderte ein bißchen vage, daß Samantha eine gewisse Sarah erwähnt hätte.

«Eric hat sie eingestellt», sagte er. «Sie ist tüchtig. Tut mir leid, daß du es von Samantha erfahren mußtest. Was, zum Teufel, geht sie das eigentlich an?»

«Nichts», beruhigte ich ihn. «Wenn ihr jemanden einstellt, ist das allein deine und Erics Sache.»

Und meine Sache ist es, wenn ich einen neuen Gärtner einstelle – lassen wir es dabei. Wenigstens vorläufig.

Christopher legte die Hand auf meine Brust und streichelte sie leicht. «Sue, Erics Frau, ist im Krankenhaus – Komplikationen mit der Schwangerschaft. Zu hoher Blutdruck oder so.»

Wollte er damit andeuten, daß auch wir uns um ein Baby «bemühen» sollten?

«Er ißt jetzt häufig im Restaurant. Hättest du etwas dagegen, wenn ich ihn diese Woche einmal zum Abendessen mitbringen würde?»

Keine Andeutung also. Es hat nichts mit einem Baby zu tun. «Nur Eric?»

Er hörte auf, meine Brustwarze zu betasten, und zog die Hand zurück. «Vielleicht auch Sarah? Sie kennt Sue privat. Kennt übrigens fast alle aus unserer Clique. Nur dich noch nicht. Was meinst du dazu?»

«Wenn du es willst?»

«Mir ist es gleichgültig. Es wäre nur eine nette Geste, sonst nichts.»

Seine Gleichgültigkeit kommt mir gar nicht gleichgültig vor, aber in meiner Lage darf ich sie nicht in Frage stellen. «Warum nicht? Eine nette Geste wäre reizend. Machen wir's doch am Freitag, ja?» Fast hätte ich ihn gefragt, ob Sarah spanisches Essen mag, halte mich aber im letzten Moment zurück.

Er greift über sich und knipst die Lampe aus. Durch meinen Ton beruhigt, denke ich. «Gut, dann ist es abgemacht. Freitag, wenn es allen paßt. Deine erste Dinnerparty seit...» Er verschluckt den Rest.

«Ja.» Auch ich beende den Satz nicht. Gefängnis ist ein verbotenes Wort. Ich habe es zu oft ausgesprochen.

Den Donnerstag verbrachte ich damit, für Sarah die Küche zu putzen. Es war eine Kriegslist. Sie mochte Christopher bemitleiden, weil er mich auf dem Hals hatte, aber sie durfte ihn nicht bemitleiden, weil der Herd nicht glänzte. Und das Essen mußte auch gut sein. Während ich wischte und schrubbte, stellte ich im Kopf die Speisenfolge zusammen. Avocados als Vorspeise. Einfach. Eine gefüllte und garnierte Ente. Nicht allzu schwierig. Mohrenköpfe oder Meringen oder irgendwas zum Nachtisch. Nicht brillant, aber besser konnte ich es nicht.

In der Regel bringen Männer ihre Geliebten nicht nach Hause. Oder doch? Als Katalysator zur Verschönerung meiner Umgebung erwies sich Sarah sehr nützlich. Ich bin neugierig auf sie, tiefer reichen meine Gefühle jedoch nicht. Ich nehme an, in einer solchen Situation kauft eine Ehefrau sich ein neues Kleid. Ich habe viele

Kleider und keine Lust zu einem Wettbewerb. Das grüne Seidenkleid muß es tun, und dazu werde ich den Aquamarinanhänger tragen, den Christopher mir in Griechenland geschenkt hat. Er war immer großzügig. In jeder Beziehung.

Es ist so leicht, seine Tugenden aufzuzählen und unberührt zu bleiben. Daß er einen Seitensprung macht, ist normal. Nicht aber, daß es mir so egal ist.

Wie würde Rene reagieren, wenn Oliver und ich...

Genau wie ich, wenn Oliver mir gehörte und sie sich an ihn heranmachte.

Ich verdränge den Gedanken. Er jagt mir Furcht ein.

Oliver kam am Freitag um vier Uhr mit seinem Motorrad angebraust – drei Stunden vor der Dinnerparty.

In der Küche duftete es nach in Cognac eingelegten Orangenscheiben, und die Ente, noch nicht angebraten, aber schon gefüllt, lag auf dem Tisch. Oliver kam zur Hintertür und hoffte natürlich, daß Christopher nicht da war.

«Wenn Sie mit Sergeant Sutherland sprechen wollen», sagte er ohne Einleitung, «und wenn Sie nichts dagegen haben, auf dem Soziussitz eines Motorrads mitzufahren, kann ich Sie jetzt zu ihm bringen.»

Meine Hände begannen zu zittern, und ich ließ eine kleine blaue Schüssel fallen. Sie zersplitterte auf dem Boden. Ich ließ die Scherben liegen. «Sie meinen – zu ihm nach Hause?»

«Nein. In einem kleinen Park nördlich vom Fluß. Jemand, den ich kenne, ist dort mit ihm verabredet. Sie können mit ihm sprechen – oder auch nicht, ganz wie Sie wollen. Ich habe einen Reservehelm dabei», fügte er hinzu. «Sie müssen Jeans und eine warme Jacke anziehen. Wenn Sie mitkommen.»

Unsicher zeige ich auf den Tisch. «Eine Dinnerparty...»

Er sieht sich in der Küche um. Ungeduldig. Offensichtlich nervös. «Dann wollen Sie also nicht...»

Um Himmels willen, denke ich, man muß Prioritäten setzen. Auf jeden Fall steht Sergeant Sutherland ganz oben auf der Liste.

Er hat den Brief zerrissen, den du ihm geschrieben hast. Mit Recht. Glaubst du, er wird jetzt anders empfinden?

Jetzt habe ich die Chance, es zu erfahren. Tätige Reue zu zeigen. Mich von Erinnerungen zu befreien. Ihn zu sehen, wie er jetzt ist.

Ich frage Oliver, wie lange wir für Hin- und Rückweg brauchen. (*How many miles to Babylon? Three score and ten. Will I get there by candlelight? Yes, and back again.*) Der alte Kinderreim geht mir dauernd im Kopf herum. Ich habe das Gefühl, durchzudrehen. Mir ist übel.

«Der Typ, mit dem er sich trifft, kommt um fünf. Wir können kurz vorher da sein. Wenn wir jetzt losfahren. Und das ziemlich schnell. Kommen Sie?»

«Ja.»

Mit dem schweren Helm auf dem Kopf und Olivers Taille umklammernd, als wir mit seiner Maschine losdonnerten, hörte mein Verstand barmherzigerweise auf zu arbeiten. Jetzt galt es nur zu überleben. Der Verkehr war dicht, aber das Motorrad schlängelte sich durch, und Oliver kannte die Seitenstraßen. Als wir am Ziel waren, war mein Gesicht ganz kalt, und die Beine zitterten mir. Nachdem er den Motor abgestellt hatte, überkam mich ein Gefühl des Friedens, und ich blieb noch einen Augenblick sitzen, bevor er mir hinunterhalf.

«Sie haben kalte Hände. Ich hätte Ihnen sagen sollen, daß Sie Handschuhe anziehen müssen.» Er reichte mir seine. «Ziehen Sie die an, sie werden Sie wärmen.»

Sie waren mir nur ein bißchen zu groß und noch warm von seiner Wärme.

Ich wollte immer dort stehenbleiben und zu keiner Entscheidung gezwungen sein. Der Park, der nicht groß war, war früher ein privater Garten für die umstehenden Häuser gewesen. Er erstreckte sich höchstens über einen halben Hektar. Unter Kastanienbäumen wucherten dichte Sträucher mit purpurnen und weißen Blüten. Über einen der betonierten Wege huschte flink ein Eichhörnchen. Die Bewegung durchbrach die Stille, und mein Verstand wurde wieder lebendig.

Deutlich sah ich das Feld außerhalb von Langdon vor mir. Die friedlichen Demonstranten, untergehakt, eine menschliche Barriere vor dem Tor. Leiser Gesang, ein choralähnliches Lied. Dann plötzlich der unerwartete Ausbruch von Gewalttätigkeit. Meine Gewalttat. Ich dränge mich durch die Menge zu Sutherland durch. Ich falle neben ihm auf die Knie. Der Geschmack von Blut, als ich mir vor Entsetzen auf die Lippen beiße. Sein Blut, das ihm dunkel über die Wange fließt.

«Sie müssen nicht mit ihm reden», sagte Oliver. «Aber wenn Sie es wollen, haben Sie keine Zeit zu verlieren.»

Ich gab ihm die Handschuhe zurück. «Wo finde ich ihn?»

Er ging mit mir zum Tor. «Gehen Sie den Hauptweg entlang, bis zu dem von einer buschigen Pflanze überwucherten hölzernen Bogen. Wenn Sie sich dann nach links wenden, sehen Sie vor sich ein paar Stufen, die zu einer Mauer hinaufführen. Ganz in der Nähe steht eine Bank. Dort müßte er sein.»

«Und wenn er nicht da ist?»

Er bemühte sich ganz offensichtlich um Geduld. «Dann habe ich was mißverstanden, oder?»

«Der Mann, mit dem er sich treffen will...»

«Was ist mit ihm?»

«Weiß er über mich Bescheid?»

«Warum verfl...» Er unterbrach sich. «Nein, natürlich nicht. Wozu denn? Das ist Ihre Szene, Maeve. Gehen Sie los und spielen Sie sie.»

Ich zögerte. Es wäre leicht, wieder auf den Soziussitz zu steigen und mich von ihm nach Hause bringen zu lassen. Sofort.

«Wozu Sie sich auch entschließen», sagte er, «ich warte hier auf Sie. Und jetzt los.»

Im Park, unter den Bäumen, war es erstickend. Alles war zugewachsen. Ungepflegt. Der hölzerne Bogen war eine verrottende Pergola, die von einem Geißblattstrauch zusammengehalten wurde, Düfte, süß und erdhaft, klebrig. Ich ging weiter, gehorchte Olivers Befehl, ignorierte meinen Instinkt, der mir riet, umzukehren.

Auf der Bank saß niemand.

Erleichtert schlenderte ich vorbei.

Er kam, als irgendwo eine Uhr fünf schlug. Ein gepflegt aussehender Mann im Tweedanzug mit einem Cairnterrier an der Seite. In meinen schlimmsten Augenblicken hatte ich mir Sutherland mit weißem Stock und Blindenhund vorgestellt. In meinen Alpträumen war er furchtbar entstellt gewesen. Alles, was ich jetzt sehen konnte, war eine Narbe auf der Wange – wulstige und verschrumpelte Haut. Seine Augen hinter einer dunklen Brille sahen normal aus, und er ging sehr sicher.

Ich erkannte ihn in dem Augenblick, in dem er auch mich erkannte.

Verlegen wandten wir uns voneinander ab.

Ich ging weiter bis zur Balustrade, lehnte mich an und blickte in den tiefer gelegenen Garten, mein Herz hämmerte, und ich atmete schwer und angestrengt. Ich holte ein paarmal tief Luft und atmete ganz langsam aus, wurde allmählich ruhiger.

Der Hund kam und schnüffelte an meinen Absätzen. Warum hatte Sergeant Sutherland seinen Hund mitgebracht, wenn er dienstlich hier war? Trafen sich die Bullen in Zivil mit ihren Kontakten nicht lieber in Kneipen?

Bulle. Benutz das Wort nicht. Nicht im Zusammenhang mit ihm. Das ist der Mann, den du verletzt hast. Hör auf, dich hinter deiner Barrikade aus Schuldbewußtsein zu verstecken. Dreh dich um. Sieh ihn an. Geh auf ihn zu.

Es war Sergeant Sutherland, der auf mich zukam. «Mrs. Barclay?»

Ich atmete jetzt wieder leichter und konnte ganz normal antworten. «Ja.»

«Ich vermute, daß Sie einen bestimmten Grund haben, hierherzukommen. Darf ich ihn erfahren?»

Ich hatte ihn noch nie sprechen gehört. Er hatte eine helle, angenehme Stimme, aber seine Augen blickten feindselig, als ich ihn ansah. Natürlich. Ich hatte nichts anderes erwartet.

Eine Szene, in der ich mich ihm, von Reue geknickt, vor die Füße warf, hatte mich lange gepeinigt, doch jetzt verblaßte sie allmählich. Die Verletzung, die ich ihm beigebrachte hatte, war nicht so schlimm wie befürchtet. Die Narbe war kaum noch zu sehen. Die eingeschränkte Sehkraft schien ihn nicht zu behindern. Ich fühlte mich schuldig, weil ich mich nicht mehr so schuldig fühlte. Ich hatte für ein paar Sekunden unbeherrschter Dummheit mit achtzehn Monaten im Gefängnis bezahlt. Verdient bezahlt. Alpträume hatten mich gequält. Verdient gequält. Doch von nun an würde sich in meinen Träumen sein Blut nicht mehr mit meinen Tränen mischen. Es war vorbei. Olivers Kur hatte gewirkt.

Er wartete auf eine Antwort.

Ich sagte ihm, ich ginge spazieren.

Er glaubte mir nicht. «So weit weg von daheim?»

Also wußte er, wo ich wohnte.

Ich zuckte mit den Schultern.

«Ich habe Ihre Sendung gehört – und was Sie über mich sagten. Wenn Ihre Anwesenheit hier etwas damit zu tun hat, dann vergessen Sie's. Ich habe mich, wie Sie sehen, gut erholt.»

«Ja.» Ich fügte hinzu: «Was passiert ist, tut mir leid – furchtbar leid, und ich bin froh, daß es Ihnen bessergeht.»

Es klang abgedroschen. Es war abgedroschen. Ich hatte nicht gewollt, daß es so klang, konnte es aber nicht anders ausdrücken. Die Antiklimax dieser inszenierten Begegnung setzte mich irgendwie herab. Ich schämte mich.

Er sah auf die Uhr. «Es ist zehn nach fünf. Ich habe hier auf jemanden gewartet. Nicht auf Sie.» Seine Augen hinter den getönten Gläsern wurden schmal, als vermute er plötzlich etwas ganz Bestimmtes. «Wer hat Sie hergeschickt?»

«Niemand. Warum sollte mich jemand herschicken?»

Oliver hatte mich nicht dazu gezwungen. Erwähn ihn nicht. Sei vorsichtig.

«Ich kann nicht glauben, daß Sie rein zufällig hier sind. Und wenn es kein Zufall ist, dann haben Sie einen sehr zweifelhaften Umgang, Mrs. Barclay. Das ist eine der Gefahren eines Gefängnisaufenthalts.»

Das mußte sich auf Oliver und Rene beziehen. Wann ließen die Bullen einen endlich in Ruhe? Hören sie die Telefone von Ex-Häftlingen ab? Beobachten, wer kommt und geht?

«Ich warne Sie zu Ihrem eigenen Vorteil.» Er sprach bedächtig und mit großem Nachdruck. «Nehmen Sie Ihr altes Leben wieder auf, und gehen Sie vernünftig damit um. Das Gefängnis ist keine Katastrophe, wenn man keine daraus macht.» Er berührte mit einer allem Anschein nach unbewußten Geste seine Wange. «Ich glaube, in gewisser Weise haben wir uns gegenseitig verletzt. Aber man kann die Vergangenheit nicht umschreiben. Zerstören Sie sich nicht Ihre Zukunft.»

Der Hund war weggelaufen und winselte einen kleinen, untersetzten Mann an, der sich von der anderen Seite der Pergola her näherte. Sutherland verabschiedete mich abrupt und ging dem Mann entgegen.

Rückblickend begreife ich, daß er zu mir freundlicher war, als ich verdiente, doch was ich als Kritik an Oliver und Rene ansah, schien mir unangebracht und gärte in mir. Geh nach Hause, Kleine. Schau dir genau an, mit wem du spielst.

Als ich ans Parktor kam, wartete Oliver nicht auf mich. Doch vielleicht hatte er das Motorrad irgendwo abgestellt und war jetzt unterwegs, um es zu holen. Nach einer halben Stunde war mir klar, daß das nicht der Fall war. Ich wußte nicht, was tun. Ich hatte kein Geld bei mir, konnte also nicht den Bus nehmen. Die einzige Möglichkeit war ein Taxi, das konnte ich bezahlen, wenn es mich zu Hause absetzte. Doch in dieser Gegend gab es nicht viele Taxis, und es dauerte eine Ewigkeit, ehe ich eins bekam.

Ich war besorgt, nicht verärgert. Er hätte mich nicht absichtlich sitzengelassen. Wo war er also? Was war passiert?

Der Gedanke an die ruinierte Dinnerparty machte mich zwar nervös, doch im Zusammenhang mit meiner heutigen Begegnung gesehen, wurde sie völlig unwichtig. Als ich nach Hause kam, hatte ich bis zur Ankunft der Gäste noch genau eine halbe Stunde Zeit.

8

Christopher schäumte vor Wut. Verlangte eine Erklärung. Ich sagte ihm, die bekomme er später. Jetzt hätte ich keine Zeit.

«Wolltest du Eric und Sarah absichtlich beleidigen?» bohrte er hartnäckig weiter und kam mir in die Küche nachgelaufen. «Und was, zum Teufel, wolltest du mit dieser verdammten Ente?»

«Nichts», sagte ich. Es war zu spät, sie zu braten.

Er deckte den Tisch, während ich den Gefrierschrank nach etwas Geeignetem durchforschte und schließlich etwas Chinesisches mit Reis ausgrub. Das Gericht mit Orangensauce zu servieren, war zwar ein bißchen bizarr, aber wo stand geschrieben, daß man das nicht durfte? Die Avocados, bisher noch nicht mit Garnelen garniert, blieben am besten so. Pudding, frischer Obstsalat und Sahne wurden durch Obstsalat aus der Büchse und Sahne ersetzt.

Vielleicht hatten sie keine Feinschmeckergaumen. Ich habe keinen. Essen ist doch nur Essen, nichts sonst.

Warum hatte Oliver nicht auf mich gewartet?

Christopher sagte sehr kurzangebunden, ich solle ein Bad nehmen. «Deine Jeans – um Himmels willen, Jeans! – riechen nach Benzin.»

Es klingelte.

Er sah mich voller Verachtung an. «Ich kümmere mich um Eric und Sarah, während du dich wäschst und anständig anziehst. Und ich werde dich entschuldigen.»

«Danke», erwiderte ich trocken. «Du kannst ihnen sagen, daß eine Störung in der Kommunikation vorgelegen hat.»

«Eine geistige Störung wäre vielleicht der passendere Ausdruck», antwortete er giftig. Mir fiel keine Antwort ein.

Sarah ist eine kühle, sehr schöne Brünette. Sie trägt einen wadenlangen Rock aus weichem Wollstoff und eine einfache, tief ausgeschnittene weiße Bluse. Sie zieht sich nicht übermäßig elegant an, wie Samantha gesagt hat, aber sie hat es auch nicht nötig. Ihr einziger Schmuck ist eine goldene Kette.

Ich hatte es so eilig, in mein Grünseidenes zu kommen, daß mir der Reißverschluß aufplatzte; glücklicherweise ziemlich weit oben, und ich befestigte ihn mit einer Sicherheitsnadel. Eine Lurexweste versteckte die Sicherheitsnadel. Ich kam mir vor wie ein Weihnachtsbaum mit brennenden Wunderkerzen an jedem Zweig. Ich brauchte Ruhe und ein abgedunkeltes Zimmer.

Ich mußte wissen, was mit Oliver passiert war.

Sarah und ich begrüßen einander. Ich habe das Gefühl, daß sie sich vor dieser Begegnung gefürchtet hat, doch jetzt, da sie mich sieht, verfliegt ihre Furcht. Ich bin ein Clown. Eine impulsive Idiotin, die bei Atommüll-Deponien schreckliche Dinge tut. Eine Frau, die ihrem armen Mann so auf die Nerven geht, daß er den Sherry verschüttet. (Nicht viel, nur ein paar Tropfen auf das Tablett...)

Ich entschuldige mich, weil ich mich verspätet habe.

Sarah sagt, wie sehr sie sich freute, daß wir uns endlich kennenlernen.

Ich gebe Eric einen Kuß auf die Wange und erkundige mich nach Sue.

Lächle Christopher an.

In jeder Gruppe gibt es eine Hackordnung. In dieser ist Sarah die Anführerin. Sie spricht nicht viel und wirkt nicht dominant, aber sie strahlt ruhige Autorität aus. Eric benimmt sich fast unterwürfig gegen sie. Unser rundlicher, semmelblonder, unromantischer, netter Eric. Du bist der Seniorpartner der Firma, Eric, aber sie wird dich ausbooten, wenn du es zuläßt. Und du wirst es zulassen.

Und sie wird in Christophers Bett steigen. Hat es schon getan. Wahrscheinlich.

Ich nippe an meinem Drink und beobachte sie verstohlen.

Christopher mag junge Frauen. Wenn er sich nach Stabilität sehnt – und das muß er offenbar –, wäre er bei einer älteren Frau besser aufgehoben. Sarah wird eine Weile mit ihm spielen und dann weiterziehen – höher streben. Er verdient Besseres, von uns beiden. In solchen Augenblicken habe ich das Gefühl, ihn beschützen zu müssen. Ich möchte ihn in die Arme nehmen und jeden anfauchen, der ihm vielleicht weh tut. Unsere Beziehung ist vielschichtig, kompliziert. Ich verstehe sie nicht. Die meiste Zeit glaube ich, nichts zu empfinden, und ertappe mich gleich darauf bei einem Gefühl heftig aufwallender Zärtlichkeit. Wenn du mich verlassen willst, Christopher, such dir deine Geliebte sorgfältig aus. Die nächste Ehe sollte gutgehen.

Erics Ehe ist glücklich und normal. Jedenfalls klingt es so, wenn er über sie spricht, und wahrscheinlich ist es auch so. Eric ist es, der uns mit seiner Gesprächigkeit über die Mahlzeit hinweghilft. Er erzählt uns von Sue und ihrer Schwangerschaft – und seinen beiden älteren Kindern, die in einem Internat sind. Und dann schwafelt er über das Schulsystem. Der arme Mensch ist so hungrig, daß er alles mit Begeisterung verschlingt. Sarah, die sich bemüht, nicht überrascht auszusehen, schiebt das Essen nur auf dem Teller herum. Sie fragt mich, ob ich irgendwann wieder in meinen Beruf zurückkehren will. Offensichtlich weiß sie nicht, daß ich eventuell für den Job in Frage gekommen wäre, den Christopher ihr gegeben hat. Ich sage ihr, ich hätte keine Pläne. «Manchmal denke ich, daß es schön wäre, ein Kind zu haben.»

Ich sage das ganz impulsiv und bereue es sofort. Es klingt hinterhältig. Als wollte ich es ihr und Christopher heimzahlen. Für beide peinlich. Das ist nicht meine Art zu kämpfen. Trotzdem war es mir ernst. Ich habe Olivers Kind sehr gern. Olivers und *Renes* Kind.

Ich hätte gern ein eigenes.

Es ging auf zehn Uhr zu, und wir saßen im Wohnzimmer bei Kaffee und Cognac, als Colonel Claythorpe erschien. Er ist ein untersetzter, weißhaariger, sehr schüchterner Mann und, wie man vermuten könnte, viel zu sensibel für das Leben bei der Armee und vor allem viel zu sensibel, um dort Karriere zu machen. Wir haben uns nur selten getroffen, doch was wir voneinander gesehen hatten, gefiel uns. Das heißt, es gefiel mir, und ich glaube zu fühlen, daß er zwar meine politischen Standpunkte, aber nicht mich persönlich mißbilligt. Als er das Wohnzimmer betrat, sah er mich ziemlich seltsam an. Ich wurde aus dem Blick nicht klug. Es war, als wolle er die Hand ausstrecken und mich berühren. Daß ich da war, schien ihn irgendwie zu beruhigen. Daß Fremde da waren, brachte ihn in leichte Verlegenheit. Am liebsten wäre er wohl gleich wieder gegangen, zwang sich jedoch dazubleiben. Er entschuldigte sich ein bißchen linkisch dafür, daß er – wie er etwas unbeholfen sagte – eine «gesellschaftliche Zusammenkunft» störe, wäre mir aber sehr verbunden, wenn er ein paar Worte mit mir allein sprechen könnte. Ich hatte den starken Verdacht, daß er vor allem Christopher ausschließen wollte.

Christopher vermutete das ebenfalls, war jedoch nicht bereit, es zuzulassen. Als Sarah und Eric meinten, sie müßten jetzt wohl aufbrechen, machte er einen halbherzigen Versuch, sie zum Bleiben zu überreden, doch es klang nicht überzeugend. Eric, der seine Neugier gut bemäntelte, sagte herzlich, es sei ein sehr schöner Abend gewesen. Sarah sagte, ihre kühle Wange an die meine pressend, das gleiche. Wir kamen überein, uns bald wieder zum Essen zu treffen.

Im Wohnzimmer stand der Colonel stocksteif neben dem Kamin. Christopher bot ihm einen Cognac an, doch er lehnte ab. Er wollte sich nicht einmal setzen. «Ich mußte einfach kommen, um mich zu überzeugen, daß Mrs. Barclay nichts passiert ist», sagte er.

«Nichts passiert?» fragte Christopher erstaunt. «Warum sollte ihr etwas passiert sein?»

Colonel Claythorpe erklärte, daß die Polizei ein paarmal bei ihm im Haus gewesen sei. «Bei uns wurde eingebrochen, wie Sie wahrscheinlich wissen. Sie haben Fingerabdrücke genommen. Nach näheren Einzelheiten gefragt. Heute abend war Sergeant Lamont wieder da – in einem Antiquitätengeschäft hat man eine Sèvres-Vase gefunden. Sie sah so aus wie die, die man mir gestohlen hat. Wir haben die Fotos verglichen. Sie waren nicht identisch. Und dann hat er...» Er unterbrach sich, sah mich an. «Und dann hat er mich nach Ihnen gefragt, Mrs. Barclay. Ob ich gesehen hätte, daß Sie heute nachmittag auf dem Soziussitz eines roten Kawasaki-Motorrads weggefahren sind?»

Christopher holte scharf Atem und begann dann mit ungläubiger Belustigung zu lächeln. Ich streckte die Hand nach meinem Cognacglas aus. Es war nicht mehr viel drin. Ich trank einen Schluck, goß nach. Ich wünschte, meine Hand würde aufhören zu zittern. In mir breitete sich ein heftiger brennender Schmerz aus – eine Vorahnung...

Der Colonel sah zuerst Christopher und dann mich an. Er merkte, wie verwirrt ich war, und seine Verlegenheit wurde von Minute zu Minute größer. «Ich habe um diese Zeit meine Rosen beschnitten und habe Sie gesehen. Er wollte wissen, wann Sie losgefahren sind, doch das konnte ich ihm nicht genau sagen. Gegen vier, meinte ich, kurz vor dem Tee.»

Christopher war nicht mehr belustigt. «Jetzt verstehe ich gar nichts mehr. Maeve hat in ihrem ganzen Leben noch nie auf einem Motorrad gesessen. Sie müssen sich geirrt haben.» Er sah mich stirnrunzelnd an, irritiert, weil ich keine Erklärung abgab.

Ich drehte das Glas in der Hand, und der Cognac schwappte einmal hier und einmal dort fast bis an den Rand. Fasziniert beobachtete ich die bernsteinfarbene Flüssigkeit. Schwieg.

«Mir ist klar, daß die Polizei ihre Arbeit machen muß», fuhr der Colonel fort, «und als Nachbarn müssen wir uns umeinander kümmern. Aber ohne uns einzumischen. Ich wäre heute abend auch nicht gekommen, wenn ich nicht so besorgt gewesen wäre. Es kommt mir merkwürdig vor, daß die Polizei sich so für Sie interessiert. Ich habe es sehr übelgenommen. Ich meine, der Umstand, daß Sie erst kürzlich aus... Na ja, ich denke, Sie wissen, was ich meine... Sie haben es nun hinter sich – und Sie – nun ja, jetzt, da es vorbei ist, sollte man – na ja, Ihr Privatleben respektieren.» Er stammelte hilflos. «Der Sergeant wollte wissen, ob ich gesehen habe, wann Sie zurückgekommen sind – und als ich nein sagte und fragte, ob es einen Unfall gegeben habe – da antwortete er, nein, seines Wissens nicht... Und dann weigerte er sich, noch mehr zu sagen. Ich hatte das unangenehme Gefühl, daß man Sie durch einen Trick irgendwohin gelockt haben könnte und vielleicht gegen Ihren Willen festhielt. Eine dumme Idee, aber die Umstände kamen mir so merkwürdig vor. Und der Sergeant interessierte sich offensichtlich sehr stark für Sie – man hätte meinen können, er sei besorgt.»

Er zuckte mit den Schultern, schnitt eine Grimasse und machte dann ein paar Schritte zur Tür. «Auf jeden Fall hatte ich diesen Eindruck. Vielleicht war das dumm. Doch ich hätte heut nacht nicht ruhig schlafen können, wenn ich nicht gewußt hätte, daß Sie sicher zu Hause sind. Ich bin so sehr erleichtert, daß Sie es sind. Tut mir furchtbar leid, daß ich Ihren Abend gestört und Ihre Gäste vertrieben habe. Und Sie aufgeregt habe.»

Ich bedankte mich dafür, daß er gekommen war. «Es war sehr nett von Ihnen. Wie Sie sehen, ist alles in Ordnung.» Erstaunlich, mit welcher Gelassenheit man sprechen kann, wenn man innerlich total aufgewühlt ist.

Christopher begleitete den Colonel zur Tür, und als er wiederkam, hatte ich mein Glas fast bis zum Rand frisch gefüllt. Nicht, daß ich beabsichtigte, so viel zu trinken, meine Hand wurde einfach mit der Flasche nicht fertig. Als hätten meine Finger keine Knochen.

Christopher nahm mir das Glas aus der Hand. «Du magst das Zeug doch gar nicht. Fang nicht an zu dramatisieren. Erklär mir einfach, was passiert ist.»

Wenn sich Christopher während einer Krise vernünftig anhört, heißt das, daß sein Verstand so klar und scharf wie Eis ist. Er wäre ein erstklassiger Strafverteidiger geworden, bestimmt ein besserer als der, der mich im Prozeß vertreten hat. Noch bevor ich etwas sagte, wußte ich, daß es unmöglich sein würde, ihm Oliver in einer akzeptablen Weise zu präsentieren, doch ich mußte es versuchen.

«Der Besitzer des Motorrads ist Oliver Dudgeon. Heute nachmittag hat er mich zu einem Treffen mit Sergeant Sutherland gefahren. In einen Park. Ich mußte ihn sehen. Er hat mir Alpträume verursacht. Aber das weißt du. Er sieht viel besser aus, als ich befürchtete. Sein Gesicht ist nur leicht entstellt, und seine Sehkraft scheint nicht allzusehr gelitten zu haben. Oliver Dudgeon hat mir nur einen Gefallen getan. Ich mußte mich schnell entschließen. Deshalb habe ich heute abend das Essen verpfuscht. Es tut mir leid.»

Ich hatte leise und monoton vor mich hingesprochen, fast unbewegt, als sei mir alles ziemlich gleichgültig.

«Sutherland?» Offensichtlich war das, was ich erzählte, für Christopher noch erstaunlicher als die Fahrt mit dem Motorrad. «Aber er hat deinen Brief zerrissen. Wollte keine Verbindung mit dir.»

«Das ist schon länger her. Er hat mit mir geredet. Nachdem ich ihn gesehen habe, fühl ich mich viel besser. Ich wollte dir sowieso alles erzählen, sobald Eric und Sarah fort waren.»

Das Schwergewicht lag jetzt auf Sutherland. Das war besser. Christopher ließ sich die Sache offenbar gründlich durch den Kopf gehen. Dann verlagerte er jedoch das Schwergewicht.

«Dieser Mann – dieser Motorradfahrer – Dudgeon? Ist das ein Freund von Sergeant Sutherland?»

«Das weiß ich nicht. Vielleicht der Freund eines Freundes.»

Er sah mich mißtrauisch an, merkte, daß ich auswich.

«Maeve, wer ist Dudgeon?»

«Der Mann einer Freundin.»

«Welcher Freundin?»

«Renes.»

Er hat ein gutes Gedächtnis. «Der Mann dieser Rothaarigen, die am selben Tag wie du aus dem Gefängnis entlassen wurde? Ihr Mann hat sie mit einem Motorrad abgeholt.»

«Ja.»

«O Jesus!» Er verlor für kurze Zeit seine Kühle und hieb sich mit der Faust auf den Handteller. «Willst du mir damit sagen, daß dieser Dudgeon – dieses Mitglied einer kriminellen Vereinigung – für dich eine Verbindung mit einem Polizeibeamten herstellt? Das zu glauben ist mir einfach unmöglich.»

Ich erwiderte hitzig, ich sei sicher, daß es über Oliver keine Strafakte gebe – aber ich hatte eine, und Rene hatte eine, und gemeinsam hatten wir alle Erniedrigungen der Haft überstanden, und das habe uns zu guten Freundinnen gemacht. Und ich wolle verdammt sein, wenn ich sie fallenließe – oder Oliver.

Er wurde wieder zum kalten Analytiker. «Heißt das, daß du die Freundschaft nach deiner Entlassung weiter aufrechterhalten hast?»

«Ja.»

«Wo und wie oft?»

«Ich bin keine Gefangene im Knast, die du verhören kannst.»

«Du warst es aber. Wirst es vielleicht wieder sein. Sich mit solchen Leuten abzugeben!»

«Es sind keine ‹solchen Leute›, wie du dich auszudrücken beliebst, es sind...»

«Brüder und Schwestern im Glauben», unterbrach er mich schroff. «Willst du das sagen? Um Himmels willen, Maeve, besinn dich auf deinen gesunden Menschenverstand. Du gehörst nicht zu ihnen, du dumme Frau. Du bist das Opfer verrückter, idealistischer Ideen. Keine Kriminelle. Hör endlich auf, dich mit ihnen auf eine Stufe zu stellen. Das wurde in dem Rundfunkinterview besonders deutlich. Einer deiner ‹Freunde› hat dir ein CND-Emblem geschickt. Weißt du das nicht mehr?»

«Ein Irrer.»

«Möglich. Aber fang du nicht an, dich wie eine Irre zu benehmen, weil du deine sogenannten Freunde zufällig gern hast. Wie oft hast du sie getroffen?»

Ich erzählte es ihm. Alles. Walkers Kündigung und so weiter. Wenn ich es nicht tat, würde es vermutlich die Polizei tun. Oder andere Nachbarn, die mir nicht so freundlich gesinnt waren wie der Colonel.

Christopher ist entsetzt. «Du hast diese Leute auf meinen Besitz gelassen...»

«Unseren Besitz...»

«Mich monatelang betrogen...»

«Betrug ist nicht mein persönliches Privileg...»

«Was soll denn das wieder heißen?»

«Ich schlafe nicht mit Oliver. Ich weiß nicht, was du mit Sarah tust.»

Das ließ ihn doch in die Höhe fahren. «Denkst du das wirklich?»

«Ich weiß nicht. Du hast deine Freiheit. Ich die meine. Ich kann mit Oliver und Rene besser reden als mit sonst jemandem. Wenn du willst, kann ich sie davon abhalten, herzukommen. Aber ich werde mich weiterhin mit ihnen treffen.»

Wir schienen in eine Sackgasse geraten zu sein und waren beide sehr müde. Stumm saßen wir einander eine Weile gegenüber.

«Ich möchte nicht, daß du verletzt wirst, Maeve», sagte er endlich. «Ich fühle, daß du direkt in dein Unglück rennst, und weiß nicht, wie ich dich aufhalten soll.»

«Das sagst du, weil du Rene und Oliver nicht kennst. Du hast sie in eine bestimmte Kategorie eingeordnet und lehnst es ab, sie anders zu sehen. Und das tun auch die Bullen. Sie schnüffeln Oliver nach – und Rene – und mir. So arbeiten sie eben.»

Er machte eine ungeduldige Geste. «Die Polizei ist auf unserer Seite, auf deiner und meiner. Der Umgang mit deinen sonderbaren Gefährten wirkt sich negativ auf dein Urteilsvermögen aus – und auf deine Sprache. Der Rundfunkmoderator, Macberra, hat dir die Frage gestellt, ob das Gefängnis korrumpiert. Deine Antwort lautete – wenn ich mich recht entsinne –, daß es keinen besonderen Nährboden für Korruption gibt. Ich kann mir keinen anderen Nährboden vorstellen, auf dem sich das Virus schneller ausbreitet. Du hast ihn gefragt, ob Toleranz korrumpieren kann – offensichtlich hast du in deinem Unterbewußtsein vermutet, daß das der Fall sein könnte. Nun, sie kann es. Darauf gebe ich dir mein Wort.»

«Du hältst mich also für korrupt?»

Er zuckte zusammen. «Nein. Nur für töricht. Verletzlich. Wenn du klug bist, wirst du dich mit den Dudgeons nicht mehr treffen. Aber du bist nicht klug, nicht wahr, Maeve? Und ich kann dich nicht dazu zwingen.»

Ein vorüberfahrender Wagen klatschte grelles Licht an die Fenster. Christopher stand auf und zog die Vorhänge zu. Wir sind hier in unserer sicheren, ordentlichen kleinen Welt. Drüben auf der anderen Seite von London ist Oliver bei Rene. Vielleicht nicht so sicher. Nicht so ordentlich.

Warum war er plötzlich mit seinem Motorrad abgehauen? Er hatte gesagt, er würde auf mich warten, warum hat er es nicht getan?

9

Fast den ganzen Samstag faulenzte ich nach einer schlaflosen Nacht halb schlafend in einem Liegestuhl in der sehr warmen Sonne. Christopher untersuchte mit – trotz einer ebenfalls fast schlaflosen Nacht – ungebrochener Energie den Schuppen. Da wir eines der wenigen Häuser waren, in die noch nicht eingebrochen worden war, lasse sich für Diebesgut wohl kaum ein besseres Versteck finden als unser Schuppen, gab er mir zu verstehen, bevor er anfing. Ohne mein Wissen dort abgestellt, natürlich. Nachdem ich ihm trocken für seinen Glauben an meine Schuldlosigkeit gedankt hatte, schlug ich ihm vor, die Schubkarren zu zählen, wenn er schon mal drin war. Zorn und Hysterie trennt nur ein schmaler Grat, auf dem ich gefährlich balancierte. Ich wünschte, er würde mich ab und zu in die Arme nehmen und versuchen zu verstehen, was ich fühle.

Ich fürchte mich vor der Polizei.

Als ich die beiden Beamten um das Haus herum in den Hintergarten gehen sah, wurde mein Hals strohtrocken. Es ist eine vernunftwidrige Reaktion, aber ich bin nicht vernünftig. Sie verkörpern die Macht. Die Macht, einzusperren. Wenn ich einmal den Geruch, den Geschmack, die Geräusche des Gefängnisses vergessen kann, dann werde ich die Polizei als mitmenschliche Wesen begrüßen können.

Sie hingegen begrüßten mich freundlich und stellten sich vor. Der Wortführer, Sergeant Miller, ist rund, rotwangig, sieht immer vergnügt aus, ist die Art von Bobby, die ehrenamtlich in Schulen tätig ist. Der «zweite Mann» ist eine junge Polizistin mit einem kristallklaren Akzent; sie erinnert mich an Sarah.

Christopher, der nach dem stundenlangen Kramen im Schuppen schmutzige Hände hatte, nahm sie mit kalter Höflichkeit zur Kenntnis und hörte sich an, was sie zu sagen hatten. Ich sollte sie zur Polizeistation begleiten, damit Inspector Grange ein, zwei Punkte klären könne. Er werde mich nicht lange aufhalten. Es klang wie eine Bitte, nicht wie ein Befehl, aber mich konnten sie nicht täuschen. Christopher sagte in dem Ton, der keinen Widerspruch duldet, er komme auch mit. Es schien ihnen egal zu sein.

Er ging hinauf, um sich die Hände zu waschen, während ich mir eine Wolljacke holte. Der Tag kam mir nicht mehr heiß vor. Wir trafen uns auf den Stufen vor dem Haus, und er legte mir, als ich auf den Polizeiwagen zugehen wollte, die Hand auf den Arm und hielt mich zurück. «Wir fahren mit unserem Wagen hinter Ihnen her.»

Der Sergeant hatte nichts dagegen.

Während wir fuhren, dachte ich: Wie angenehm wäre es doch, wenn Christopher nur ein einziges Mal auf die andere Seite des Abgrunds käme und unseren Wagen in die entgegengesetzte Richtung drehte. Ich hatte das Gefühl, in einer Zwangsjacke neben ihm zu sitzen, und das Atmen fiel mir schwer. Er warf mir einen starren, mißbilligenden Seitenblick zu und fragte mich, ob ich vielleicht einen Asthmaanfall bekäme. Es klang, als sei ich dabei, eine Todsünde zu begehen. Noch eine.

Ich sagte, ich wisse es nicht.

«Du hast nichts getan, wovor du dich fürchten müßtest, Maeve. Abgesehen, daß du dich wie eine Irre aufführst, wenn es um deine Freundschaft mit den Dudgeons geht. Sag dem Inspektor nicht mehr, als du unbedingt mußt. Laß mich reden.»

Er hätte aus Erfahrung wissen müssen, daß die Polizei so nicht arbeitet. Als wir ankamen, wurde er freundlich, aber energisch gebeten, im Vorraum zu bleiben.

Die lokale Polizeistation ist mit billigen Mitteln auf modern getrimmt. Ganz anders als die in Langdon, in die man mich nach meinem Angriff auf Sergeant Sutherland brachte. Der Boden hier ist mit falschem Marmor gefliest, und überall stehen Topfpflanzen. Im Gefängnis hatte ich festgestellt, daß ich leichter atmen konnte, wenn ich mich auf Nebensächlichkeiten konzentrierte. Jetzt konzentriere ich mich auf die Pflanzen. Kakteen. Andere Grünpflanzen. Es hilft nicht viel. Ich folge der Polizeibeamtin durch einen Korridor in ein kleines, ordentliches Büro mit braunem Teppichboden, in dem Inspector Grange mich erwartet. Sie stellt mich vor und geht dann in den Nebenraum, eigentlich mehr ein Vorzimmer, wo ein Tisch mit einem Computer steht, und beschäftigt sich mit ein paar Papieren. Die Verbindungstür bleibt offen.

Der Inspector ist ungefähr vierzig, groß und knochig, und seine Handgelenke ragen viel zu weit aus den Ärmeln seines marineblauen Anzugs heraus; die Manschetten seines Hemdes sind ausgefranst. Er trägt eine dunkelblaue Krawatte mit einem Muster aus kleinen Kronen. Das ölige dunkle Haar trägt er tief gescheitelt, um eine kahle Stelle zu verbergen. Er hat ein kräftiges Kinn und ist gut rasiert.

Ich wurde ihm als Mrs. Barclay vorgestellt, aber er nennt mich nicht so. Er nennt mich Maeve... Das ist jedoch kein Versuch, sich anzubiedern. Er hat keine Manieren. Seine Sprache ist ungehobelt. Trotzdem ist er höflich genug, mir gegenüber von seinem großen, unordentlichen Schreibtisch einen Stuhl anzubieten und zu warten, bis ich sitze. Auf dem Schreibtisch liegt neben dem Telefon ein Röhrchen mit Pfefferminz. Er nimmt sich eins, bietet das Röhrchen mir an. «Kann Ihnen keinen Glimmstengel offerieren – rauche nicht mehr. Wollen Sie eins?»

Ich will kein Pfefferminz, doch es scheint mir undankbar, es abzulehnen. Guter Gott, undankbar, ein Pfefferminz abzulehnen! Was ist mit mir los? Ich nehme eins.

Er beobachtet mich, seine Augen, von der Farbe zu dünnen Tees, haben einen stechenden Blick. «Beunruhigt, weil ich Sie herkommen ließ?»

«Nein, warum sollte ich?»

«Wäre alles normal, hätten Sie alles längst hinter sich.»

Was ist normal? Aber ich weiß, was er meint. Ich antworte nicht.

«Ich hätte Sie nicht hergebeten, aber uns fehlen einige Hintergrundinformationen. Es ist möglich, daß wir sie von Ihnen bekommen können.»

«Ich weiß nicht, wovon Sie reden.»

«Natürlich nicht», sagt er verächtlich. «Vielleicht fällt es Ihnen noch ein. Wenn das der Fall sein sollte, hoffe ich, daß Sie handeln werden, wie die aufrechte Bürgerin gehandelt hätte, die Sie früher mal waren, bevor Sie meinem guten Freund und Kollegen eins über den Schädel gegeben haben.» Er lächelt listig. «Schon mal was von einer ‹Schnauze› gehört, Maeve?»

«Ja.»

Schnauze. Spitzel. Informant. Verräter. Einer, der singt, verpfeift... Ein ganzes Synonymenwörterbuch konnte ich herbeten, wenn nötig. So etwas schnappte man im Gefängnis auf.

«Können Sie mir hierzu einen Namen nennen?»

Er zeigt mir ein Kopfbild aus dem Verbrecheralbum; es stellt einen Mann mittleren Alters mit Hängebacken dar. Der Hals ist stark muskulös – es könnte aber auch ein Kropf sein, die Augen sind leicht vorgequollen. Das Gesicht kommt mir irgendwie bekannt vor, aber es dauert ein paar Sekunden, ehe mir klar wird, daß das der Mann ist, auf den Sutherland gewartet hat.

«Ich glaube, das ist der Mann, mit dem Sergeant Sutherland sich im Park getroffen hat.»

«Sie meinen Anselm Gardens, wo Sie gestern mit Sergeant Sutherland gesprochen haben.»

Das ist keine Frage. Er weiß alles darüber.

«Keine Ahnung, wie der Park heißt. Der Mann kam, als ich gerade ging. Ich hatte ihn noch nie gesehen. Seinen Namen kenne ich nicht.»

Er mustert mich nachdenklich, überlegt offensichtlich, ob ich lüge. «Sind Sie sicher?»

«Ganz sicher. Tut mir leid, daß ich Ihnen nicht helfen kann.»

«In diesem Moment, Maeve, helfen nicht Sie mir, ich helfe Ihnen. Er ist der Polizei mit allen seinen Decknamen seit Jahren bekannt. Ein nützlicher Kontakt für uns. Er buddelt den Dreck aus. Weiß, wo er ihn zu suchen hat. Stellt auch selbst ein paar Schweinereien an. Hat ein paarmal gesessen.»

Na schön, denke ich. Einer von Olivers weniger rühmlichen Bekannten. Oliver hatte ihn mir nicht aufgedrängt, sondern sich nur die Information zunutze gemacht, die er ihm über Sergeant Sutherland gegeben hatte.

«Früher, bevor die Russen unsere dicken Freunde wurden, hat man ihn bei einigen Anti-Atomkraft-Demos gesehen. Nicht, daß er darauf brannte, eine lilienweiße Welt voller Engelsgesang zu errichten. Kurz gesagt, er war nicht auf Ihrer Seite. Eigentlich auf keiner. Ein Schmarotzer, der überall am Rand mitmischt, Ohren und Augen offenhält. Sind Sie sicher, daß er sich Ihnen nie genähert – Sie nie belästigt hat?»

Ich denke an den blutigen CND-Lappen und weiß überhaupt nichts mehr sicher. Stumm schüttle ich den Kopf.

«Also war er es, der Ihnen gesagt hat, wo Sergeant Sutherland zu finden war?»

«Nein.»

«Sie schlendern also ganz einfach nur so dort herum, rein zufällig. Und peng! Da ist der Mann, den Sie verletzt haben, den Sie um Verzeihung bitten wollen. Ein schöner Akt tätiger Reue, nicht wahr?» Das klingt zutiefst sarkastisch.

Ich bleibe stumm. Sogar mein Verstand ist stumm. In meinem Kopf ist nur grauer Nebel.

Er seufzt. «Rekapitulieren wir schnell. Wie sollen wir den Informanten nennen? Chummy? Ja, das ist gut. Chummy trifft sich mit Sergeant Sutherland. Sie auch. Sie kennen Chummy nicht. Chummy kennt Sie nicht. Aber Chummy kennt jemand anders. Sie auch. Chummy sagt es jemand anders. Jemand anders arrangiert das Treffen. Plausibel?»

Ich antworte nicht.

«Rätselhaftes Schweigen – ist rätselhaft das richtige Wort? Okay.

Ihre Sache, wie Sie hingekommen sind. Unsere Sache, wenn Chummy seine Tricks aus dem Hut zieht – ein bißchen Erpressung – ein häßlicher Brief. Wenn das passiert, sagen Sie es uns. Wir bringen den kleinen Mistkerl so fix hinter Gitter, daß er glaubt, er hätte eine Rakete im Arsch. Sind Sie jetzt im Bild?»

Er nimmt sich noch ein Pfefferminz. «Na, sind Sie's?»

«Ja.»

«Gut. Wollen Sie noch ein Pfefferminz?»

«Nein, danke.»

«Dann machen wir weiter.» Er legt das Foto beiseite und holt ein anderes heraus. «Haben Sie den Typen schon einmal gesehen?»

Es ist das Foto eines jüngeren Mannes mit schmalem Gesicht, hohen Wangenknochen und einem unglaublich dichten Haarschopf, der ihm tief in die Stirn wächst. Sieht nicht schlecht aus. Kommt mir wieder irgendwie bekannt vor.

Grange bemerkt mein Zögern. «Kennen Sie ihn?»

Ich murmele vor mich hin, daß er meinem Bankmanager ein bißchen ähnlich sieht.

«Was?»

Ich sage es lauter.

Er ist belustigt. «Wenn Sie von Ihrem Banker jemals eine Hypothek oder einen hohen Kredit haben wollen, wiederholen Sie ja nicht, was Sie eben zu mir gesagt haben. Es würde ihm nicht gefallen. Den hier haben wir wegen einer Sache eingesperrt, die kein Bankmanager tun würde. Er ist inzwischen schon länger wieder draußen. Nennt sich zur Zeit Hawkins. Schon mal von ihm gehört?»

Die Frage ist lächerlich. Ich erinnere ihn daran, daß ich in einem Frauengefängnis eingesessen habe, nicht in Wormwood Scrubs.

Er grinst. «Okay. Ein Punkt für Sie. Aber die Insassinnen von Chornley, mit denen Sie eine Zeitlang zusammenlebten, haben Verbindungen nach draußen. Sagen Sie mir, ob Sie von denen hier schon mal gehört – oder sie gesehen haben. Sie waren alle schon im Gefängnis.»

Er zeigt mir noch mehrere Bilder aus seiner Verbrecherkartei und gibt mir ein paar Hintergrundinformationen – alle kohlrabenschwarz. Seine Haltung deckt sich völlig mit der von Christopher, und er untermauert sie mit Fakten. Laß den Aussätzigen seine Glocke läuten. Unrein. Unrein.

Ich sage, daß ich keinen von ihnen kenne. Vor Chornley wäre mir das alles komisch vorgekommen. Jetzt nicht mehr.

«Haben Sie sich im Knast mit einer Mitgefangenen besonders angefreundet?» Er mißversteht meinen Gesichtsausdruck. «Nein, ich frage nicht, ob Sie schwul sind. Ich meine richtig angefreundet.» Er nimmt ein Foto aus der Schreibtischschublade. «Mit dieser Frau, zum Beispiel?»

Ich erwarte, eine Aufnahme von Rene zu sehen, doch es ist ein Brustbild von Anna. Fotos aus der Verbrecherkartei schmeicheln nicht, aber sie können einen guten Gesichtsschnitt und schöne Züge ebenso verfremden wie den Augenausdruck. Die irgendwie benommen wirkende, verwirrte Anna, die den Polizeifotografen ansah, während er knipste, und sich vielleicht genauso fühlte, wie ich mich gefühlt hatte. Fingerabdrücke konnte ich noch als geringfügige Kränkung ertragen, aber die Fotos für die Verbrecherkartei vernichteten mit ihrer grellen Beleuchtung das letzte bißchen Würde, das man noch besaß. Sie haben dich, Maeve. Jetzt und immerdar.

Er wartete auf eine Antwort. «Ich habe Anna gekannt, aber besonders befreundet – wie Sie es nennen – waren wir nicht. Sie war eine scheue, stille Frau. Blieb meist für sich. Wurde ein paar Monate früher als ich entlassen.»

«Hat sie Ihnen erzählt, warum sie einsaß?»

«Nein.»

Er sagte es mir auch nicht. «Hatte sie Familienfotos in ihrer Zelle – in ihrem Raum – keine Ahnung, wie man das in den fortschrittlichen Institutionen nennt.»

«Ich war nie drin, weiß es also nicht.»

Er zeigte auf das Foto. «War sie Ihrer Meinung nach eine gutaussehende Frau?»

Eine merkwürdige Frage. Er muß einen Grund dafür haben, daß er sie stellt. «Aber natürlich, das sieht man doch.»

«O ja», sagte er trocken, «das sieht man.» Er befingert den Rand des Pappdeckels, an den das Foto geklammert ist, dann legt er ihn auf den Schreibtisch. In seiner Stimme ist mehr als eine Spur von Zorn, aber sie klingt beherrscht. «Sie sieht nicht mehr so aus.»

«Wie meinen Sie...»

Er unterbricht mich schroff. «Jemand hat sie mit dem Messer übel zugerichtet. Kopf- und Gesichtsverletzungen. Ihre Leiche wurde letzten Donnerstag in der Umgebung von Euston gefunden, versteckt hinter einem Abfallhaufen am Ende ihres Hinterhofs – einem, wenn man von dem Abfallhaufen absieht, sehr gepflegten Hof. Viele weiß lackierte Blumentöpfe. Einige blutig. Blutspur von der Hintertür. Sie war erst ein paar Tage dort.»

Der Raum ist zu heiß. Keine Luft. Annas karminrotes Moorland blutet mir in die Seele. Schüttle es ab. Konzentrier dich auf die monotonen Grautöne mit dem kleinen dunklen Haus in der Ferne. Verscheuch sie alle, wenn du kannst. Anna. Schöne, stille Anna. Reine, unblutige Anna.

«War wohl ein Schock für Sie?» Seine Stimme klingt nicht mehr so schroff. «Sind Sie in Ordnung?»

«Ja.» Ich bin es nicht, und er weiß es. Er gönnt mir ein paar Minuten, bevor er fortfährt.

«Es ist doch üblich, daß Frauen über ihre Familie reden. Hat Anna die ihre Ihnen gegenüber einmal erwähnt?»

Ich befeuchte mir die Lippen und versuche, mich auf das zu konzentrieren, was er mich fragt. «Nein. Sie hat kaum einmal mit mir gesprochen.»

«Was ist mit den anderen Frauen? Hat irgendeine versucht, sich mit ihr anzufreunden?»

Mir fällt die Lesbierin ein, die einzige, die es meines Wissens versucht hat. Und Rene, die zu allen ganz ungezwungen freundlich war. Aber richtig befreundet? «Ich glaube nicht.»

«Sie scheinen nicht sicher zu sein.»

«Wenn sie nicht arbeiten mußte, malte sie Bilder. Gewöhnlich allein. Mehr weiß ich nicht.» Arme Anna. Arme einsame Anna.

«Sie hat Ihnen nie Familienfotos gezeigt – Gruppenbilder – etwas in dieser Richtung?»

Die Vorstellung ist absurd. Anna hätte mir genausowenig Fotos von ihrer Familie gezeigt wie ich ihr von der meinen. Rene, geselliger als die meisten von uns, war genauso zurückhaltend gewesen. Absolut verschwiegen.

«Nein, das habe ich Ihnen doch schon gesagt...»

«Ja, ja, ja, das haben Sie. Aber manchmal fällt einem etwas ein, wenn die Erinnerung ein bißchen angestachelt wird. Denken Sie nach. Wurde über sie geklatscht? Sagen Sie mir alles, was Ihnen einfällt. Lassen Sie sich Zeit.»

An der Fensterscheibe brummt eine Fliege, versucht hinauszukommen. Er steht auf und öffnet das Fenster. Die Fliege gerät in Panik, schlägt die falsche Richtung ein und landet an der Decke. Er sieht sie wütend an und setzt sich wieder. «Nun?»

«Tut mir leid. Ich weiß nichts, was ich Ihnen erzählen könnte.»

«Sind Sie ihr nach Ihrer Entlassung irgendwann einmal zufällig begegnet – haben Sie sie gesehen?»

«Nein, das wäre auch höchst unwahrscheinlich gewesen.» Und dann denke ich an Rene, und mir wird klar, daß das nicht stimmt. Was hätte ich getan, wenn ich Anna getroffen hätte? Wäre ich auf die andere Straßenseite gegangen? Hätte ich weggeschaut? Wahrscheinlich. Mit Rene ist es etwas anderes. Unsere Freundschaft ist einmalig.

Aus einem Manila-Umschlag nimmt er ein weiteres Foto und reicht es mir kommentarlos. Es zeigt das Gesicht eines Mannes im mittleren Alter, mit Stirnglatze, einer kurzen fleischigen Nase und schön geformten Lippen. Auf Verbrecherfotos lächelt man nicht, doch er sieht so aus, als könnte er lächeln. Sehr leicht. Und boshaft. Man kann sich gut vorstellen, daß er «zum Teufel, was hat das alles zu bedeuten?» sagt. Ihn hat offensichtlich weder der Polizeifotograf noch die Umgebung eingeschüchtert. Ihn könnte man sich leicht mit dem großen Schlüsselbund auf der anderen Seite der Zellentüren vorstellen. Das war der erste Eindruck. Der unterschwellige Zorn zeigte sich in den Augen, und man entdeckte ihn nicht sofort.

Inspector Grange beobachtet, wie ich reagiere. «Sie haben Horden also noch nie gesehen?»

«Was? Wen?»

«Reg Horden, Annas Mann. Die beiden standen wegen desselben Verbrechens vor Gericht. Er ist auf Bewährung frei und hat den schnellen Abgang gemacht. Wir wollen mit ihm sprechen.»

«Heißt das, daß dieser Horden – Annas Mann –, daß er derjenige ist, der...» Das Wort «Mord» will mir nicht über die Lippen. Nur daran zu denken, macht mich krank.

Er antwortet nicht.

Die beiden Fotos liegen zu dicht beieinander. Ich fasse das von Horden an, als wäre es schleimig, und rücke es ein Stück von Annas Foto weg. Es ist eine sinnlos beschützende Geste. Ich ertrage es nicht, sie anzusehen und daran zu denken, was er getan hat.

Grange, dem meine Geste nicht entgeht, errät offenbar den Grund, nimmt Hordens Foto und legt es auf seiner Seite des Schreibtischs auf den Umschlag. Annas Foto läßt er liegen.

«Bei den meisten Morden ist der Täter im häuslichen Bereich zu suchen, doch die Lösung, die klar auf der Hand liegt, ist nicht immer die richtige. Sobald wir Horden aufspüren, werden wir mehr wissen.» Aus einer Sammlung von Füllern, Stiften und Büroklammern in einer Büchse auf dem Schreibtisch sucht er einen gut gespitzten gelben Bleistift heraus und zieht auf einem Notizblock einen Kreis. In den Kreis malt er zwei große X.

«Mann und Frau, Mittelpunkt der häuslichen Szene. Höllische Aggressionen, wenn die Sache schiefgeht.» Er zieht einen zweiten Kreis um den ersten herum. «Nahe Verwandte. Ein zweites hochexplosives Gebiet. Besonders bei Ex-Ehepartnern oder verschwägerter Verwandtschaft. Wir versuchen, uns vom ganzen Umfeld ein Bild zu machen. Und dann gibt es noch den dritten äußeren Kreis.» Er zieht ihn. «Bekannte, Kollegen, die kriminellen Kontakte. Die anderen Ex-Sträflinge, deren Fotos ich Ihnen gezeigt habe, könnten mit Horden – oder Anna – oder beiden in Verbindung gestanden haben. Ich habe sie nicht nur rausgefischt, um Ihnen zu zeigen, in was für einem trüben Tümpel Sie Ihre Zehen baden könnten.»

Er legt den Bleistift aus der Hand und lehnt sich im Sessel zurück. «Wir haben nicht nur Sie zur Vernehmung geholt. Die anderen Frauen aus Chornley, die Anna kannten, kommen auch dran. Wenn Sie alle Kontakte zum Knast abgebrochen hätten, hätten Sie auf unserer Liste viel weiter unten gestanden. Die meisten Frauen wie Sie, die wegen einer ähnlichen Straftat verurteilt wurden, brechen die Beziehungen verdammt schnell ab. Sie sind verflucht froh, daß es vorbei ist, und tun so, als sei es nie geschehen. Nach einiger Zeit, wenn das Aufsehen sich gelegt hat, tun die meisten ihrer ehrlichen, gesetzestreuen Freunde – die mildherzigen unter ihnen – so, als hätten auch sie es vergessen … Und da wir gerade von Publicity reden – welche Zeitungen lesen Sie?»

Das scheint mir eine totale Richtungsänderung zu sein. «Den *Guardian* und den *Telegraph* unter der Woche. Sonntags die *Times* und den *Observer*.»

«Natürlich. Warum hab ich mir die Mühe gemacht zu fragen? Wissen Sie, wie eine Boulevardzeitung aussieht? Diese kleinen rechteckigen Dinger, die man im Pub lesen kann?» Er lächelt säuerlich. «Holen Sie sich morgen die Boulevardblätter. Sie bringen Einzelheiten über Anna. Aber nicht alle. Wir veranstalten dort eine Befragung von Haus zu Haus; Nachbarn beobachten, wer kommt und geht. Vielleicht bringt uns das weiter.»

Die Fliege verläßt die Decke und läßt sich in der Nähe von Annas Foto nieder. Er betrachtet sie ein paar Sekunden, wartet, bis sie sich bewegt, und versucht dann, die gewölbte Hand über sie zu stülpen. Sie brummt zornig und fliegt weg. Grange bemerkt meine entsetzte Miene. «Seien Sie nicht albern. Ich wollte sie nicht auf dem Foto zerdrücken. Die arme Frau war schon blutig genug.»

Er steht auf. «Okay. Das ist vorläufig alles. Wenn Ihnen irgend etwas einfällt, das Licht auf den Mord von Anna werfen könnte, kommen Sie wieder. Oder wenn Sie sich unbehaglich fühlen, sich um sich selbst Sorgen machen, kommen Sie wieder. Polizeiarbeit ist zweigleisig. Wir sind auch hier, um zu helfen.»

Er geht mir zur Tür voraus und bleibt mit der Hand auf der Klinke stehen. «Nur noch ein letzter Rat. Er wird Ihnen nicht gefallen, doch Sie bekommen ihn auf jeden Fall. Wenn das Leben für Sie so verdammt langweilig ist, daß Sie ihm unbedingt ein bißchen Pfeffer geben wollen, finden Sie doch sicher bessere Möglichkeiten, als die Motorbiene auf einer schweren Maschine zu spielen, besonders, wenn man sich über den Kerl nicht im klaren ist, der sie fährt. Und solange Sie das nicht sind, Maeve, seien Sie vorsichtig.»

Er sieht mich ein, zwei Sekunden ernst an, macht, als ich nicht antworte, eine ungeduldige Geste und öffnet mir die Tür.

Die Beamtin kommt aus dem Nebenzimmer und begleitet mich durch den Korridor.

Auf der Heimfahrt verlangte Christopher einen detaillierten Bericht über die Unterredung. Ich milderte sie so gut wie möglich ab – erwähnte die Fotos aus der Verbrecherkartei nicht –, aber einen Mord kann man nicht beschönigen. Ich war traurig wegen Anna und blieb eine Weile still. Seine Angst verriet sich in seiner Fahrweise, denn normalerweise fährt er sehr vorsichtig und besonnen. Nachdem er angehupt worden war, weil er eine gelbe Ampel nicht beachtet hatte, seufzte er tief und fluchte dann.

«Entschuldige, Maeve.»

Ich war aus Chornley einiges an Flüchen gewöhnt. Es störte mich nicht.

«Aber warum verhört er dich deshalb?» fragte er, als wir schon fast zu Hause waren. «Das ist es, was ich nicht kapiere. Warum ausgerechnet dich?»

«Sie verhören jeden, der sie gekannt hat.»

«Aber, verdammt noch mal, das sind ja sämtliche Insassinnen von Chornley!»

«Ja. Man nennt das ‹gründlich sein›.»

«Kommt man einmal mit Abschaum in Berührung –» begann er. Unterbrach sich. «Hab's nicht so gemeint.»

«O doch, das hast du. Nicht alle sind Abschaum. Und meine Hände sind nicht schmutziger als die anderer Leute.»

«Ich habe nicht darauf angespielt...»

«Doch, das hast du. Könnten wir nicht einfach das Thema vergessen?»

Inspector Granges letzte Bemerkung hatte mich an einer empfindlichen Stelle getroffen. Er hatte Olivers Namen nicht genannt. Und auf dem Tisch hatten auch keine Fotos von Oliver aus der Verbrecherkartei gelegen. Hätte eins dagelegen, hätte er seine Vorwürfe Wort für Wort ausgesprochen. Daher handelte es sich um eine vage Verallgemeinerung, eine Warnung ins Blaue hinein. Motorräder sind gefährlich. Manche Fahrer auch. Na und?

«Vorurteile», sagte ich zu Christopher, als wir unsere Toreinfahrt passierten, «sind der Ausfluß engstirnigen Denkens.» Es klang wie ein Sprichwort.

Er sagte mir kalt, ich sei unverschämt.

Als ich am Sonntag vorschlug, zusätzlich zur *Times* und zum *Observer* die Boulevardblätter zu kaufen, wollte er nichts davon wissen. «Was der Frau auch an Entsetzlichem zugestoßen sein mag, es geht dich nichts an. Warum sollst du dich also unnötig aufregen, indem du Schauergeschichten darüber liest?»

Ich war nicht in der Stimmung, mit ihm zu streiten, und sagte deshalb, ich müßte ins Milchgeschäft, um eine Flasche Milch zu holen, die wir brauchten. Das war natürlich nur ein Vorwand, denn unterwegs hielt ich beim Zeitungshändler. *News of the World* und *Express* brachten beide etwas über Anna.

In *News of the World* lautete die Schlagzeile unter einer Fotografie der sehr jungen Anna: *Kinder finden Leiche.* Dazu ein kurzer Artikel:

Die verstümmelte Leiche von Mrs. Anna Horden (35) wurde am vergangenen Donnerstagabend im Hinterhof ihres Hauses in der Lanyard Street, NW1, entdeckt. Zwei achtjährige Jungen, Larry Stevens und Peter Wilmot, die in der Seitengasse spielten, waren über die Mauer geklettert, um ihren Ball zu holen, als sie sahen, was sie später als «eine Dame, die neben dem Abfallhaufen schläft», beschrieben. Die Polizei möchte sich dringend mit Annas Ehemann Reginald Horden in Verbindung setzen, der kürzlich auf Bewährung aus der Haft entlassen wurde.

Der *Express* zog die Story anders auf. *Lieblose Welt?* lautete hier die auffällige und beunruhigende Artikelüberschrift.

Wie ist es möglich, daß eine Frau erst drei Tage oder länger tot in ihrem eigenen Hinterhof liegen kann, ohne vermißt zu werden? Sind wir heutzutage so gleichgültig und lieblos geworden, daß uns der Nächste nicht interessiert? Mrs. Anna Horden (35), brutal ermordet und, den Elementen ausgesetzt, im Garten ihres adretten kleinen Hauses in der Lanyard Street, nahe dem Bahnhof Euston, liegengelassen, wurde am Nachmittag des 21. August, also vor über einer Woche, zum letztenmal lebend gesehen, als sie Lebensmittel einkaufte. Eine ruhige Frau, die für sich blieb, sagten ihre Nachbarn. Darüber hinaus schienen sie nur wenig über sie zu wissen. Vielleicht ein trauriges Spiegelbild der modernen Gesellschaft, in der es üblich ist, daß man ‹für sich bleibt›. Man kann nur hoffen, daß die Ermittlungen der Polizei schnell zu Resultaten führen.

Als ich die Zeitungen zusammenlegte und in meiner Einkaufstasche verstaute, damit Christopher sie nicht fand, wurde mir erst bewußt, daß von Annas erst kürzlich erfolgter Haftentlassung in keiner Zeitung die Rede gewesen war. Verlagspolitik? Oder waren die Nachbarn, alles andere als lieblos und gleichgültig, ungewöhnlich diskret gewesen? Inspector Grange hatte gesagt, die Einzelheiten würden breitgetreten werden. Das war nicht der Fall. Von ihrem Alter und ihrer Adresse abgesehen, hatte ich als Neuigkeit nur erfahren, daß zwei kleine Jungen sie gefunden hatten. Daß es Kinder gewesen waren, fand ich schlimm. Zum Glück hatten sie geglaubt, daß sie schlief.

Christopher sah mich fragend an, als ich ziemlich spät mit der Milch zurückkam, sagte jedoch nichts, sondern erinnerte mich nur daran, daß er am Nachmittag an einem Golfturnier teilnehmen und daher pünktlich essen mußte. Ich machte einen kalten Lunch – Schinken und Salat. Hinterher bestand er darauf, daß ich ihn begleitete, «damit du auf andere Gedanken kommst».

Sarah war, wie ich feststellte, auch unter den Zuschauern, und ich ging ihr sorgfältig aus dem Weg. Nachdem ich gesehen hatte, wie Christopher ein paar leichte Puts verpatzte, ging ich ins Clubhaus zurück und setzte mich mit einem Campari Soda auf die Terrasse. Wir leben in einer privilegierten, aber in vielen Dingen auch kindlichen Welt, er und ich. Christophers ganzer Ehrgeiz ist es, einen kleinen weißen Ball in ein Loch zu befördern, und er ist verärgert, wenn es ihm nicht gelingt.

Ihm liegt auch sehr viel an meiner Sicherheit, trotz seiner Beziehung mit Sarah, wie immer die aussehen mag.

Unsere Ehe ist wie die meisten Ehen ein Durcheinander von Gefühlen. Wie mag es bei Rene und Oliver aussehen? Eine perfekte Ehe kann es nicht sein – perfekte Ehen gibt es nicht. Rene ist keine gehorsame Ehefrau. Ich übrigens auch nicht. Aber anscheinend ist Anpassung machmal besser als Konflikte. Christopher will Oliver nicht auf unserem Grund und Boden dulden. In Ordnung. Soll er seinen Willen haben. Werde ich mich mit Oliver und Rene woanders treffen. Aber man muß es ihnen sagen.

Wie, um Himmels willen? Wie? Und wann? Schwierige Dinge bringt man am besten so schnell wie möglich hinter sich – also am besten gleich morgen.

Als ich am Montagnachmittag in ihre Wohnung fuhr, spielte ich die Szene in Gedanken ein paarmal durch, aber ich brachte sie nie auch nur einigermaßen höflich zustande – von nett oder freundlich gar nicht zu reden. Ich übte sie mit Samantha in der Rolle von Rene, ebenfalls vergebliche Liebesmüh, aber beruhigend. «Ihr seid hier nicht erwünscht, Samantha, Christopher ist es nicht recht.» – «O Mist, Liebling – warum denn nicht?» – «Weil ihr gesellschaftliche und moralische Untermenschen seid und unseren geheiligten Grund und Boden verseuchen könntet.»

Samantha, von beiden Punkten nicht betroffen, würde verständnislos lächeln und annehmen, es sei ein Scherz. Ein geschmackloser zwar, aber eben ein Scherz, über den gelacht werden sollte.

Es Rene zu sagen, würde ganz und gar nicht lustig sein. Also mußte ich lügen. Behaupten, Walker komme zurück oder Christopher habe einen neuen Gärtner eingestellt. Es war nur recht und billig, die Schuld demjenigen anzulasten, der sie verdiente.

Ich war bisher nur einmal zu Renes Wohnung gefahren und brauchte eine Zeitlang, um sie wiederzufinden. Ich bog ein paarmal falsch ein und mußte im Rückwärtsgang aus einer Sackgasse hinausfahren, als mir ein blauer Ford Fiesta auffiel, der am Randstein entlangkroch – oder mich verfolgte. Wenn letzteres der Fall war, war es nicht sehr professionell. Die Bullen können es besser, und die anderen sollten es besser können. Absurde Vorstellung. Ein Fahrer, der sich wie ich in diesen verwahrlosten Straßen verfranzt hatte. Ich fuhr langsamer, damit er mich überholen konnte, doch er kroch in eine andere Seitenstraße. Vielleicht war's ja auch eine Sie. Der Fiesta war zu weit weg, ich konnte es wirklich nicht sagen. Unwichtig.

Obwohl mir nicht wohl war, wenn ich an den Anlaß meines Besuchs dachte, freute ich mich darauf, Oliver wiederzusehen, und wollte auch unbedingt erfahren, warum er mich beim Park stehengelassen hatte. Hoffentlich war mit ihm alles in Ordnung. Er brauchte nicht einmal einen guten Grund zu haben. Nur in Ordnung muß er sein. Bitte!

Ich redete laut mit mir selbst. Der andere Teil meiner selbst, der zuhörte und zu trösten versuchte, hatte keinen Erfolg.

Vor Renes und Olivers Wohnung stand ein Krankenwagen.

Mir war plötzlich so kalt, als sei meine Gesichtshaut erfroren.

10

Rene wird auf einer Trage herausgebracht. Von ihrem Gesicht ist kaum etwas zu sehen, aber die Fülle roten Haares ist nicht zu verkennen. Ich parke den Wagen so nah wie möglich und laufe dann die Straße hinunter auf sie zu. Ein paar Nachbarn haben sich auf dem Gehsteig versammelt, und jemand sagt etwas von einem Unfall –

einem Sturz von der Treppe. «Und jemandem direkt in die Faust?» ist die Erwiderung. Ich zwänge mich zwischen den Leuten durch und erreiche Rene gerade noch, bevor sie in den Krankenwagen geschoben wird. Und ich bin entsetzt. Auf ihren Wangen sind dunkle Flecke, mehrere Kapillare sind geplatzt und haben geblutet. Ihre halb geschlossenen Lider sehen dick und schwer aus und beginnen anzuschwellen. Um ihre Nase herum überall getrocknetes Blut, und ihre Unterlippe ist aufgeplatzt. Kinn und Unterkiefer stehen in einem merkwürdigen Winkel zueinander. Ich strecke zaghaft die Hand aus, habe jedoch Angst, sie zu berühren. Sie sieht zerbrochen aus. «Rene, um Himmels willen, was ist dir passiert?»

Sie versucht die Augen zu öffnen, blinzelt mich an. «Maeve?» Es ist nur ein Flüstern, doch sie ist erleichtert, mich zu sehen, das merkt man ihr an. Sie hat Schmerzen, ist aber ganz klar.

Die junge Sanitäterin antwortet für sie. «Sie sagt, sie sei auf der obersten Stufe gestolpert, als sie aus ihrer Wohnung nach unten gehen wollte.» Ihre Skepsis ist unüberhörbar.

«Mir ist der Schuhabsatz abgebrochen – wie oft soll ich Ihnen das noch sagen.» Mühsam bewegt Rene den Kopf. «Maeve, Wayne ist bei der alten Ma Heaton. Im Erdgeschoß. Ich hab ihr deine Telefonnummer gegeben – damit du ihn abholst. Bei dir wird er bleiben, bis alles geregelt ist. Du nimmst ihn doch, nicht wahr? Nur ein, zwei Tage?»

«Selbstverständlich.»

Gewalt hatte explosionsartig ihre Welt zerstört. Ich hätte ihr alles versprochen.

«Kann ich sonst noch etwas für dich tun? Soll ich dich ins Krankenhaus begleiten?»

«Kümmere dich nur um Wayne. Bring ihn von hier fort. Laß dich von niemandem daran hindern.»

«Rene – was ist mit Oliver? Sollte er jetzt nicht bei dir sein? Wie kann ich ihn erreichen?»

«Nicht – dein – Problem.» Sei ringt sich die Worte mit heiserer Stimme ab. Ihre Unterlippe hat wieder angefangen zu bluten, und die Sanitäterin tupft sie mit Gaze ab.

Ich beginne Oliver in einem anderen Licht zu sehen, weigere mich jedoch zu akzeptieren, daß dieses Zerrbild der Wahrheit entsprechen könnte. Das kann er ihr nicht angetan haben...

Oder doch?

Um Himmels willen, nein!

Ich zitterte, als ich auf die Klingel der Erdgeschoßwohnung drückte. Wäre ich gefaßter gewesen, hätte Mrs. Heaton mich wahrscheinlich nicht hineingelassen. Sie kam in beigefarbenen Hauspantoffeln zur Tür geschlurrt, eine kleine, magere alte Frau mit Hakennase und einer Brille mit übertrieben großem Schildpattrahmen, durch die sie mich mit tiefem Mißtrauen betrachtete, als ich ihr sagte, wer ich war. Sie habe Mrs. Barclay noch nicht angerufen, sagte sie, wieso könne ich dann so schnell hier sein? Zufall, sagte ich, ich sei schon unterwegs gewesen. Und könnte ich bitte ein Glas Wasser haben, mir ist ein bißchen übel.

«Sie sind also nicht von der Polizei?»

«Nein.»

Jetzt erst trat sie beiseite und zeigte auf das kleine Wohnzimmer auf der rechten Seite des Flurs. Es duftete nach Lavendel, wahrscheinlich irgendein Frischluftspray. Jede freie Stelle an Möbeln und Wänden war mit Erinnerungsstücken an die königliche Familie seit Königin Victoria bis zum heutigen Tag bedeckt. Sie brachte mir das Wasser in einem Becher mit einem Bild von George V. Ich trank dankbar. Sie kehrte dem Fenster, das auf die Straße ging, den Rükken und beobachtete mich. Ihre Finger zupften unablässig an den Falten ihres grauen Kreppkleides.

«Diese Gegend, Madam», sagte sie, «war nicht immer so. Als ich hierherzog, war sie ruhig – respektabel.»

Das «Madam» ging ihr ganz natürlich über die Lippen, mich jedoch hatte es überrascht. Ich schätzte sie auf ungefähr Siebzig, und sie war vermutlich «im Dienst» gewesen, wie man das vor einem halben Jahrhundert altmodisch genannt hatte.

Ich überging ihre Bemerkung und fragte, wo Wayne sei.

Bei ihrer Nichte Sharon, sagte sie, ein paar Türen weiter unten an der Straße. Zum Glück war er auch dort gewesen, als seine Mutter angegriffen worden war.

«Angegriffen?»

Sie zischte leise durch die Zähne. «Wenn sie sagt, sie ist gestürzt, dann ist sie gestürzt.»

«Aber Sie glauben ihr nicht?»

«Was ich glaube, zählt nicht. Ich habe frischen Tee aufgebrüht. Besser als Wasser. Ich bringe Ihnen eine Tasse.»

Sie nahm es zum Vorwand, um den Raum verlassen zu können und damit Fragen auszuweichen, die sie nicht beantworten wollte. Aber es gab bestimmte Dinge, die ich wissen mußte, also folgte ich ihr in die Küche.

«Wo ist Oliver, Mrs. Heaton?»

Sie war am Ausguß beschäftigt. «Woher soll ich das wissen?»

«Haben Sie ihn heute gesehen?»

Sie spülte zwei Tassen aus, trocknete sie ab und stellte sie auf ein rotes Silberjubiläums-Tablett. «Milch und Zucker, Madam?»

«Ich heiße Maeve. Meave Barclay. Milch bitte. Keinen Zucker.» Ich sah ihr beim Tee-Eingießen zu und fragte dann wieder: «Haben Sie heute Renes Ehemann gesehen?»

Ihre Antwort klang rätselhaft. «Ehemann? Was weiß ich, wen ich gesehen habe?»

«Ich spreche von Oliver.»

«Ich weiß, von wem Sie sprechen. Die Polizei war gestern hier. Sie hat auch eine Menge geredet. Mit Rene.»

«Sie hat auch mit mir gesprochen.»

«Vielleicht, Madam, aber als Gefängnisbesucherin. Nicht wie mit Rene. Das Mädchen hat aus ihrem Leben einen schrecklichen Schlamassel gemacht.»

Wäre ich Renes wegen nicht so aufgeregt gewesen, hätte ich mich über die Zweitauflage dieser Täuschung amüsiert. Rene war in den Augen meiner Mutter respektabel gewesen. Ich war in Mrs. Heatons Augen kein Ex-Sträfling. Es schien mir klüger, sie nicht zu desillusionieren. Wichtig war nur, daß sie mir Wayne überließ.

«Wir sind befreundet», sagte ich. «Deshalb bin ich hier. Ich will nur helfen.»

Sie trug das Tablett ins Wohnzimmer und stellte es auf einen kleinen, mit einem blauen Chenilletuch bedeckten Tisch. Dann reichte sie mir eine Tasse.

Ich nahm den Tee, den ich nicht wollte, und trank ein paar Schlucke. «Ich muß mich mit Waynes Vater in Verbindung setzen», sagte ich. «Ich muß wissen, wo er ist.»

Sie mißtraute mir noch immer. «Weiß er, wo Sie sind?»

«Ja, natürlich. Er und seine Familie waren oft in meinem Haus. Und Rene hat Ihnen meine Telefonnummer gegeben, vergessen Sie das nicht. Haben Sie hier Telefon?»

«Ich gehe in die Zelle am Ende der Straße, wie Rene.»

«Halten Sie es für möglich, daß Sie Oliver heute im Lauf des Tages zu sehen bekommen?»

Sie befingerte die braunen Perlen, die sie trug, und rieb sie mit ihren schwieligen Daumen, als wären es Kummerperlen oder ein Rosenkranz, und es dauerte eine Weile, bevor sie antwortete.

«Vielleicht, Madam. Ich glaube es zwar nicht. Aber ich weiß es auch nicht.»

Ich hatte das Gefühl, in einer Einöde zu sein – in einem luftleeren Raum, in dem keine Verständigung möglich war. Sie wußte sehr viel mehr als ich, hatte jedoch Angst, zuviel zu sagen. Das konnte Loyalität gegen Rene und vielleicht auch gegen Oliver sein. Wenn Wayne sie gern hatte, ihr vertraute, dann mußte auch sie ihn gern haben. In ihrem Alter wäre es für sie viel zu beschwerlich, den Kleinen zu versorgen, während seine Mutter im Krankenhaus war. Bestimmt war sie erleichtert, daß Rene mir diese Pflicht übertragen hatte.

Pflicht? Das Wort gefiel mir nicht. Mitleid – ja. Freundschaft – gewiß. Aber wenn ich zu Christopher etwas von «Pflicht» sagte, ging er an die Decke. Das würde er ohnehin tun, doch das war mir im Augenblick gleichgültig.

Ich sagte der alten Frau, daß ich auf Wayne sehr gut aufpassen und daß es ihm bei uns so gut gehen würde, wie überhaupt möglich. «Es wäre jedoch hilfreich, wenn ich wüßte, wie lange ich ihn behalten soll. Wenn ich mit seinem Vater sprechen könnte, könnte einiges geklärt werden.»

Sie nahm das als Feststellung, gab mir recht, hatte aber keinen praktischen Vorschlag.

Ich fragte sie, ob sie Rene nach dem Sturz gefunden hatte. «Ist sie draußen im Flur gefallen? Vielleicht ganz nah bei Ihrer Tür?»

Sie sagte, sie habe Rene nicht gefunden. Eine Nachbarin, die draußen auf dem Gehsteig vorbeiging, habe sie stöhnen gehört. «Die Haustür war offen. Sie sah Rene da liegen und holte Hilfe.»

«Wer ist diese Nachbarin?»

«Mrs. Boscombe. Sie bedient im Laden um die Ecke.»

«Und hat Mrs. Boscombe auch den Krankenwagen gerufen?»

Meine Fragen machten sie nervös. «Ich weiß nicht, wer ihn gerufen hat. Ich war bei Sharon, und jemand hat mich geholt. Niemand wollte, daß der Kleine seine Ma so sah. Deshalb habe ich ihn nicht mitgenommen.»

«Und Rene hat Ihnen nichts gesagt, außer, daß Sie mich anrufen sollen?»

«Nein, nichts. Sie konnte nicht viel sagen. Nicht in dem Zustand. Nur, daß Sie das kleine Kerlchen abholen werden.»

«Hat sie Ihnen einen Wohnungsschlüssel gegeben?»

«Ich habe schon ihren Zweitschlüssel. Sie hat meinen.»

Sie lieh ihn mir großmütig, damit ich für Wayne ein paar Sachen packen konnte.

Die obere Wohnung war blitzsauber und ordentlich aufgeräumt. Wenn Rene angegriffen worden war, mußten ihr die Verletzungen von einem absoluten Profi beigebracht worden sein. Sie hatte sich nicht sehr heftig gewehrt. War es möglich, daß sie, wie sie sagte, die Treppe hinunter und auf das Gesicht gefallen war? Es war der weniger erschreckende Gedanke, und ich bemühte mich, an ihn zu glauben.

Auf einem Hocker am Kamin lag ein Stapel von Olivers Motorradzeitschriften, und obenauf lag der *Mirror*. Er brachte vielleicht einen ausführlicheren Bericht über den Mord an Anna – eventuell auch Kommentare der Polizei –, weitere Neuigkeiten über Horden oder andere, nach denen gefahndet wurde. Ich nahm die Zeitung in die Hand, doch weiter kam ich nicht, brachte es nicht fertig, sie aufzuschlagen. Renes Unfall genügte mir.

Ich war gekommen, um Waynes Sachen zu packen, also fing ich am besten gleich damit an.

In seinem Zimmer waren Unmengen von Spielsachen, aber zum Anziehen hatte er nicht viel. Und dann entdeckte ich auf seinem Bett eine kleine Reisetasche, vollgestopft mit den Kinderklamotten für etwa eine Woche. Sie enthielt auch eine Toilettentasche, die aussah wie ein Bär. Demnach hatte Rene vor ihrem Unfall – Unfall? – mit ihm fort wollen. Wohin? Auf Urlaub? Mit Oliver? Ohne ihn?

Ich öffnete die Schlafzimmertür. Und sah ein Chaos. Auf dem ungemachten Bett bergeweise Sachen aus den Schubladen. Ein Koffer, der auf den Fußboden ausgeleert worden war, hatte Unterwäsche enthalten – hauptsächlich ihre –, die meiste funkelnagelneu. Eine Strumpfhose, zu einem merkwürdig geformten Ball zusammengerollt. Ich hob sie auf und fühlte etwas Hartes. Eine kleine goldene Uhr, noch mit Preisschild. Zweihundertfünfzig Pfund. Eine kleine Reiseuhr mit einem Zifferblatt aus Perlmutt war aus ihrem Gehäuse gerissen worden. Kein Preis darauf. Offensichtlich teuer. Offensichtlich geklaut.

Deshalb also hatte er es getan. Ich erinnerte mich an das, was er über Sicherheitsverwahrung gesagt hatte. Renes Behauptung, daß der Spielzeug-Dinosaurier ein Geschenk von mir sei. Ihre Erklärung, als sie sich weigerte, die Sachen von Wayne wieder zu nehmen, die Oliver mir zurückgebracht hatte – etwas in dem Sinn, daß sie noch eine Weile in einem Stück weiterleben wolle.

Sie war schwer verletzt.

Ich kann, was ich eben gesehen habe, nicht mit Oliver in Zusammenhang bringen.

Ich kann das nicht akzeptieren.

Ich kriege verdammt noch mal keine Luft!

Ich setzte mich eine Weile nieder, bis meine Lungen anfingen, wieder normal zu funktionieren und ich fähig war zu denken. Die Polizei war schon hier gewesen, hatte Rene vernommen. Offenbar nicht wegen Ladendiebstahls, sonst hätte man sie verhaftet. Dann war es um Anna gegangen – sie hatten Anhaltspunkte gesucht, nach Freunden und Bekannten gefragt – genauso wie sie mich gefragt hatten. Aber wenn sie wiederkamen und die Bescherung hier sahen…

Sie durften sie nicht sehen.

Plötzlich fiel mir wieder ein, was Macberra über Korruption gesagt hatte. Schön – bin ich eben korrupt. Also, wo ist die Schere, damit ich das Preisschildchen von der Uhr entfernen kann? Ich fand sie nicht und riß es ab. Vielleicht war sie ja gar nicht geklaut. Mit dem Preisschild daran verkauft. Sei nicht blöd. Man versteckt eine Uhr nicht in einer Strumpfhose, man bewahrt sie in einer Schublade auf. Also verstaute ich sie mit dem ganzen anderen verstreuten Zeug – einer seltsamen Sammlung nicht sehr teuer aussehenden Schmucks – vielleicht ehrlich erworben, vielleicht auch nicht – und verspielter Unterwäsche in Cellophantüten in den Schubladen.

Räum das Zimmer auf. Leg alles ordentlich zurück. Alles muß ganz normal aussehen.

Als ich einigermaßen Ordnung geschaffen hatte, kam Mrs. Heaton herauf, um mir zu sagen, daß ihre Nichte mit Wayne hier sei und er unten auf mich warte. Sie sah sich prüfend um. «Sie haben aufgeräumt.»

«Ja.»

Sie schob zwar mißbilligend die Unterlippe vor, schien aber auch erleichtert.

Dann sagte sie mir, sie sei heraufgegangen und habe Renes Nachthemd und Waschzeug eingepackt, als der Krankenwagen unterwegs war. «Wär nicht gut gewesen, wenn jemand hier reingekommen wäre.»

Ich stimmte ihr zu.

«Haben Sie ins Bad reingeschaut, Madam?»

Ich wünschte, sie würde aufhören, mich so zu titulieren. Es klingt, als wäre ich eine Puffmutter. Ich sagte ihr noch einmal, mein Name sei Maeve und ich hätte nicht ins Bad geschaut. Was sollte ich dort?

«Wayne braucht seinen kleinen Toilettensitz, und Sie brauchen Gummiunterlagen für sein Bett.»

Sie zeigte mir den Schrank mit den Gummiunterlagen und Handtüchern und nahm dann ein Handtuch an sich, das zusammengefaltet über dem Rand der Badewanne hing. Es war blutig. Wäre Rene die Treppe hinuntergefallen, wären nur im Flur Blutspritzer zu finden gewesen, nirgends sonst. Es sei denn, die Sanitäter wären ins Bad gegangen, hätten das Handtuch benutzt und wieder zurückgebracht.

Sie wußte, daß ich es gesehen hatte. «Ich wasche es, sobald Sie fort sind, Madam. Rene würde es so wollen.»

Ja, dachte ich, und mir wurde übel. Sie würde keine Anzeige erstatten, egal, was passierte.

Ich fragte sie, ob Ähnliches wie heute schon früher passiert war. Ähnliches wie heute – was für eine nichtssagende, blasse Umschreibung, völlig unzulänglich.

Sie antwortete ausweichend. «Rene ist ein nettes Mädchen – aber dumm. Würde für alle Menschen alles tun, aber nie etwas Gutes für sich.»

Und Oliver, dachte ich, wie schätzt du ihn ein?

Sie faltete das Handtuch zusammen und legte es mit der sauberen Seite nach oben wieder zurück. Dann beantwortete sie die Frage, die ich nicht gestellt hatte.

«Der kleine Kerl hat Schlimmes erlebt. Jemand hat ihn mißbraucht. Oliver hat ihn wieder in Ordnung gebracht. Nun ja, fast. Danach beurteile ich einen Mann – wenn er gut zu einem Kind ist, ist nicht viel Schlechtes an ihm.» Sie begann wieder, mit ihren Perlen zu spielen, umklammerte sie, als suche sie Trost bei ihnen.

Nicht viel Schlechtes? Oder überhaupt nichts Schlechtes. Vielleicht zogen wir hier alle voreilige Schlüsse. Aber um Himmels willen, jemand hatte Rene zusammengeschlagen. Und wenn es nicht Oliver gewesen war, wer dann?

Wayne zu überreden, mit mir zu gehen, war nicht so schwierig, wie ich befürchtet hatte. Mrs. Heaton hatte den Weg ein bißchen geebnet, indem sie ihm erzählte, seine Ma sei gestürzt und jetzt im Krankenhaus, wo man sie wieder gesund mache.

«Deine Mami hat gesagt, du sollst ein paar Tage bei mir schlafen», mischte ich mich ein. «Bis dein Daddy dich holen kommt.»

Ich beobachtete seine Reaktion, und er schien, was ich sagte, ganz gelassen hinzunehmen. Offenbar hatte er keine Angst vor Oliver.

«Du kannst dich freuen, es wird bestimmt sehr nett», sagte Mrs. Heaton.

Seine ernsten Augen musterten mich, und dann lächelte er.

Er saß am Tisch und spielte mit weißen und roten Legosteinen. Er hatte einen Panzer gebaut. Es war eine komplizierte Sache und bedurfte ziemlicher Geschicklichkeit.

«Geschenk», sagte er. Er sah Mrs. Heaton an und dann mich. Das Geschenk war für eine von uns beiden bestimmt, er wußte nur nicht, für wen. Nachdem er einen Moment überlegt hatte, rutschte er vom Sessel und gab es mir.

«Super», sagte ich. Und küßte ihn. Er wich nicht aus.

Mrs. Heaton, die ein bißchen eingeschnappt war, begleitete uns hinunter zum Wagen.

Seine Mutter erwähnte Wayne erst, als wir schon fast zu Hause waren. «Rene hat sich das Knie aufgeschlagen», sagte er. «Schon wieder.»

Daß er sie Rene nannte, überraschte, und das «Schon wieder»

beunruhigte mich. Dieses früher so schweigsame Kind hatte entdeckt, wie es mit mir sprechen konnte. Es wäre leicht gewesen, ihn auszufragen, aber vielleicht unfair und unklug.

«Sie ist bald wieder okay», sagte ich. «Knie heilen schnell. Sie kommt bald nach Hause. Alles wird wieder gut.»

Es bedarf vieler Tropfen, bevor sie das Faß zum Überlaufen bringen und eine Ehe unterhöhlen. Die unsere hatte in mancher Beziehung einem schlimmeren Sturm standgehalten als die meisten. Doch dieser Tropfen, nahm ich an, würde das Gebäude zum Einsturz bringen, doch es gab nicht viel, was ich dagegen tun konnte.

Wayne lag in einem der beiden Betten im Gästezimmer, als Christopher kurz nach sieben Uhr nach Hause kam. Ich hatte vorgehabt, ihm die Neuigkeit vor dem Abendessen bei einem Drink so vorsichtig wie möglich beizubringen, und nicht damit gerechnet, daß die Natur ihn zwingen würde, vorher schnell im Bad zu verschwinden.

Als er ins Wohnzimmer zurückkam, sah er verwirrt aus.

«Maeve, was soll dieser kleine Einsatz auf dem Toilettensitz?»

Ich erklärte ihm, es sei ein Kindersitz, ohne den das Kind hineinfallen würde.

«Welches Kind?»

Ich holte die Ginflasche und schenkte eine ordentliche Portion ein, bevor ich mit Soda auffüllte.

Er wiederholte die Frage.

Ich reichte ihm das Glas. «Der kleine Junge einer Freundin. Seine Mutter hatte heute nachmittag einen Unfall. Sie mußte ins Krankenhaus. Ich kümmere mich um ihn.»

Er stellte das Glas ab. «Von wem sprichst du? Ist es Fionas Kleiner? Wie heißt er noch? James?»

«Nein.»

«Wer dann?»

Ich begann, im Geist Namen aneinanderzureihen. Clarissas Benedict. Charlottes Gregory. Victorias Paul. Und dann, nur um Zeit zu gewinnen und ruhiger zu werden, schweifte ich in die Klassik ab. Klytemnestras Orestes. Hekubas Paris. Thetis' Achilles. Achilles mit der verletzlichen Ferse. Und was hatte ich für eine Schwäche? Ich war nicht fähig, zu mir selbst zu stehen, zu meinen Überzeugungen, ohne ein Chaos hervorzurufen.

Er wartete auf eine Antwort. «Renes Wayne», sagte ich.

«Rienswayne?» Verwirrt zog er die Stirn kraus. «Was heißt das?»

Ich trennte die Worte. Erklärte. Bisher hatte ich nie erwähnt, daß Rene und Oliver ein Kind hatten. «Er hat mich mit seinen Eltern hier besucht. Er vertraut mir. Mag mich. Ich konnte mich nicht weigern, ihn zu mir zu nehmen.»

Christopher sieht gewöhnlich ein bißchen müde, aber nicht völlig erschöpft aus, wenn er abends heimkommt. Jetzt wirkte sein Gesicht eingefallen.

«Du meinst, diese Frau – diese Rene – hat dir dieses Balg aufgehalst – einfach so in den paar Minuten, bevor sie ins Krankenhaus gebracht wurde? Und du hast ihn hergebracht – ohne zu überlegen – ohne zu fragen? Und er liegt tatsächlich oben – im Bett?»

«Ja.»

Ich setzte mich. Sein Glas stand unberührt auf dem kleinen Mahagonitisch neben dem Sessel. Ich nippte daran. Wann wird ein Kind zu «diesem Balg»? Wie groß muß der soziale Unterschied sein, wie tief der Abgrund zwischen den Schichten? Das schien mir eine interessante Frage. Und ich sprach sie laut aus.

Er sagte, ich sollte aufhören, Unsinn zu reden. «Bleib bei den Tatsachen. Welche Verpflichtung hast du gegen diese Leute – oder glaubst du zu haben, daß du dich so ausnutzen läßt?»

«Man läßt sich ausnutzen, oder man kümmert sich um seine Mitmenschen», sagte ich. «Schon wieder haben wir's mit der Semantik, nicht wahr? Es ist ganz einfach eine Sache der...»

Sein Gesicht rötete sich vor Zorn. «Sei still, Maeve. Wenn du deine Verrücktheiten nicht rechtfertigen kannst, ohne beleidigend zu werden, dann versuch es nicht erst. Mir ist verdammt egal, welcher sozialen Schicht deine Freunde angehören. Es ist der kriminelle Aspekt, mit dem ich nicht fertig werde. Und fang nicht an herumzublöken, daß du auch im Knast gesessen hast. Das habe ich oft genug gehört. Wo ist er? Wohin hast du ihn gesteckt? Hoffentlich nicht in unser Bett?»

«Natürlich nicht. Er ist im Gästezimmer. Und ich schlafe heut nacht auch dort, im zweiten Bett. Wenn er aufwacht, ist es wichtig für ihn zu wissen, daß ich da bin.» (Und wenn du aufwachst, Christopher, wirst du froh sein, daß ich es nicht bin.)

Er ging zur Tür, und ich lief erschrocken hinter ihm her. «Du willst doch nicht etwa zu ihm? Er ist eben erst eingeschlafen. Er ist noch nicht fünf, um Himmels willen, ein kleines Kind. Wenn du jetzt dort hineinstürmst – ihn erschreckst – wird er...»

«Ich werde ihn nicht wecken.»

Wir gingen zusammen hinauf und blieben bei der Tür stehen. Ich hatte das Flurlicht brennen lassen, und Waynes Kopf, halb unter dem Federbett versteckt, war gerade noch zu sehen. Er hatte sich, als ich ihn badete, in den Kristallschwan verliebt, und er lag jetzt mit dem Panzer aus Legosteinen, den er für mich «aufhob», neben ihm auf dem Kopfkissen.

Ich beobachtete Christopher, während er Wayne ansah, und hoffte, sein Gesichtsausdruck werde nur ein bißchen weicher werden, doch das war nicht der Fall.

Wir gingen wieder hinunter.

«Warum hat man ihn dir aufgehalst? Warum hat sein Vater ihn nicht behalten?»

«Er war nicht da.»

«Wo war er?»

«Ich weiß es nicht. Rene konnte es mir nicht sagen, ihr Zustand war zu schlecht.»

«Wärst du nicht im passenden Moment dort erschienen – wer hätte die Verantwortung für ihn übernommen?»

Ich erzählte ihm von Mrs. Heaton.

Ihm gefiel nichts von dem, was ich ihm sagte. «Diese Leute», gab er mir zu verstehen, lebten in «ihrer Welt», von der meinen tausend Lichtjahre entfernt. Sie hatten Familien, Freunde, an die sie sich wenden konnten, wenn Not am Mann war. Einer Nachbarin meine Telefonnummer zu geben und mir die Verantwortung zuzuschieben, war ein grober Übergriff.

«Sie schmarotzen bei dir, Maeve. Du bist zu weich, und das wissen sie. Hast du ihnen je Geld gegeben?»

«Nein. Nie.» Ich erzählte ihm von Olivers Reaktion auf die Kleidung, die ich Wayne gekauft hatte. Ich erzählte ihm nicht, wie begeistert Wayne heute abend in den Schlafanzug mit den Eisenbahnzügen geschlüpft war. Die Sachen, bisher im Koffer auf dem Schrank, würden ergänzen, was Rene in die Reisetasche gepackt hatte.

«Dein unterdrückter Mutterinstinkt scheint dein Hirn geschädigt zu haben», sagte Christopher trocken.

«Würdest du das auch sagen, wenn das Kind dort oben einer anderen Mutter gehörte?»

Er ignorierte die Frage. «In welches Krankenhaus wurde sie eingeliefert?»

In das, das zum Bezirk gehört, nehme ich an. Ich weiß es nicht.»

«Du bist überhaupt ziemlich ahnungslos, nicht wahr? Man bringt sie in den weiten blauen Irrgarten aus einem Dutzend oder noch mehr Städtischer Krankenhäuser. Du weißt nicht, in welches. Ihr abwesender Ehemann, der seinerseits angeblich nicht weiß, was passiert ist, soll sein Kind abholen. Aber du weißt nicht, wann. Jesus, Maeve, in Augenblicken wie diesem bringst du mich zur Verzweiflung.»

Das beruht auf Gegenseitigkeit, denke ich. Aber ich verteidige mich nicht.

Die Kasserolle, die ich zum Wärmen auf den Herd gestellt hatte, begann, beißend nach Verbranntem zu riechen. Ich versuchte, sie zu retten und schlug Christopher dann vor, daß wir essen sollten. Den Tisch hatte ich schon gedeckt und, in der naiven Hoffnung, Christopher zu besänftigen, eine Flasche guten Riesling aufgemacht. Wir hatten jedoch beide keinen Appetit, und er sagte kein Wort. Wie immer, wenn ich unter Stress stehe, fing ich an zu plappern. Meine intelligenten (herabsetzenden) Kommentare über den Zustand der Nation – die Finanzen – den Dow-Jones-Index – das Wetter – stießen auf eisiges Schweigen.

Nach einer Weile schob er den Teller beiseite. «Du bringst nicht einmal eine genießbare Mahlzeit zustande.»

«In der Anrichte findest du Biskuits und Käse. Von mir nicht verdorben.»

«Ich muß noch telefonieren.»

Er ging zum Telefon in seinem Arbeitszimmer, damit ich nicht mithören konnte, und blieb einige Zeit verschwunden. Ich stellte mir vor, daß bald ein Polizeiaufgebot hier erscheinen würde, um Wayne wegzuholen – oder eine Truppe des Öffentlichen Gesundheitsdienstes die Tür aufbrechen würde. In Wirklichkeit telefonierte Christopher bestimmt mit Sarah. Der vernünftigen Dame, die berechenbar war, nie entnervend, die beschwichtigte, lächelte und nach höheren Zielen strebte. Kein Zweifel, die würde sie über sein Bett und viele andere Betten auch erreichen.

Als er mit einem Wochenendköfferchen wiederkam, war ich nicht überrascht.

«Vergiß die Schokolade nicht», sagte ich. «Die Dame mag Milk Tray.»

«Was?»

«Hüte dich vor den Griechen, wenn sie Geschenke bringen. Hüte dich vor Liebhabern, die es nicht tun. Vielleicht benutzen sie dich nur. Meine Freunde benutzen mich, wenn sie in Not sind. Ich gebe mit Freuden. Geh du zu Sarah, sie wird dich mit Freuden empfangen.»

«Du bist betrunken», sagte er schroff. Es war nicht die Wahrheit, ich war nüchterner als ich mich anhörte. Hätte Wayne nicht oben gelegen, hätte ich die Flasche Riesling heute ausgetrunken. So mußte ich mich beherrschen.

Christopher beherrschte sich vorbildlich, wenn man bedachte, wie ich ihn provoziert hatte. Er sagte mir, er habe die Krankenhäuser angerufen. Rene Dudgeon lag im Barts und mußte wahrscheinlich ein paar Tage bleiben. Mehr hatte er nicht erfahren.

«Wenn du morgen nichts hörst, Maeve, rate ich dir, dich mit dem Krankenhaus in Verbindung zu setzen. Die Telefonnummer liegt auf meinem Schreibtisch. Sie haben dort eine Sozialarbeiterin, deren Aufgabe es ist, sich mit häuslichen Problemen auseinanderzusetzen. In diesem Fall mit deinem Problem. Nicht mit meinem.» Er erklärte mir eisig, es sei ihm unter den gegebenen Umständen unmöglich, in seinem Heim zu bleiben. Ich verlangte zuviel. Er könne dem Kind (er betonte das Wort Kind) nicht mit der Toleranz begegnen, die es verdiene. Es habe kein Unrecht begangen. Er komme Ende der Woche, am Freitagabend, wieder zurück. Hatte der Vater das Kind bis dahin nicht entfernt oder die Mutter jemand anders mit der Fürsorge für ihren Sohn beauftragt, dann werde er die Angelegenheit den zuständigen Behörden melden. In der Zwischenzeit solle ich vernünftig sein und auf mich aufpassen. Er hoffe, ich verstünde das Wort «vernünftig», doch er bezweifle es.

Ich versprach ihm, es im Wörterbuch nachzuschlagen.

Als er durch den Flur zur Haustür ging, fragte ich ihn, wo ich ihn erreichen könne.

«Tagsüber natürlich im Büro. Nach Feierabend ruf Eric an.»

«Und er wird meine Nachricht an dich zu Sarah weiterleiten.»

«Er wird die Nachricht an mich weiterleiten.»

Das Haus kam mir fremd vor, als er gegangen war – emotional verwüstet. Man hatte mir ein Geschenk der Stille gemacht, und es gefiel mir nicht besonders. Er hatte gehen müssen, das verstand ich. Bei seiner Natur war die Situation, die ich ihm aufgezwungen hatte, für ihn unerträglich. Auch sein Vier-Tage-Ultimatum war unerträglich, aber typisch für ihn. Ihm wäre nie der Gedanke gekommen, mich zu trösten, mir zu sagen, ich hätte nur getan, was ich tun mußte. Wayne sei ein netter kleiner Junge, und wir würden uns um ihn kümmern, bis sein Vater ihn holte. Gibt es solche Ehen? Utopisch? Heiter?

Ich stellte mir vor, wie er Sarah sein Herz ausschüttete. Sie würde ihn ausziehen und ihm beistehen, und der Ausdruck ihrer kalten grünen Augen würde ihm sagen, daß ich diesmal zu weit gegangen war – sozusagen dem Faß den Boden ausgeschlagen hatte. Ich spielte die Szene in Gedanken durch, während ich abspülte, und war gedühlsduselig genug, ein bißchen um ihn zu weinen. Wäre sie eine andere gewesen, warmherziger, freundlicher, hätte ich vielleicht um mich selbst geweint.

Um zehn Uhr rief er mich an, um mich daran zu erinnern, daß ich die Türen verriegeln sollte.

Ich sagte ihm, das sei längst geschehen.

11

Zwanzig Minuten nach zwei schüttelte Wayne mich wach und flüsterte mir das Wort «naß» ins Ohr.

Ich hörte den Regen an der Fensterscheibe hinuntergleiten und das sanfte Stöhnen des Windes.

«Es regnet», antwortete ich verschlafen.

«Nein.» Seine Stimme wurde lauter, und er sprach jedes Wort übertrieben deutlich aus. «Ich bin naß.»

Ich wurde richtig wach. Er sagte es ohne Scham und ohne Furcht, und das war gut. Eine Unannehmlichkeit, die beseitigt werden mußte, wie auch seine freundlichen und liebevollen Eltern sie beseitigt hätten. Ich tat alles, was sie schon viele Male getan haben mußten und war Mrs. Heaton von Herzen dankbar, daß sie mir gesagt hatte, ich solle Gummiunterlagen mitnehmen.

Wayne verbrachte den Rest der Nacht in meinem warmen, trokkenen Bett, und ich kehrte ins Ehebett zurück, das kalt und zu groß war.

Bevor ich wieder einschlief, beruhigte ich mich Olivers wegen. Wenn es sich jemand zur Gewohnheit macht, seine Frau regelmäßig zu verprügeln, geht das an seinem Kind nicht unbemerkt vorüber. Doch dieses Kind löst sich allmählich aus der Stille eines Traumas, weil seine häusliche Umgebung normal ist. Es hat sich in letzter Zeit nicht geängstigt, wurde durch nichts erschreckt.

Aber Wayne war nicht im Haus, als es passierte.

Und Rene hatte mich beschworen, ihn nicht wegzugeben.

Am nächsten Morgen rief ich im Krankenhaus an. Rene hatte eine Kieferoperation hinter sich. Es ging ihr den Umständen entsprechend gut. Ich fragte, ob sie mit mir sprechen könne, wenn man ihr das Telefon ans Bett brachte, und bekam die Auskunft, daß es noch ein paar Tage dauern werde, ehe das möglich sei. Meine Frage, ob ihr Mann sie besucht habe, wurde von der Schwester oder Oberschwester – wer immer das war, mit dem ich sprach – mit der Gegenfrage pariert, ob ich eine Verwandte sei. Eine Freundin, antwortete ich. Ich weiß nicht, ob Diskretion oder die Notwendigkeit, wieder an ihre Arbeit zu gehen, sie davon abhielt, mir etwas über Oliver zu sagen. Sie schlug mir höflich vor, später mit Rene selbst zu sprechen, sobald es ihr besser ging – solle sie ihr inzwischen etwas ausrichten? «Sagen Sie ihr, Maeve und Wayne lassen herzlich grüßen.»

Hätte ich nicht die Verantwortung für Wayne gehabt, hätte ich ihr Blumen ins Krankenhaus gebracht. Ich konnte ihn jedoch nicht allein lassen und konnte ihn nicht mitnehmen. Sie hatte in Chornley kein Sterbenswort von ihm verlauten lassen, weil sie fürchtete, die Fürsorge könnte sich seiner bemächtigen. Vielleicht traf das auch auf die Krankenhausverwaltung zu. Und nicht nur vielleicht, sondern ganz gewiß, wenn Christopher den Jungen einfach am Krankenbett seiner Mutter abstellte, nachdem er vergeblich versucht hatte, ihn an jemanden anders loszuwerden.

Ich rief bei Interflora an und bestellte ein Dutzend roter Rosen für sie. Wayne kam ins Arbeitszimmer gewandert, während ich telefonierte, und ich fragte ihn, was für eine Nachricht er seiner Mami schicken wollte. «Sag ihr, es regnet, und ich hab keinen Regenmantel», schlug er vor, nachdem er gründlich darüber nachgedacht hatte.

«Schick ihr doch einfach liebe Grüße und viele Küsse», sagte ich. «Sie kann jetzt nicht aus dem Bett aufstehen, um für dich einzukaufen. Den Regenmantel bekommst du von mir.»

Ein Kind ganz allein zu versorgen, ist etwas ganz anderes, als mit den Eltern ein Trio zu bilden. Wenn er mich mit Rene und Oliver besucht hatte, hatte er in seiner eigenen Welt gespielt, leise mit sich selbst gesprochen und uns kaum beachtet. Jetzt, zu zweit, waren wir gegenseitig aufeinander angewiesen. Ich fürchtete, er könnte seine Mutter vermissen und weinen, daher gab ich mir Mühe, ihn ständig zu beschäftigen. Ich las ihm noch mehr Bücher von Beatrix Potter vor – malte mit Farbstiften mit ihm – zeigte ihm, wie man Formen aus Teig ausstach. Redete ununterbrochen. Redete zuviel. Ging ihm auf die Nerven und er mir. Am Nachmittag saßen wir vor dem Fernseher und schliefen beim Kinderprogramm ein. Erschöpft.

Am Mittwoch hatten wir es leichter. Die Sonne schien, und er konnte im Freien spielen. Als er zum zweiten Frühstück hereinkam, erinnerte er mich daran, daß ich versprochen hatte, ihm einen Regenmantel zu kaufen. Ich wies ihn darauf hin, daß das im Moment nicht nötig war, da wir ja schönes Wetter hatten. Er hielt dagegen, daß es einmal wieder regnen würde, und wenn wir den Regenmantel im Regen kaufen gingen, würde er naß werden. Daß er sich so gut ausdrücken konnte, nachdem er in meiner Gegenwart so lange kaum etwas gesagt hatte, war herzerwärmend. Oliver hatte mir erzählt, er habe viel über mich gesprochen, doch das hatte ich mir nur schwer vorstellen können.

Ich kann mir auch nur schwer vorstellen, wo Oliver ist, und warum er sich nicht mit mir in Verbindung gesetzt hat.

«Wenn wir jetzt einkaufen gehen», sagte ich zu Wayne, «ruft dein Daddy vielleicht inzwischen an, und wir werden nicht da sein, um mit ihm reden zu können.»

«Er wird wieder anrufen», sagte Wayne. Das ruhige Vertrauen, das dieses Kind in seinen Vater setzte, milderte meine Sorgen ein wenig. Seine Mutter muß gestürzt sein. Um Himmels willen, versuch doch, es zu glauben.

Wir gingen den Regenmantel am Donnerstag kaufen, nachdem ich ihn vorsichtig ausgehorcht hatte, wie er auf Menschenansammlungen reagierte. Einzelpersonen, stellte ich fest, sah er möglicherweise als Bedrohung an, aber Menschen in Massen akzeptierte er. Es machte ihm Spaß, mit dem Bus zu fahren, und die Kauflustigen in der Oxford Street störten ihn nicht besonders. Die Frau, die uns den Regenmantel verkaufte, war groß und breit, rechthaberisch und herrschsüchtig, und er verkroch sich vor ihr. Ich flüsterte ihm zu, daß ich sie auch nicht mochte, aber der glänzende gelbe Regenmantel sei doch super, oder? Er stimmte zu. Der Lunch in einem der großen Kaufhausrestaurants machte ihm Spaß – hauptsächlich deshalb, weil ich ihm gesagt hatte, er könne essen, was er wolle, und nicht herumnörgelte, als er das Gemüse nicht mochte. Als er seine große Portion Schokoladeneis halb aufgegessen hatte, lenkte irgend etwas ihn plötzlich ab. Er legte den Löffel auf den Teller und lächelte zögernd. «Ein Kaninchen», sagte er.

Ich blickte über meine Schulter zurück. «Ein Kaninchen – was meinst du damit?»

Er war zu konzentriert, um zu antworten.

Direkt hinter mir saß ein Ehepaar mit zwei kleinen Kindern. Sie stritten sich um die Speisekarte. Zu ihrer Rechten saßen vier Frauen mittleren Alters mit Hüten, die offensichtlich auf einem Einkaufsbummel waren. Ich schnappte ab und zu einen Satz von ihnen auf, in dem es um Sonderangebote in der Wäscheabteilung ging. Eine hagere junge Frau mit Ohrringen, die groß genug waren, um ihre Ohrläppchen zu verstümmeln, schaufelte einen Berg Curryreis in sich hinein.

«Eine Maus», sagte Wayne.

Erst jetzt entdeckte ich den kleinen blonden Mann mit Mehrtagesbart, der allein an einem Ecktisch saß. Er hatte zwei von den steifen weißen Papierservietten aus dem Behälter genommen und faltete sie zu Tieren. Um Wayne eine Freude zu machen. Offensichtlich.

Ich hatte das Gefühl, ihn schon irgendwo gesehen zu haben. Eine Fotografie aus Inspector Granges Verbrecherkartei hatte meinem Bankmanager ähnlich gesehen. Dieser Mann sah aus wie jemand, den ich bei der BBC getroffen hatte, als ich die Sendung für Macberra machte.

Er hatte gesehen, daß ich ihn bemerkt hatte und kam an unseren Tisch.

«Hallo, Maeve.»

Es war Macberra.

Er lächelte über mein Erstaunen und betastete sein Kinn.

«Ein Ausschlag, der vom Rasieren kommt, und Sehnsucht nach einem hübschen Vandyke-Bärtchen. Vielleicht wird er mit der Zeit besser. Darf ich mich zu Ihnen setzen, wenn ich Ihnen nicht allzu vergammelt vorkomme?»

«Aber selbstverständlich.»

Er zog den dritten Stuhl heraus, schob das Besteck zur Seite und stellte die beiden gefalteten Tiere vor Wayne auf. «Ein Kaninchen und ein Hamster. Das Kaninchen ist leichter. Ich zeig dir, wie man's macht.»

Er faltete das Papier zum Mitschauen noch einmal und führte Wayne die Hand, als er es versuchte.

Während ich ihnen zusah, brannten mir plötzlich Tränen in den Augen. Warum hatte Christopher dem Kleinen nicht ein bißchen Wärme entgegenbringen, warum ihn nicht ein bißchen akzeptieren können? Macberra, ein mit allen Wassern gewaschener professioneller Interviewer, der mich kaum kannte, war nett zu ihm.

«Ich wußte nicht, daß Sie einen Sohn haben», sagte er.

Ich hatte mich emotional nicht ganz unter Kontrolle und antwortete mit belegt klingender Simme: «Das ist Renes kleiner Sohn. Wir waren in Chornley befreundet.»

Und jetzt zieh dich zurück, dachte ich. Verhalte dich, wie Christopher sich verhalten würde. Steh auf und geh. Aber bitte tu's nicht. Er fühlt sich bei dir wohl. Lächelt dich an.

Er sah mich sehr direkt an, vielleicht hörte er meiner Stimme die innere Anspannung an. «Darf ich Ihnen noch einen Kaffee bestellen?»

Ich nahm an, und er bestellte sich auch eine Tasse.

«Ich war wegen des Interviews ein bißchen beunruhigt, Maeve. Wie haben Sie auf die Sendung reagiert?»

«Es war erträglich. Gerade eben.»

«Sie hätten mir einen bissigen Brief schreiben können.»

«Was hätte das für einen Sinn gehabt?»

«Vielleicht hätten Sie sich hinterher wohler gefühlt. Akzeptieren Sie bitte meine Entschuldigung. Was ich tun muß, ist für mich nicht immer die reine Freude.»

«Aber Sie müssen Ihr Publikum unterhalten.»

Er pflichtete mir bei, das mußte er. Und von diesem Standpunkt aus gesehen, war die Sendung absolut keine Katastrophe gewesen. Der Reaktion der Hörer nach zu schließen, vielmehr das Gegenteil. «Die sogenannten Erfolgsstories, die ich jetzt vorbereite, werden bei weitem nicht diese Resonanz haben. Maler, die sich nicht artikulieren können – taube Autoren –, stotternde Wissenschaftler. Na schön – also ich übertreibe, aber nicht sehr viel. Sie konnten wenigstens formulieren, was Sie zu sagen hatten.»

«Und Sie haben das meiste rausgeschnitten», erinnerte ich ihn.

«Die Politik der Mächtigen. Und ein Schutzmantel für Sie, ob Sie's glauben oder nicht. Es ist nicht immer weise, sich mit den Verlierern zu verbünden.» Er sah Wayne an, schien sich über das zu ärgern, was er gesagt hatte. «Verstehen Sie mich nicht falsch. Die Bemerkung gehörte zu einem größeren Kontext.»

Wayne hatte den Löffel wieder aufgenommen und aß sein Eis weiter. Das Kaninchen, das er gemacht hatte, lehnte am Wasserkrug, und er lächelte es immer wieder voller Stolz an. Macberra nahm seinen Kugelschreiber aus der Tasche und gab ihn Wayne. «Versuch ihm Augen zu malen, damit es dich auch ansehen kann. Nein, Kleiner, leg es flach auf den Tisch, sonst wirfst du den Wasserkrug um.»

Er sah ihm ein paar Minuten zu, lobte ein paarmal und wandte sich dann wieder an mich. «Haben Sie schon einen Job? Aber vielleicht wollen Sie gar keinen.»

Ich dachte an Sarah. «Man hat mir bisher nichts Geeignetes angeboten. Und in letzter Zeit habe ich nicht mehr gesucht. Man gewöhnt sich so leicht an das Nichtstun.»

«Ich kann mir Sie nicht lange untätig vorstellen. Es ist eine Vergeudung Ihres Talents. Behandelt Sie das Leben gut – im allgemeinen?»

Eine verblümte Frage nach Christopher, denke ich. Ich werde ihm sagen, es ist alles in Ordnung.

Ein nützlicher Ausdruck – alles in Ordnung.

Bis der Kaffee kam, hatten wir uns nicht viel zu sagen, das auch für Waynes Ohren bestimmt war. Aber dann brachte Macberra die Rede doch wieder auf Chornley. «Vergangenes läßt sich wahrscheinlich schwer vergessen, aber fühlen Sie sich jetzt leichter? Nicht mehr so nervös und reizbar? Während des Interviews saß ich die meiste Zeit auf der Stuhlkante.»

Ich gestand ihm, daß ich genauso nervös sei wie eh und je. «Es ist nicht nur schwierig zu vergessen, es ist unmöglich. Jemandem, den ich dort kennengelernt habe, ist etwas Furchtbares passiert. Sie war seit ein paar Monaten draußen – und – nun – sie...» Ich sah Wayne an. «Ich kann nicht deutlicher werden, aber die Bullen sammeln Hintergrundinformationen bei den Häftlingen, die mit ihr in Chornley waren. Mich haben sie aufs zuständige Polizeirevier zitiert, hauptsächlich, um mir Fotos aus der Verbrecherkartei zu zeigen, darunter eins von ihr, bevor sie – na ja – bevor... Keins von hinterher, Gott sei Dank. Von ihrem Mann war auch eins dabei. Ich konnte ihnen nichts sagen, das ihnen nützlich gewesen wäre. Ich habe sie kaum gekannt. Es ist draußen bei Euston passiert. Vielleicht haben Sie etwas darüber gelesen.»

«Sie meinen die Frau, die man bei einem Abfallhaufen gefunden hat – die, deren Mann geflüchtet ist? Harden... Horden oder so?»

«Ja. Horden. Anna Horden.»

«Im Fernsehen hat es gestern geheißen, daß er noch immer nicht aufgetaucht ist. Und dann ist da noch ein anderer Typ, mit dem sie reden wollen. Anscheinend waren er und Anna...»

Wayne, der plötzlich jedes Interesse an dem Kaninchen verlor, unterbrach ihn. «Anna?» sagte er. «Wo ist Anna?»

Bestürzt sahen Macberra und ich einander und dann wieder Wayne an. Aber schon ein, zwei Sekunden später schien er seine Frage vergessen zu haben. «Das Kaninchen», sagte er, «muß einen Bart haben.»

Es gibt so viel, was ich nicht weiß und vielleicht nie wissen werde. Es gibt viele Annas auf der Welt. Mütterliche Matronen – kleine Mädchen mit Zöpfen – Annas aus Märchenbüchern. Und eine ermordete Anna, von der seine Eltern ihm nie erzählt haben würden. Ein Name, der ihm gefiel, mehr steckte gewiß nicht dahinter. Oder? Es kann keine Bedeutung haben. Ich hätte gern gewußt, was Macberra über den zweiten sagen wollte, hinter dem die Bullen her waren, doch es schien mir klüger, das Thema fallenzulassen. Waynes Anwesenheit hemmte mich.

Bevor er ging, bewunderte Macberra gebührend Waynes neuen Regenmantel, den er trotz der Hitze im Restaurant unbedingt anziehen mußte, um ihn ihm zu zeigen. «Ein freundlicher kleiner Kerl», sagte er leise zu mir, als Wayne sich mit den Knöpfen abmühte.

«Bei Ihnen», sagte ich, «bei mir – und noch ein paar anderen.» Ich wählte meine nächsten Worte sehr sorgfältig. «Wenn die Welt feindselig ist – und in seinem Fall war sie es – wächst Vertrauen nur langsam. Sehr langsam. Danke, daß Sie ihm dabei geholfen haben. Mit Ihnen hatte er viel Spaß.»

«Und ich mit ihm. Es war schön, Sie wiederzusehen, Maeve. Ich hoffe, daß bei Ihnen in Zukunft alles gut läuft.» Er half Wayne mit den obersten Knöpfen. «Nur etwas stimmt mit deinem prachtvollen gelben Regenmantel nicht, mein Junge. Die Knopflöcher sind verflixt zu klein.»

Wayne lächelte ihn an. Ganz ungezwungen. Sehr glücklich.

Als wir nach Hause kamen, war es vier Uhr, und das Telefon klingelte. Ich stürzte mich darauf, kam jedoch Sekunden zu spät. Verdammt! Vielleicht war das Oliver gewesen.

Die Stille des Hauses macht mir bewußt, daß die Zeit verstreicht und die Probleme immer mehr drängen. Morgen abend wird es Streit mit Christopher geben, wenn Oliver nicht kommt. Christopher ist durchaus im Recht, wenn er Wayne nicht im Haus haben will. Als Mitbesitzerin habe ich das Recht, darauf zu bestehen, daß er bleibt. Und so ist das eheliche Heim gespalten. Eine wundervolle Umgebung für ein Kind.

Ich fragte Wayne, ob er gern einen oder zwei Tage an der See verbringen würde – ab morgen. «Außer dein Daddy kommt dich heute abend holen.»

Er sah sich *Tom und Jerry* im Kinderprogramm an und nahm beide Vorschläge gelassen hin. Ich fragte mich, ob er Mutters Wohnwagen schon kannte. Wahrscheinlich nicht, Oliver hatte den Schlüssel noch nicht lange.

Als ich um sieben sein Bad einließ, klingelte das Telefon wieder. Ohne mir die Hände abzutrocknen, lief ich zum Zweitapparat im Schlafzimmer und hob ab. Es wurde sofort aufgelegt.

Es klingelte zum drittenmal um halb drei Uhr morgens. Ich träumte, daß ich einen steilen schwarzen Felsen hinaufkletterte, der in einem grauen Ascheplateau endete, als Wayne mich wachrüttelte. «Nicht naß», murmelte er verschlafen. «Klingel.»

Ich hob im Dunkeln ab. Der andere war noch in der Leitung. Wer war es? Oliver? Christopher? Nein, nicht Christopher. Er würde tagsüber anrufen. «Wenn du nachts allein bist und das Telefon klingelt», hatte er mir einmal gesagt, «dann melde dich weder mit deinem Namen noch mit der Nummer. Wart einfach ab.» Würde Oliver meine Vorsicht verstehen? Würde er glauben, Christopher liege neben mir im Bett oder habe den Hörer in der Hand?

«Ich bin nicht naß», sagte Wayne laut. «Aber ich werde es bald sein. Und ich kann im Dunkeln nicht sehen.»

Ein lautes Atemholen am anderen Ende der Leitung – ein unterdrücktes Lachen, und der Anrufer hängte ein.

Eine völlig irrationale Angst wallte in mir auf. Es war nicht Oliver.

Instinkt ist ein umheimliches Tier. Man kann es nicht zwingen, sich der Diktatur des gesunden Menschenverstands zu unterwerfen. Wie, zum Teufel, soll man ein gedämpftes Lachen analysieren, wenn das Gehirn vom Schlaf benebelt ist? Wie beurteilen, ob es dieses oder jenes Charakteristikum hat? Als ich am Morgen Brot für den Toaster in Scheiben schnitt, versuchte ich mir die unterschwellige Angst auszureden, die nach dem nächtlichen Anruf in mir zurückgeblieben war. Es konnte Oliver gewesen sein. Als er Wayne lachen gehört hatte, hatte er gelacht wie Oliver vielleicht gelacht hätte. Könnte. Vielleicht hätte. Ängstliche Worte. Der Instinkt ist robuster. Man weiß, ohne es beweisen zu können, daß das, was man im Augenblick fühlt, richtig ist.

Ich erinnere mich noch sehr deutlich an den Mann in Anselm Gardens. Den Schnüffler mit den vielen Aliasnamen. Den Schnüffler, der Dreck aufrührte und zu den Bullen rannte, wenn er etwas Nützliches entdeckte. Was hatte Inspector Grange über ihn gesagt?

Er lungert immer da rum, wo sich möglicherweise Schwierigkeiten zusammenbrauen. Nicht wortwörtlich, aber ungefähr. Spion bei Protestversammlungen, vielleicht auch bei der in Langdon. Hatte er mich beobachtet, als ich den Ziegelstein warf? Daß er sich, zugegebenermaßen wegen einer ganz anderen Sache, mit Sergeant Sutherland in Anselm Gardens getroffen hat, läßt eigentlich darauf schließen. War er der Widerling, der das CND-Emblem mit Blut auf den dreckigen Lappen geschmiert hat? Und wenn er es war, treibt er sich immer noch hier herum?

Könnte sein.

Sollte ich Christopher informieren? Oder die Polizei? Ein Nein zu beiden. Ich habe ihn ja nicht gesehen. Nicht hier. Nur die Stimme gehört. Und wenn ich's dem Colonel sagte? Er hat die Nachbarschaftswache gegründet. Aber ich habe nichts Greifbares zu berichten. Ein anonymer Telefonanruf und ein Lachen, die mir Gänsehaut verursacht haben. Das ist nicht genug. Es sei denn, es passiert wieder. Lieber Gott, laß es nicht zu!

Beim Frühstück teilte Wayne mir mit, er wolle zu Rene. Das war ein Augenblick, vor dem ich mich gefürchtet hatte, der Augenblick, in dem er sich plötzlich bewußt wurde, daß ihm etwas fehlte. Ich wollte auch zu Rene. Ich wollte, daß sie während Olivers fortdauernder Abwesenheit herkam und in ihre Rolle als Waynes Mutter schlüpfte. Als Ersatzmami war ich nicht brillant. Fast ununterbrochen machte ich etwas falsch. Zuviel Milch auf seine Cornflakes. Die Schuhbänder zu fest oder zu locker gebunden. Mangel an Autorität, wenn ein energisches «Nein» angebracht gewesen wäre, weil ich ihn nicht aufregen wollte.

«Wirst du mit ihr sprechen, wenn ich sie im Krankenhaus ans Telefon holen lassen kann?» fragte ich.

Er sagte, er würde.

«Dann iß deinen Toast, während ich versuche durchzukommen.»

«Is' zuviel Butter drauf.»

Ich kratzte ein bißchen ab.

Im Krankenhaus waren alle Nummern belegt. Endlich meldete sich doch jemand und stellte mich zur Abteilung durch.

Eine Schwester mit einem warmen, fröhlichen irischen Akzent hatte Dienst. Mrs. Dudgeon hatte sich eine leichte Infektion zugezogen, sonst wäre sie heute schon entlassen worden. Die Ärzte machten eben Visite, es war daher unmöglich, ihr das Telefon ans Bett zu bringen.

«Glauben Sie, daß die Ärzte sie bald entlassen – morgen vielleicht? (Entlassen – der Schatten von Chornley.)

«Nein, aber bis zum Sonntag oder Montag geht es ihr vielleicht schon gut genug. Ich weiß nichts Bestimmtes. Rufen Sie nach dem Lunch wieder an, dann habe ich vielleicht etwas Neues für Sie.»

Rene mußte wissen, wo wir waren, aber ich mußte mit Wayne aus dem Haus sein, bevor Christopher kam. «Richten Sie ihr bitte aus, daß ich heute nachmittag nach Shuter's Cove zum Wohnwagen fahre. Ich rufe sie gegen fünf oder sechs aus dem Dorf an.»

Sie bat mich, Shuter's Cove für sie zu buchstabieren, was ich ganz langsam tat. «Wayne fährt mit mir», fügte ich hinzu, «das müssen Sie ihr auch sagen, es ist sehr wichtig.»

Wayne, der darauf brannte, mit seiner Mutter zu sprechen, war ins Arbeitszimmer gekommen und hörte zu. Als er merkte, daß ich den Hörer auflegte, ging er in die Küche, nahm die Zuckerdose und warf sie auf den Boden. Absichtlich. Er ließ seine Sandalen im Zukker knirschen. Mit rotem, zornigem Gesicht sah er mich an. Seine Augen schwammen in Tränen.

«Gottverdammt!» flüsterte ich. Ich konnte nicht anders.

Er kam zu mir gelaufen, umklammerte meine Taille, preßte den Kopf an meine Jeans und schluchzte.

Ich streichelte ihm das Haar, bis er sich beruhigt hatte. «Wir rufen deine Mami aus einer Telefonzelle an», tröstete ich ihn. «Es ist eine altmodische rote in einem lustigen kleinen Dorf an der See. Die Ärzte haben immer noch damit zu tun, deine Mami gesund zu machen. Drei- oder viermal im Wohnwagen schlafen, drei oder vier Tage am Strand spielen, dann bist du wieder bei ihr.»

Er versuchte mir etwas zu sagen, und ich schob ihn ein Stückchen von mir weg, damit ich ihn hören konnte. Zwischen zwei Schluchzern erklärte er mir, daß seine Nase laufe. Das war nicht zu übersehen. Ich holte ein Papiertaschentuch und hielt es ihm, während er schneuzte.

Er murmelte, daß er sich selbst die Nase putzen könne und daß er mich lieb habe.

Jetzt saß auch mir ein Kloß im Hals. Zusammen fegten wir den Zucker auf, und ich warf ihn in den Abfalleimer.

Bevor wir das Haus verließen, schrieb ich Christopher einen Zettel: *Ich fahre mit dem Kind zum Wohnwagen und bleibe mit ihm dort, bis seine Eltern es abholen. Ich habe die Verantwortung. Bitte – bitte – bitte misch dich nicht ein. Du könntest mehr Schaden anrichten als du ahnst.*

Als ich das letzte Mal in Shuter's Cove war, hatten Christopher und ich versucht, unsere Beziehung zu kitten. Wir hatten schlechtes Wetter gehabt. Der wesentlich teurere Versuch in Paris war angenehmer gewesen und hatte den kreatürlichen Bedürfnissen mehr entsprochen, war mir aber durch den Alptraum verdorben worden.

In der augenblicklichen Krise muß ich von einem Tag zum anderen leben und akzeptieren, was kommt. Daß ich mich um Wayne kümmere, könnte meiner Ehe den Todesstoß versetzen, aber sie lag ohnehin im Sterben. An diesen wunderschönen Augustnachmittag, an dem das Meeresrauschen in der Ferne klingt wie ein leiser Celloton, bin ich nicht mehr so nervös wie zu Beginn des Tages. Wir hatten das Haus gegen elf verlassen. Alle Türen sorgfältig zugesperrt. Hier im Dorf ist es friedlich, der Wind weht sanft und zaust Wayne das Haar, zerwühlt meins zu unordentlichen Locken.

Er drängt mich ständig, doch endlich Rene anzurufen.

Bald, verspreche ich ihm. Doch zuerst müssen wir, bevor der Laden schließt, Konserven und andere Lebensmittel kaufen. Der Wohnwagen ist ganz einfach ausgestattet. Hat keinen Kühlschrank. Und Wayne wird einen Eimer und eine Schaufel brauchen.

Zusammen tragen wir die Tüten zum Wagen. Wayne macht das einen Riesenspaß, langsam kommt er in Ferienstimmung. Ein rotgrüner Drachen mit einem bunten Schweif macht ihn vollends glücklich.

Um halb sechs rufe ich Rene an.

Ihre Stimme klingt sehr müde, und sie kann nur mühsam sprechen. Der Kiefer tut ihr nach der Operation noch weh. Sie spricht nur kurz mit Wayne, aber was sie ihm sagt, muß sehr liebevoll und tröstlich sein, denn er nickt und lächelt und erzählt ihr von seinem Drachen. Er gibt mir den Hörer zurück, geht hinaus und wartet auf mich. Ich sage Rene, daß er jetzt außer Hörweite ist – okay –, aber daß sie ihm fehlt.

«Hat Oliver dich im Krankenhaus besucht oder etwas von sich hören lassen?»

«Nein. Er kann nicht...» Sie murmelt etwas, das ich nicht verstehe.

«Das hab ich nicht mitbekommen, Rene. Warum kann er nicht?»

«...gottverlassenen Ort...»

«Was?»

«Mein verdammter Kiefer – Tabletten helfen nicht viel. Warum hast du dein Haus verlassen – bist in die Wildnis gegangen?»

«Weil Christopher schwierig werden könnte. Im Wohnwagen sind wir besser aufgehoben.»

«Schwierig...» Noch etwas, das ich nicht höre.

«Er kann nicht mit Kindern umgehen.»

«...kurze Zeit...»

Nicht einmal für kurze Zeit, denke ich, falls du das sagen willst, Rene.

«Maeve – dunkel – einsam – nicht gut. Geh mit ihm wieder nach Hause.»

«Du meinst, in deine Wohnung? Aber du wirst doch noch nicht aus dem Krankenhaus entlassen. Oder ist Oliver vielleicht da?»

«Nein – warte Augenblick – trinken.» Es folgt eine Pause. «Dein Haus – nicht meine Wohnung... Nicht bevor ich es sage.»

Ich muß ehrlich sein. «Rene, Christopher hilft mir in dieser Sache nicht. Hätte er es getan, wäre ich nicht hier. Ich muß hierbleiben, bis Oliver ihn holt oder du wieder soweit bist, daß du ihn holen kannst.»

«...keinem einzigen Menschen...»

«Was?»

«Gib ihn nicht weg. Keinem. Laß ihn nicht aus den Augen.»

«Aber außer Oliver wird doch bestimmt niemand...»

Ich höre am anderen Ende der Leitung Stimmen, und dann meldet sich die irische Schwester. «Das Gespräch strengt Mrs. Dudgeon an. Es ist nicht gut für sie, so viel zu sprechen. Einen Moment bitte...» Ich höre, daß sie zu Rene etwas sagt, und dann ist Rene wieder in der Leitung.

«Maeve – paß auf...»

«Selbstverständlich. Wayne wird bei mir nichts passieren.»

Die Schwester nimmt den Hörer. «Das war vorläufig alles,

fürchte ich. In ein, zwei Tagen kann sie schon länger sprechen. Oh, und Ihre Blumen sind wunderschön. Ich bin sicher, daß sie Ihnen das gern sagen würde. Nichts ist hübscher als rote Rosen, und die sind so schön langstielig. Machen Sie sich keine Sorgen, sie kommt bald wieder in Ordnung. Das kann ich Ihnen versprechen. Auf Wiederhörchen.»

«Auf ‹Wiederhörchen›!» Was für ein fröhlicher Ausklang nach ein paar beunruhigenden Minuten. Plötzlich fällt mir ein altes Lied ein: «Auf Wiederhörchen, wein nicht, Clärchen. Trockne deine Tränlein, mein geliebtes Mägdlein, aus den lieben Äuglein.»

Die kurze Spanne unbeschwerter Heiterkeit ist vorbei.

Ich hatte vergessen, wie dunkel es in der Umgebung des Wohnwagens sein kann.

Ich verlasse die Telefonzelle lächelnd, weil Wayne mich ansieht. Er schiebt seine Hand in meine.

Von der Küstenstraße zum Standplatz des Wohnwagens sind es zehn Minuten zu Fuß. Wie bei früheren Besuchen lasse ich den Mini in einer Parkbucht stehen und trage, soviel ich kann. Das letzte Mal mühte sich Christopher mit unseren Vorräten ab, und ich transportierte unsere beiden Wochenendkoffer. Diesmal muß ich zweimal gehen. Zum Glück hat Wayne genug Energie für den Spaziergang. Er möchte wissen, ob es auf der Farm, die er in der Krümmung des Hügels sieht, Hühner gibt. Ich sage ja. «Morgen kaufen wir dort frische Eier und Milch.»

Der Wohnwagen steht günstig auf einem sonnigen Platz und wird nur selten feucht, doch als ich diesmal aufschließe, schlägt mir starker Salzgeruch entgegen, als sei der Wagen mit Meerwasser geschrubbt worden. Oder mit einem Bleichmittel. Der Haupt-Wohnbereich und der Schlafraum sind trocken, doch die blauen Linoleumfliesen in der Küche sind an den Ecken naß und zu einem unbestimmten Grau ausgebleicht. Früher war Regen durch die Hintertür hereingesickert, und der Fensterrahmen hat nie gut gepaßt, aber der Mittelraum in der Nähe des Eßplatzes war nur naß gewesen, wenn man ihn gewischt hatte. Und wenn er gewischt worden war, war er frisch und sauber gewesen und hatte angenehm nach Seife gerochen.

Wayne sagt etwas von «Gestank», was ziemlich übertrieben ist, aber ich gebe ihm recht und öffne das Fenster. Waren Rene und

Oliver hiergewesen und hatten etwas ausgeschüttet, das hartnäckige Flecken hinterließ – Saft aus schwarzen Johannisbeeren, zum Beispiel?

Die Kojen müssen unbedingt durchgelüftet werden, also fülle ich ein paar Wärmflaschen und lege sie hinein. Inzwischen schaut Wayne in Schränke und Schubladen und wundert sich lautstark über das «komische» Klo. Es ist eine Chemietoilette und wirkt erst komisch, wenn man es näher betrachtet oder wenn man es noch nie gesehen hat. Ich frage ihn noch einmal, ob er schon hier war, und er sagt, er sei schon an vielen Orten gewesen – einmal sogar in Japan, und er habe in einem Raumschiff gesessen, und dort hätten sie auch ein komisches Klo. Man drücke auf einen Knopf, und es fliege davon. Ich habe nicht genug Energie, um Fakten und Träume zu sortieren, und er genießt seine Träume, also warum sie ihm nehmen?

Zum Abendessen mache ich Suppe und eine Büchse Ravioli warm, die nicht allzu widerlich schmeckt, und picknicke mit ihm draußen im Gras, das kurz und trocken ist und mit wilden Hyazinthen geschmückt ist. Ich erzähle ihm Geschichten aus den Ferien, die ich als Kind hier verbracht habe, und er hört schläfrig zu. Der Abend ist lila und grau, und die Wellen brechen sich sanft am allmählich dunkler werdenden Strand.

Es hat Zeiten gegeben, in denen der Aufenthalt hier idyllisch war – oder zumindest kommt es mir in der Rückschau so vor. Die Schönheit ist noch vorhanden, doch ich fühle mich unbehaglich. Renes Ängste, die sich wie ein Virus bei mir eingenistet haben, lassen sich nicht abschütteln. Die Worte, die sie benutzt hatte – dunkel – einsam – gottverlassen – waren sehr wirkungsvoll. Es ist nur natürlich, daß man emotional überreagiert, nachdem man so geschlagen wurde wie sie. Doch warum richten sich ihre Ängste gegen den Wohnwagen? Warum hat sie Angst um Wayne? Kinder fühlen angeblich, wenn etwas an einem Ort nicht stimmt. Wayne fühlt sich großartig.

Wie würde er reagieren, wenn Rene mit ihm in ein Frauenhaus ginge? Ich verdränge den Gedanken. Oliver hätte auf keinen Fall... Doch wenn er hatte? Und mehr als einmal? Wie sehr muß man einen Mann lieben, um das in Kauf zu nehmen? Sind Frauen, die es dulden, masochistisch veranlagt? Oder bleiben sie wegen der Kinder bei ihrem Mann? Wenn das zutrifft, tun sie ihren Kindern nichts

Gutes, eine solche Umgebung muß sie schädigen. Vielleicht bleiben sie aus finanziellen Gründen. Können es sich nicht leisten zu gehen.

Für mich ist finanzielle Unabhängigkeit etwas Selbstverständliches. Für Rene nicht. Ich weiß nicht die Hälfte von dem, was in ihrem – oder in Olivers Kopf vorgeht. Ich weiß auch nicht viel über ihren Lebensstil, nur das, was ich gesehen habe. In Chornley haben wir uns nahegestanden, sie und ich. Weil ich sie brauchte. Und jetzt bin ich hier mit ihrem Kind und freue mich darüber, werde aber von nagenden Sorgen geplagt, die ich nicht unterdrücken kann.

Wayne ist müde und protestiert nicht, als ich ihm sage, es sei Zeit fürs Bett. Er hat etwas gefunden, das wie ein Stück verbogenen Messings aussieht – klein – nicht viel größer als ein Knebelverschluß an einem Mantel. Es ist ein Weltraumknopf, erklärt er mir, und er möchte ihn unter sein Kopfkissen legen wie seinen Lego-Panzer, den er vergessen hat mitzunehmen. Das Ding ist nicht sehr sauber, doch er vermißt seinen Panzer, also erlaube ich es ihm.

In der Nacht streicht ein Tier um den Wohnwagen, ein Hund von der Farm, nehme ich an. Es winselt, bellt jedoch nicht und scharrt, als wolle es etwas unter dem Wohnwagen erreichen. Es wird sich die Krallen auf dem Zementuntergrund verletzten, denn dort unten ist nicht einmal genug Platz für eine Katze. Ich denke an Ratten, und mich schaudert. Das Leuchtzifferblatt des Reiseweckers neben meiner Koje zeigt fünf nach drei. Eine scheußliche Zeit. Ich überlege, ob ich aufstehen und mir eine Tasse Tee machen soll. Das Licht würde den Hund verjagen, aber vielleicht Wayne wecken. Lieber nicht. Ich liege wach, und nach einer Weile hört das Scharren auf. Die Stille ist sehr tief, und die Dunkelheit liegt mir wie eine Binde auf den Augen. Nachdem ich ihn verletzt hatte, muß Sergeant Sutherland tagelang um sein Augenlicht gebangt haben. Hatte er in seinem Krankenhausbett gelegen und mich verflucht? Können ein paar Bewohner von Langdon heute nacht nicht schlafen, oder macht ihnen die nukleare Verseuchung ihres Grund und Bodens nicht mehr so schwer zu schaffen wie früher? Um ganz ehrlich zu sein, meine Gefühle sind nicht mehr so stark. Ich habe getan, was ich glaubte, tun zu müssen – damals. Eine leidenschaftliche Handlung, die keinem genützt hat.

Ich erinnere mich an das, was Oliver mir bei unserem ersten Treffen sagte: «Unsere nuklearen Winter sind leckende Rohre und keine Zentralheizung.»

Nukleare Winter, nach dem großen Schlag, sind so kalt und bedrohlich wie dieser Wohnwagen heute nacht.

Wayne murmelt etwas im Schlaf. Es klingt wie «Anna». Irgendwann schlief ich ein, und am Morgen schien alles wieder normaler. Mein düstere Stimmung war verflogen. Der Samstag war hell und springlebendig. Der Wind fegte vom Osten herein, und die Wellen fraßen sich krachend und tosend in den groben Strandkies und schoben ihn zu schwärzlich schimmerenden Kiesbänken zusammen. Wayne wollte baden, sah jedoch ein, daß es klüger war zu warten, bis die See ruhiger geworden war, und ließ sich von mir zu einem Besuch auf der Farm überreden. Zur Zeit wird sie von einem jungen Paar bewirtschaftet – Jean und Nick Corby. Stadttypen. Sie bildhauert in ihrer Freizeit. Ihr Mann macht Holzarbeiten, er schnitzt Hausnamen, hölzernes Spielzeug und stellt Gartenmöbel her. Eine Zeitlang hätten sie Schweine gezüchtet, erzählte mir Jean, konnten es jedoch nicht ertragen, an ihr blutiges Hinscheiden zu denken. Jetzt haben sie Freilandhühner, die aber jemand aus dem Dorf schlachtet. Außerdem vermieten die Corbys an Sommergäste. Es ist zivilisierter. Das meiste hatte ich schon von meiner Mutter gehört, die sie immer besucht, wenn sie sich im Wohnwagen aufhält, doch ich nickte, warf passende Bemerkungen ein, und Wayne durfte sich ein Geschenk aussuchen – eine hölzerne Eule.

Ich sah ihm an, daß die Umgebung der Farm ihn faszinierte – ein Spielplatz für Tiere mit einer Reihe kleiner weißer Holzhäuschen. Nick erklärte ihm, daß diese Häuschen «Bienenstöcke» hießen, und zeigte ihm eine Honigwabe. Er behandelte das Kind mit ernster Höflichkeit, als sei es gleichaltrig. Wayne akzeptierte ihn auf seine stille Art – wenn ich in der Nähe war.

Die jüngste Errungenschaft der Corbys war ein kleiner Laden neben der Molkerei. Um unsere Vorräte zu ergänzen, kaufte ich Butter, Honig, Eier, Milch; und Schinken und Würstchen aus der Tiefkühltruhe. Alles so teuer wie in der Stadt, damit die ländliche Idylle finanziert werden konnte.

Jean begleitete uns auf dem Rückweg ein Stück. Am oberen Ende des Klippenpfades, der in die Bucht führt, blieben wir stehen. Unter uns sahen wir das Dach des Wohnwagens, über das hin und wieder Wolkenschatten flogen. «Für eine Familie ist das ein guter Standplatz», sagte sie, «ideal für Sie und Ihren Mann, aber nicht der beste für einen älteren Menschen wie Ihre Mutter. Sie könnte krank werden, und niemand wüßte etwas davon.»

Ich sagte, daß sie immer nur mit Freunden herkam.

«Aber auch sie sind nicht mehr die jüngsten. Ich möchte Sie ja nicht beunruhigen, aber...»

Ich wartete darauf, daß sie aussprach, was sie mir offenbar nur widerwillig sagen wollte.

«Nick und ich sind vor kurzem ziemlich spät abends mit den Hunden am Strand spazierengegangen», sagte sie zögernd. «Im Wohnwagen war Licht. Wir haben geklopft, weil wir dachten, Ihre Mutter sei hier. Aber es hat sich niemand gemeldet. Die Vorhänge waren zugezogen, so daß wir nicht hineinschauen konnten. Nick ist am Morgen noch einmal hinuntergegangen. Die Vorhänge waren offen. Alles schien in Ordnung. Nicht verwüstet oder so. War alles in Ordnung, als Sie kamen?»

Alles, dachte ich, außer dem Geruch und dem nassen Boden.

Ich sagte ihr, daß ich Freunden von mir den Schlüssel gegeben hatte. Daß alles okay war. Gott, wieder dieses Wort! Je häufiger ich es anwende, um so verkrampfter fühle ich mich innerlich. Wenn Leute an Türen klopfen, öffnet man ihnen. Warum hatte Oliver – oder wer immer – es nicht getan?

Nach dem Lunch begann es zu regnen – es war ein starker Regenguß, der ungefähr vierzig Minuten dauerte. Und das Rätsel des nassen Fußbodens löste. Der Wind trieb das Wasser durch ein kleines Loch in halber Höhe der dem Fenster gegenüberliegenden Wand ins Innere des Wagens. Das Loch war mit einer grauen Klebmasse gestopft worden und nicht zu sehen gewesen, bis die Masse sich auflöste und der Regen hereinzutröpfeln begann. Ich erinnerte mich, daß Christopher bei unserem letzten Besuch mit einer klebrigen Substanz aus einer Tube das leckende Spülbecken abgedichtet hatte und holte die Tube aus dem Werkzeugkasten. Sie enthielt noch genug Dichtungsmasse, um das Loch wirksam zu stopfen.

Wayne sah mir dabei zu.

«Kaugummi?» fragte er.

«Nein, Kaugummi ist am Anfang hart. Dieses Zeug soll erst in dem Loch hart werden. Und man kann es nicht essen.» Wayne meinte, das Loch könnte von einem Specht mit einem großen Schnabel stammen, der versucht hatte, einzubrechen.

Ich konnte mir nicht vorstellen, wie es entstanden war. Ein Loch im Dach hätte von einer Materialermüdung herrühren können. Ein Loch an dieser Stelle war fast unerklärlich. Wayne sagte, er wolle seinen Zauberknopf holen. Damit könne er alles reparieren.

Er kam zurück und hielt mir den «Zauberknopf» auf der flachen Hand entgegen. «Guck mal.»

Diesmal sah ich richtig hin. Und mir wurde jetzt erst klar, was das war. Eine leere Patronenhülse. Jemand hatte in der Gegend Kaninchen oder Vögel geschossen. Ich fragte Wayne, ob er die Hülse draußen auf dem Feld gefunden habe.

«Nein, dort drüben, bei einer Spinne. Die Spinne ist weggelaufen.» Er zeigte zu einem schmalen Spalt zwischen Besenschrank und Wand. Ein Kind konnte die Hand hineinstecken, aber sonst niemand.

Ich fragte ihn, ob er sicher sei. «Ja», sagte er, «das bin ich.»

Es war schwer zu glauben, aber ich glaubte ihm. Die Patronenhülse und das Loch in der Wand stimmten überein.

Jemand hatte hier in der Küche ein Gewehr abgefeuert, und die Kugel hatte die Wand durchschlagen.

Mein Atem ging immer hastiger, als ich versuchte, eine akzeptablere Erklärung zu finden – doch es gelang mir nicht.

Jemand hatte auf jemanden geschossen. Hier.

Der widerwärtige Blutgeruch war tatsächlich Blut gewesen. Nur war das gar nicht möglich. Blut, einmal abgewaschen, riecht nicht. Aber kann man es überhaupt abwaschen? Sickerte es nicht durch den Fußboden? Dieser Hund hatte etwas gesucht? Was hatte ihn angelockt – der Geruch getrockneten Blutes?

Um Himmels willen! Es würgte mich fast, und ich setzte mich, mit den Füßen in der Wasserlache, auf den Küchenstuhl. Wayne stand vor mir und rieb die Patronenhülse seitlich an seinem Hosenbein, als versuche er, den verdammten Wohnwagen mit dem verdammten Einschußloch in den Weltraum fliegen zu lassen wie seine verdammte japanische Toilette und…

Und…

Und…

Ich legte das Gesicht in die Hände und holte tief Atem.

12

Den meisten Dingen kann man mit Vernunft beikommen. Es hängt davon ab, wie normal man sich alles wünscht. Ich sehnte mich nach Normalität, und als ich wieder leichter atmen konnte, fing ich an, vernünftig zu überlegen. Das Loch in der Wand konnte viele Ursachen haben. Zum Beispiel? Ach, alle möglichen eben. Es konnte irgendwann vor langer Zeit entstanden sein. Vielleicht hatte Christopher es verstopft, als er das Spülbecken reparierte. Er hätte ja nicht unbedingt sagen müssen: «Schau, Maeve, ich verstopfe ein Loch.» In Ordnung. Einverstanden. Wayne hatte gesagt, er habe die Patronenhülse in der Küche gefunden. Das stimmte wahrscheinlich nicht. Kinder sagen, was ihnen gerade paßt. Renes makabre Bemerkungen über den Wohnwagen hatten mich durcheinandergebracht, aber Rene hat man mit Tabletten vollgestopft, damit sie die Schmerzen nicht spürt, und kann nicht ernstgenommen werden.

Das Ganze durfte nicht ernst genommen werden.

Blut?

Was für Blut? Ich hab keins gesehen.

Und so weiter…

Und so weiter…

Beruhigende, beschwichtigende Worte, die ich nur halb glaubte.

Als ich imstande war, vom Stuhl aufzustehen und den Boden zu wischen, hatte der Regen aufgehört, und die Sonne schien in einem wäßrig blauen Himmel. Wayne wollte seinen Drachen fliegen lassen, und wir gingen hinaus, ließen gemeinsam den Drachen steigen und verloren ihn in einer Windbö, worüber Wayne sich sehr aufregte. Sein Vater, sagte er, hätte sich den Drachen nicht wegreißen lassen. Sein Vater hätte die Schnur ganz fest gehalten.

Meine Gefühle für Oliver waren noch immer ambivalent. Inspector Granges Anspielungen hatten mich verärgert, mir aber auch Unbehagen eingeflößt. Renes gebrochener Kiefer, das blutbespritzte Handtuch im Bad waren Erinnerungen, bei denen mir übel wurde.

Er kam am Spätnachmittag, als die Schatten schon länger wurden, und zum erstenmal, seit ich ihn kannte, freute ich mich nicht, hatte ich nur das ganz starke Gefühl, daß er mir in vielen Dingen fremd war, ein Mann, der sein eigenes Leben führen mußte, und das auf seine Weise, und der Rene vielleicht krankenhausreif geprügelt hatte und vielleicht auch nicht. Wayne, der mit mir und seiner hölzernen Eule auf den Stufen des Wohnwagens gespielt hatte, stieß einen Jubelschrei aus, als er Oliver das Feld überqueren sah, und rannte ihm entgegen. Oliver nahm ihn auf den Arm und drückte ihn an sich. Das war Liebe. Zärtlichkeit. Bestimmt würde er niemanden so brutal verletzen?

Er trug eine graue Cordhose, die ich an ihm noch nicht kannte, ein unauffälliges weißes Hemd und einen marineblauen Anorak. Sogar eine Krawatte in verschiedenen dezenten Blautönen hatte er sich umgebunden. Er stellte Wayne auf den Boden und kam zu mir herüber. «Es ist sehr freundlich von Ihnen, daß Sie sich um ihn kümmern, Maeve. Ich kann es Ihnen nie genug danken.»

Das klang steif und gezwungen. Fast wie eine Parodie. Ich erinnerte mich an das erste Mal, als er zu mir gekommen war. Damals war alles «sehr hübsch» gewesen. Er gab mir mit einer lächerlich förmlichen Geste flüchtig die Hand. Obwohl es so warm war, hatte er kalte Finger.

Ich murmelte eine ähnlich steife Floskel: daß ich froh und glücklich sei, helfen zu können. Wayne hüpfte um uns herum, seine Freude war ganz natürlich. Oliver und ich beobachteten ihn, anstatt uns gegenseitig anzusehen. Seine Nähe erregte mich, aber nicht sexuell wie früher. Er kam mir irgendwie unnahbar vor, als sei er in Gedanken woanders.

Er habe Christopher kennengelernt, erzählte er. Christopher hatte ihm auch gesagt, daß ich hier war. «Ich war in Ihrem Haus, weil ich dachte, daß ich Wayne dort finden würde.»

Ich versuchte mir diese Begegnung vorzustellen. Christopher sehr gespreizt, seine Mißbilligung nicht zu übersehen. Oder hatte er sich seine Feindseligkeit ganz offen anmerken lassen? War die Art, wie Oliver sich jetzt gegen mich verhielt, ein Echo auf Christophers Verhalten gegen ihn?

«Er hat mir angeboten, mich herzufahren», sagte Oliver. «Aber ich war mit dem Wagen gekommen.»

Eine höfliche Begegnung also.

Christopher war vermutlich nach Hause gekommen, um zu sehen, wie die Dinge standen. Ein Kurzurlaub von Sarah. Inzwischen war er wahrscheinlich wieder bei ihr.

Wayne fragte ihn nach Rene. Wann würde er sie wiedersehen.

«Bald», antwortete Oliver unbestimmt.

«Sie ist hingefallen und hat sich am Knie weh getan.»

«Ja.»

«Dumme Rene – dumme Rene – dumme Rene», sang Wayne vergnügt vor sich hin.

Oliver schlug ganz unvermittelt vor, wir sollten hineingehen und Waynes Sachen zusammenpacken. «Die Rückfahrt ist lang. Ich möchte nicht zu spät aufbrechen.»

Ich ging mit ihm in die Küche und sagte ihm, ich wolle ihm, bevor er fuhr, noch eine Kleinigkeit zu essen machen. «Etwas Schnelles. Schinken und Würstchen von der Farm.»

Er habe keinen Hunger, sagte er. Die Fahrt hatte länger gedauert als erwartet. Er hatte die Straßenkarte vergessen.

«Dann waren Sie noch nie hier?»

«Nur einmal. Kurz nachdem Sie mir den Schlüssel gegeben haben. Wayne hatte die Windpocken gehabt, und Rene und ich dachten, ein paar Stunden an der See würden ihm guttun, doch es schien jemand hier zu sein, also sind wir gar nicht hereingegangen.» Er sah mir meine Verwirrung an. «Was ist los?»

«Christopher und ich waren schon sehr lange nicht hier. Und meine Mutter ist noch verreist.» Ich berichtete ihm, was Jean mir erzählt hatte.

«Ein junges Pärchen, das sich vergnügen wollte. Ein warmer Wohnwagen ist besser als ein kalter Strand.»

«Aber das war erst vor kurzem, und sie hatten einen Schlüssel.»

«Oder einen Streifen von einer Plastikkarte. Die Alarmanlage in Ihrem Haus ist miserabel. Hier ist sie noch schlechter. Wahrscheinlich haben sie es sich zur Gewohnheit gemacht, herzukommen. Haben sie was geklaut?»

«Nein.»

«Etwas beschädigt?»

Ich warf einen Blick zur Wand, und er ging hinüber und untersuchte sie. «Grober Unfug. Die jungen Leute sind aggressiv. Sie haben Glück, weil es sich reparieren läßt. Das macht Ihnen jeder Tischler.»

Er hatte das Szenarium sehr hübsch umgeschrieben. Glaubwürdig. Es gefiel mir. Doch der Geruch war noch da, und er gefiel mir überhaupt nicht.

Oliver fragte, ob Wayne noch etwas essen müsse, bevor sie fuhren. Oder hatte er schon gegessen? Ich hatte ihm vor einer knappen Stunde Würstchen gebraten. Wayne, der das hörte, sagte, er hätte gern eine Tüte Chips, die er am Strand essen wolle. Er habe bis jetzt noch nicht mit seinem Eimerchen und dem Spaten spielen können, beklagte er sich, und vorher fahre er nicht nach Hause.

Oliver billigte ihm eine Stunde zu. «Wir bauen eine ganz große Burg mit einem Wallgraben drumherum.»

«Spielt Maeve auch mit uns?»

«Wenn sie will, gern.»

Der Wind hatte nachgelassen, und im schräg einfallenden goldenen Licht glänzten die nassen Sandbänke auffallend zwischen dem dunklen Kies. Die Bucht, eine von vielen an der Küste, war menschenleer. Diese Mischung leicht verschleierter Farben, weiche Septembertöne, glichen einem Seestück von Turner. Ich erinnerte mich, daß ich vor ein paar Monaten auf den ersten Blick eine Ähnlichkeit zwischen Oliver und einem der Immigranten auf dem Gemälde von Ford Madox Brown festgestellt hatte. Eine romantische Vorstellung, als ich im Geist vor einer Situation flüchtete, an die ich mich nicht gewöhnen konnte – als ehemalige Strafgefangene einer Welt gegenüberzutreten, in der die Menschen frei waren. Später hatte ich einen anderen Eindruck gewonnen – wegen seines ungekünstelten Lachens, seiner starken Vitalität. Jetzt neige ich wieder mehr zu meinem ersten Eindruck – da ist etwas um die Augen herum…

Während wir die Burg bauten, waren wir alle drei ziemlich schweigsam. Wayne genoß das rein physische Vergnügen, Sand aufzuhäufen, darauf herumzuklopfen, ihn zu formen. Oliver war in Gedanken ganz offensichtlich nicht bei uns. Vielleicht dachte er an Rene, wie ich. Das war eine Familienszene, und sie hätte hier sein sollen. Er lächelte sein Kind an und manchmal auch mich, doch es war ein mechanisches Lächeln, ohne Wärme.

Als die Burg fertig war, begann Wayne sie zu verzieren. Er machte sich auf die Suche nach Kieselsteinen in der richtigen Größe und nach Muscheln, und Oliver und ich, zum erstenmal allein, gingen dicht am Rand der kremig schäumenden Wellen entlang. Er trug schwarze Schnürschuhe, und ich schlug ihm vor, sie auszuziehen. «Sonst gehen sie kaputt.»

«Das macht nichts. Ich war noch nicht zu Hause, um mich umzuziehen.»

«Warum nicht?»

Er ignorierte die Frage.

Ich zog die Sandalen aus und ließ die Wellen mit meinen Zehen spielen. Die See war sehr kalt, und ich konzentrierte mich darauf, wollte nicht an seine Wohnung denken, wie ich sie zuletzt gesehen hatte, Renes Beute, überall im Schlafzimmer verstreut – Rene selbst…

«Hier ist es angenehm», sagte er. «Als Kind waren Sie bestimmt gern hier.»

«Ja, sehr angenehm», pflichtete ich ihm bei.

Angenehm. Hübsch. Sehr hübsch, wirklich. Farblose Worte. Unsere Fähigkeit, miteinander zu kommunizieren, früher einmal so unbeschwert und fröhlich, leidet unter einem emotionalen Block. Wir schweigen eine Weile. Die Stille tut weh.

Er bricht sie endlich und sagt, daß er ein paar Tage weg war. In Newcastle. «Vielleicht kriege ich dort einen Job. Und ein Haus. Ein Reihenhaus mit drei Schlafzimmern. Rene wollte auch hinaufkommen und es sich ansehen – bevor sie – nun ja, wenn…» Er bückte sich und hob ein Stück Seetang auf. Es roch nach Jod. Nach Krankenhaus. Er warf es wieder ins Wasser.

«Sie irren sich», sagte er.

«Was?»

«Sie glauben, ich hätte sie so zugerichtet.»

«Nein.» Das Blut strömt mir ins Gesicht. Ich schäme mich. Komme mir gemein vor.

Er nimmt es gelassen. «Das denken auch ein paar von unseren Nachbarn. Wir hatten Streit. Aber nie, wenn Wayne in der Nähe war. Dann nie. Den schlimmsten Streit hatten wir wegen des Spielzeugdinosauriers, den sie geklaut hatte. Wissen Sie noch? Sie hat gelogen und gesagt, Sie hätten ihn ihm geschenkt. Wayne hat schon geschlafen, und sie hat den Saurier weggeräumt und wieder angefangen zu lügen. Ich habe sie geschlagen. Mit der offenen Hand. Nicht mit den Fäusten. Sie hat mich in die Eier getreten. Hat uns hinterher beiden furchtbar leid getan. Der Junge ist nicht wach geworden.»

Ich weiß nicht, was ich sagen soll. Christopher und ich hätten manchmal auch schon fast die Kontrolle verloren, aber so weit ist es nie gekommen. Wir gehen schweigend weiter. Eine Möwe flitzt um uns herum, als sei das Leben da oben amüsant, nein, mehr als das – überschäumend lustig.

Vor Erleichterung ist mir genauso zumute.

Er wartet, bis die heiseren Schreie verklingen, während die Möwe sich vom Wind weit forttragen läßt, und fährt dann so dumpf und monoton wie bisher fort: «Meine Familie hat am Tyne gewohnt. Bin dort geboren und aufgewachsen. Hab immer noch Kontakte dort. Es ist das richtige für uns. Besser für Wayne. Alles sicherer. Regelmäßiges Einkommen. Die Lebenskosten nicht so hoch. Ein hübsches kleines Haus. Vielleicht behält Rene die Hände eine Weile in den Taschen. Gerät nicht in Versuchung.»

Ich frage ihn, ob er schon bei ihr im Krankenhaus war.

«Nein, ich habe auf der Herfahrt angerufen.»

«Und warum kein Besuch?»

«Hab ich Ihnen doch gesagt – ich war nicht da.»

Er blockt jede weitere Frage, die ich stellen könnte, ab, indem er mir Einzelheiten über den Job erzählt. Es ist ein Möbellager, eine neue Niederlassung einer Firma, die sich auf handgearbeitete Betten spezialisiert hat, und das Ganze klingt gräßlich grau und öde. Ich habe das Gefühl, ihn bemitleiden zu müssen, halte mich jedoch noch rechtzeitig zurück. Glaubt er wirklich, Rene wird aufhören zu klauen, wenn er sie aus London fortbringt? Und worauf wird sie es dort oben abgesehen haben? Wird sie sich mit bunten Nichtigkeiten trösten oder sich nach teureren Dingen umsehen? Sie wird mir fehlen. Ich will nicht, daß sie geht.

«Bleiben Sie über Nacht im Wohnwagen?» unterbricht er meine Gedanken. «Oder fahren Sie heute abend nach Hause?»

«Weiß ich noch nicht genau. Hab mich noch nicht entschieden.»

«Ich könnte mir vorstellen, daß Ihr Mann Sie gern zu Hause sehen würde.»

Was ich bezweifle. Doch ich sage nichts. Oliver distanziert sich sehr bewußt. Er und Rene. Christopher und ich. Eben haben sich ganz zufällig unsere Hände berührt, und seine innere Spannung hat sich auf unheimliche Weise auf mich übertragen, so daß auch ich beunruhigt bin. Er scheint es zu merken und hält größeren Abstand zwischen uns.

Er baut weiter an seiner Wortbarriere. Diesmal spricht er über Waynes Schulausbildung. Sobald er sich in dem neuen Zuhause eingewöhnt hat, muß er in einer Schule angemeldet werden. Ja, sage ich, ja. Wir finden beide, daß er intelligent ist. Und das ist er wirklich. Ein paar Minuten über Wayne, und dann haben wir uns nichts mehr zu sagen. Er schlägt vor, umzukehren und wartet, während ich mir mit dem Taschentuch den nassen Sand von den Füßen reibe, so gut ich kann. Trotzdem fühle ich mich dann in den Sandalen nicht wohl, weil auch sie sandig sind. Eine ziehende leichte Wolke wirft ein graues Netz über den Strand. Die Luft wird kühl.

Wayne, der ziemlich weit weg im Schatten der Wolke spielt, wirkt sehr klein und zerbrechlich. Und dann hört er auf zu spielen und ist plötzlich unnatürlich still.

Mit dem Instinkt des Vaters merkt Oliver zuerst, daß etwas nicht in Ordnung ist. Er geht schneller, fängt an zu laufen, zwingt sich dann, ruhig zu gehen. Ich folge erschrocken.

Wayne kauert über einem kleinen Häufchen aus Muscheln und Kieselsteinen, die er gesammelt hat. Auf dem Häufchen liegt, sorgfältig plaziert, ein Stück Treibholz. Es scheint etwas zu verbergen. Etwas, vor dem er Angst hat. Er hört uns kommen, steht auf und weicht zurück, seine Bewegungen sind steif und ruckartig, sein Gesicht ausdruckslos wie eine Pappmachémaske. Oliver faßt ihn liebevoll bei den Schultern. «Was ist los? Was hast du?» Die Berührung löst die Starre des Kindes, und Röte schießt ihm in die Wangen. Er greift nach der Hand seines Vaters, zerrt an ihr. Und dann, den Mund fest zusammengepreßt, weil er sich so bemüht, nicht zu weinen, läßt er die Hand los, läuft vorwärts und stößt mit einem Tritt das Stück Treibholz weg. Zwischen den Kieselsteinen und den Muscheln, die er mit dem Treibholz zugedeckt hatte, liegt der Rest eines schwarzen Männergürtels, von Seewasser aufgeweicht. Die Gürtelschnalle aus Metall hat die Form eines Schmetterlings.

Ich erinnere mich an seine Phobie, wie sehr er sich vor dem Schmetterling im Garten gefürchtet hatte. Seine Reaktion damals hatte fast einem Starrkrampf geglichen. Er hatte sich zusammengerollt wie ein Kind im Mutterleib. Jetzt steht er ganz still da, sieht den Gürtel an, die Arme über der Brust gekreuzt, die Hände geballt. Oliver berührt ihn sanft, die Wangen, das Haar, und allmählich entspannt er sich. Er nimmt Wayne auf den Arm und geht mit ihm ein Stück den Strand hinunter, kommt dann wieder zurück. Sagt kein Wort. Drückt ihn nur an sich. Olivers Gesicht ist dunkel geworden, er kann die wechselnden Gefühle nicht verbergen, die sich darin spiegeln. Zorn. Kummer. Angst. Und dann blickt er auf Wayne hinunter, und ich sehe nur Liebe. Er trägt ihn an mir vorbei zu einer Stelle über der Flutgrenze, wo Stechginster verbrannt wurde, fort von dem ganzen Unrat, den die See angeschwemmt hat.

Er setzt sich mit ihm hin, hält ihn in den Armen, wiegt ihn, als sei Wayne wieder zum Baby geworden. Läßt ihn dann sanft los und setzt ihn neben sich.

Bestürzt stehe ich neben dem Schmetterlingsgürtel, der auf den zerstreuten Steinen liegt, möchte helfen und weiß nicht wie. Oliver wird auf mich aufmerksam und bittet mich, ihm den Gürtel zu bringen. Ich zögere. Es scheint mir unklug. «Sind Sie sicher?»

Er nickt.

Wayne krümmt sich, als ich damit näher komme, und Oliver drückt ihn wieder fest an sich. «Es ist gut», sagt er. «Gleich ist es aus mit ihm.»

Aus der Innentasche seines Anoraks nimmt er ein Messer. Die Klinge springt heraus, wenn er aufs Heft drückt. Ein Schnappmesser. Klein, offenbar sehr scharf. Er sagt Wayne, er soll ein Stück wegrücken, falls ihm das Messer aus der Hand rutscht. Dann fängt er an, den Gürtel in kleine Stücke zu schneiden. Die Metallschnalle, hart und widerstandsfähig, gibt nicht nach. Er sticht hinein, will sie mit dem Messergriff zermalmen, doch mehr aus Wut, denn er kann kaum hoffen, sie kaputtzumachen.

Die ganze Zeit sitzt der Kleine stumm neben ihm und wendet den Blick nicht ab.

«Und jetzt», sagt Oliver, «kann die See ihn wiederhaben.»

Er sammelt die Stücke ein und fordert Wayne auf, mitzukommen. «Halte dich an Maeves Hand fest.»

Die kleine Hand ist kalt und zittert, als wir auf die Felsen am Rand des Wassers klettern. Es ist hier nicht ungefährlich, und wir gehen dahin, wo das Wasser tiefer ist. Oliver streut die schwarzen Lederschnitzel ins Wasser, wo sie sich wie Aale schlängeln und dann langsam untergehen.

Er streckt die Schnalle Wayne entgegen. «Wirf sie hinein.»

Der Kleine schüttelt stumm den Kopf. Er will die Schnalle nicht anfassen.

«Dann werfen wir sie zusammen hinein. Du legst deine Hand auf die meine.»

Es scheint wichtig zu sein, daß die Schnalle auf diese Weise vernichtet wird, als sähe man gewaltsamem Sterben zu. Der böse Riese, der zerschmettert am Fuß eines hohen Schornsteins liegt. Der Tod des Wolfs im kochenden Kessel.

Der Versuch zu zweit fällt ungeschickt aus. Die Schnalle landet nicht im Wasser und muß geholt werden. Der zweite Wurf trägt sie hinaus in eine Wasserrinne, wo sie eine Weile auf einem Kissen aus Seetang treibt und dann langsam verschwindet.

«Für Anna», sagt Wayne.

Oliver sieht mich an und wendet dann den Blick ab. «Ja», sagt er, «für Anna.»

13

Es lag auf der Hand, daß ich Verschiedenes zu fragen hatte, doch das mußte warten, bis Wayne in der Koje lag und nicht mithören konnte. Ich hatte ihm ein Glas Milch heiß gemacht und eine Wärmflasche ins Bett gelegt. Er hatte aufgehört zu zittern, und die Lider wurden ihm schwer.

Es sei vielleicht besser, wenn sie über Nacht hierblieben, sagte ich zu Oliver. «Sie können die obere Koje nehmen, um in seiner Nähe zu sein. Ich schlafe auf dem Sofa im Wohnzimmer.»

Er meinte, er würde lieber fahren. «Ein bißchen später müßte Wayne wieder soweit in Ordnung sein.»

Wir gingen in die Küche, und er fragte, ob ich ein Bier hätte.

«Nein. Ich habe nur Limo und Cola für Wayne besorgt.»

«Macht nichts.» Er holte eine Packung Zigaretten heraus und zündete sich eine mit einem Streichholz aus einer Schachtel an, die auf dem Spülbecken lag. «Ist der Wohnwagen versichert, Maeve?»

Eine merkwürdige Frage – unzusammenhängend –, als zähle das traumatische Erlebnis am Strand überhaupt nicht. Ich sagte, meine Mutter habe wahrscheinlich dafür gesorgt.

«Sie kochen mit Paraffin.» Er zeigte auf den Herd. «Das ist nicht sehr sicher. Sie sind vorsichtig, aber eventuelle Eindringlinge vielleicht nicht. Sollte etwas passieren, besonders nachts, wäre es nicht leicht, hinauszukommen.»

Ich fragte mich, ob er möglicherweise nicht über Nacht bleiben wollte, weil er die Brandgefahr fürchtete, konnte es jedoch nicht glauben. Es existierten zwei leicht erreichbare Ausgänge. Er versuchte sein Möglichstes, um mich vom Hauptthema abzulenken. Doch ich kam wieder darauf zurück.

«Oliver, wer ist Anna?»

Er rauchte nervös, aber ganz offensichtlich nicht zum Vergnügen, sondern weil er es brauchte. Ich hatte ihn noch nie rauchen gesehen, doch die Packung war halb leer.

«Sie wissen, wer Anna war. Eine Ihrer Freundinnen aus Chornley.»

«Sie war mit niemandem befreundet», antwortete ich, «außer vielleicht mit Rene. Nur – was hatte sie mit Wayne zu tun? Dieser Gürtel hat ihn an sie erinnert. Und er hat sie schon einmal erwähnt.»

«Wirklich? Was hat er gesagt?» fragte er ängstlich.

«Er wollte nur wissen, wo sie ist.» Ich erzählte ihm von unserem zufälligen Zusammentreffen mit Macberra im Restaurant.

Er entspannte sich ein bißchen. «Sie sind also mit ihm essen gegangen? Hat es ihm nichts ausgemacht, mit jemandem zusammenzusein, den er nicht kannte?»

«Nein. Macberra hat mit ihm gespielt. Es hat Wayne Spaß gemacht. Er war ganz ruhig und glücklich. Aber dort unten am Strand war er es nicht. Und Sie wissen warum. Also warum reden Sie um den heißen Brei herum? Warum sagen Sie es mir nicht?»

Er suchte nach einem Aschenbecher, fand keinen und benutzte einen braunen Keramikeierbecher aus dem Geschirregal. «Stört Sie der Rauch?»

«Ja.»

Daß er nicht mit der Sprache herausrückte, störte mich mehr. Das Polizeifoto von Anna auf Granges Schreibtisch. Granges Warnung, bevor ich ging. Die offensichtliche Verbindung zwischen Oliver und Anna.

Er öffnete die Hintertür und schnippte Asche aufs Gras. «Besser so?»

Ich nickte.

Wayne rührte sich in seiner Koje und murmelte etwas im Schlaf. Oliver schaute zum Schlafabteil hinüber, und sein Gesicht sah plötzlich faltig und alt aus. «Er hatte Angst, weil er sich an etwas erinnert hat. Der Schmetterling in Ihrem Garten hat ihn auch erschreckt. Aus demselben Grund. Vielleicht kommt er mit der Zeit darüber hinweg. Vergessen wird er es nie.»

Ich hatte ihm noch vor kurzer Zeit meine Sorgen anvertraut, mein Schuldbewußtsein wegen Sergeant Sutherland, meine Alpträume, und er hatte mich getröstet. Aber wie konnte ich ihn in einer Situation trösten, die ich nicht verstand?

«Was wird er nicht vergessen? Und was hat Anna damit zu tun?»

«Ist es jetzt noch wichtig, was sie mit irgend etwas zu tun hatte? Es ist alles Vergangenheit. Ist zu Ende.» In seiner Stimme war ein Unterton von Zorn. Eine Warnung.

Es schien klug, sie zu beachten.

Ich nahm den Zigarettenrauch zum Vorwand, mir einen Klappsessel aus der Küche ins Freie zu stellen. Sollte er mir doch nachkommen, wenn er wollte. Reden, wenn er wollte. Oder mich wie eine aufdringliche Fremde behandeln.

Wolken sammelten sich am Horizont zu gelben Bänken, als bildeten sie einen fernen, schnell vergänglichen Strand. Ein schwerfälliges Containerschiff, das langsam dahinzog, sah aus wie ein dunkler Fleck auf Kobaltblau.

Nach einer Weile kam Oliver mit dem zweiten Stuhl und einer roten Wolljacke heraus. «Legen Sie sich das um, es ist kühl geworden.»

Eine aufmerksame Geste. Oliver wie er früher war. Dankbar wickelte ich mich hinein.

Er erzählte mir, er habe Waynes Sachen zusammengesucht und in seine Tasche gepackt. «Ich erinnere mich an den Schlafanzug mit den Eisenbahnzügen. Sie waren uns eine gute Freundin, Maeve, aber wir haben Ihretwegen oft gestritten.»

«Das tut mir leid. Ich habe Wayne sehr gern. Und Rene. Ich möchte so gern, daß für euch alles gut wird.»

Er steckte sich noch eine Zigarette an, sah mich an, drückte sie wieder aus. «Alles müßte gut werden. Jetzt. Wenn Rene nicht wieder zu einer Freiheitsstrafe verurteilt wird. Würden Sie sagen, daß sie für Wayne eine gute Mutter ist?»

Die Frage überraschte mich. «Aber selbstverständlich. Sie liebt ihn.»

«Hat Sie ihnen je etwas von einer Steißgeburt erzählt – oder wie man das nennt? Wie lange die Geburt gedauert hat – ihre Versuche, ihn zu stillen – und so weiter?» Es klang geringschätzig.

«Nein.» Worauf wollte er hinaus?

«Und was war mit unserer Hochzeit? Kirchliche Trauung mit Orangenblüten und dem ganzen Drum und Dran?»

«Ja, aber nicht so im einzelnen. Was wollen Sie mir eigentlich sagen?»

Seine Stimme klang wieder angespannt. «Ich will Ihnen sagen, was ich wahrscheinlich nicht sagen sollte, was Sie aber eines Tages vielleicht von Rene zu hören bekommen. Sie hat ab und zu Anfälle von Ehrlichkeit. Doch es gibt keinen Grund, warum Sie es nicht wissen sollten. Nur – Sie werden es keinem weitersagen, vor allem nicht Wayne.»

Er beugte sich seitlich aus dem Sessel, hob die ausgedrückte Zigarette aus dem Gras auf. Musterte sie. Steckte sie in die Packung zurück. Überlegte es sich. Warf sie weg. Er bewegte sich hastig und nervös, was man bei ihm nicht gewöhnt war.

«Anna», sagte er, «war Waynes Mutter. Wir haben fünf Jahre zusammengelebt. Als wir uns trennten, zog ich zu Rene und ließ Wayne bei Anna. Kinder sind, wie man sagt, besser bei der Mutter aufgehoben, und er war damals erst zwei. Das ist jetzt vier Jahre her.»

Ich war fassungslos. Das war unglaublich. Wayne war ganz unverkennbar Renes Kind. Er sah Anna überhaupt nicht ähnlich. Und sein Alter... Oliver zufolge war er sechs, ein Jahr älter, als Rene mir gesagt hatte. Aber als ich die Sachen für ihn kaufte, hatte er die größere Größe gebraucht. Rene hatte demnach gelogen. Warum?

«Renes Haar», begann ich, «und Waynes...»

«Das ist die einzige Ähnlichkeit», fiel er mir ins Wort. «Das rote Haar kommt aus meiner Familie, hat nur eine Generation übersprungen. Er hat Annas Züge – Annas Augen.»

Anna in Chornley – fragende dunkle Augen.

Waynes fragende Augen, bevor er lernte, mir zu vertrauen.

Und als er unten am Strand mit Oliver die Gürtelschnalle ins Meer schleuderte, hatte er Annas Namen gesagt. Die Vernichtung eines Gegenstands, vor dem er furchtbare Angst gehabt hatte, war nicht nur um seinet-, sondern auch um ihretwillen geschehen.

Ich will es nicht glauben.

Doch allmählich glaube ich es.

«Anna wollte ihn – wie jede natürliche Mutter», fuhr Oliver fort. «Und ich besuchte ihn oft. Alles schien okay. Er entwickelte sich normal. War glücklich. Bis sie Horden heiratete und dieses abartige Schwein ihn mißbraucht hat.»

Seine Sprechweise, bis jetzt abgehackt, wurde flüssiger, im Zorn klang seine Stimme tiefer. «Nein – sagen wir es, wie es war – verzichten wir auf beschönigende Ausdrücke – er hat ihn benutzt wie ein Tier. Ihn zum Analverkehr gezwungen.»

Zusammengesunken saß er auf seinem Stuhl, schwieg minutenlang, wie blind gegen alles um sich herum. In Erinnerung versunken.

«Ich wußte nicht, was vorging. Die Ehe schien in den ersten Monaten okay, offenbar war alles in Ordnung. Mit Wayne schien Horden sich gut zu verstehen, und ich ließ in meiner Wachsamkeit nach. Ich ließ sogar ein paar Wochen verstreichen, ohne ihn zu besuchen, und das werde ich mir in alle Ewigkeit nicht verzeihen. Er war mein Kind. Ich war für ihn verantwortlich. Jesus, er hat mich gebraucht. Anna brachte ihn eines Abends zu mir. Horden hatte sie zusammengeschlagen, als sie Wayne beschützen wollte – aber Wayne war schlimmer verletzt. Ich wollte mich auf Horden stürzen – und hätte es tun sollen –, aber Anna wurde fast verrückt vor Angst, was ich ihm antun könnte. Und er dann mit ihr tun würde – hinterher. Später, als wir alle ruhiger geworden waren, sagte sie immer wieder, sie wolle ihr Heim nicht verlieren. Hätte er sie hinausgeworfen, wäre es ihr Glück gewesen, doch sie sah es nicht so.

Er merkte meine Reaktion, und seine Stimme wurde ein wenig weicher. «Wenn Ihnen so schlecht ist, wie Sie aussehen, dann tut es mir leid. Als Rene Wayne zum erstenmal nackt sah – an dem Abend, an dem Anna ihn zu uns brachte –, mußte sie sich übergeben. Und dann fing sie an ihn zu lieben, wie Sie gesagt haben, und ihn zu bemuttern. Besser als seine Mutter es je getan hatte. Anna besuchte uns hin und wieder. Wayne nannte sie Anna, und Rene war immer Rene für ihn. Das war weniger kompliziert. Wir sind ziemlich oft umgezogen – weg aus dem Bezirk, in dem man ihn kannte. Er hätte schon vor einem Jahr in die Schule gehen sollen, aber er war noch nicht so weit, und es ist uns gelungen, ihn von den Behörden fernzuhalten. Da wo wir jetzt wohnen, glauben die Nachbarn, daß er Renes Kind ist. Es ist besser für Wayne. Später wird man es ihm sagen müssen. So, jetzt wissen Sie das meiste, Maeve.»

Wenn man sich gegen die Wahrheit sträubt, dauert es einige Zeit, bevor man sie begreift. Das Familienbild war unscharf geworden, klar sah ich nur Wayne, die Brutalität, der er ausgesetzt gewesen war, und der Gedanke war unerträglich. Oliver und Anna konnte ich mir als Paar überhaupt nicht vorstellen. Er paßte nicht zu diesem blassen, madonnenhaften Geschöpf. Zu Rene, ja. Zu der lebenssprühenden, warmherzigen Rene. Und beide Frauen, die in Olivers Leben eine Rolle spielten, waren zur selben Zeit in Chornley gewesen. Was hatte Anna getan? Hatte Horden Anna in den Prozeß hineingezogen, als er wegen Kindesmißbrauchs vor Gericht stand?

Ich fragte Oliver.

Er schüttelte den Kopf. «Ich habe Horden nicht angezeigt. Wie lange, glauben Sie, hätte es gedauert, bevor etwas getan worden wäre? Und hätte man sich bei den zuständigen Stellen endlich gerührt, hätte man eine Mordsuntersuchung angefangen und Wayne wahrscheinlich in ein Heim gesteckt. Rene wäre in ihren Augen keine geeignete Pflegemutter. Nicht mit ihrem Strafregister. Außerdem mußte ich an Anna denken.»

«Aber etwas müssen Sie getan haben. Sie konnten ihn doch nicht ganz einfach davonkommen lassen.»

Er warf einen Blick in den Wohnwagen, um sich zu vergewissern, daß Wayne schlief. «Wenn jemand meiner Familie etwas antut», sagte er ruhig, «dann kommt er nicht davon. Aber ich erledige die Sache auf meine Weise.»

Er schien zu überlegen, ob er mir mehr sagen sollte oder nicht. Endlich entschloß er sich, mir zu vertrauen. «Sie wissen doch, was ich mit einer Falle meine, nicht wahr? Crack war eine Möglichkeit. Es ist verhältnismäßig billig. Kokain mit Backpulver und Ammoniak kristallisiert. Vielleicht ist es Ihnen in Holloway mal angeboten worden – es wird hineingeschmuggelt. Anna hat – hatte», korrigierte er sich bitter, «mit Drogen nie etwas zu tun, doch sie im Haus zu haben, wäre vielleicht doch eine Versuchung für sie gewesen. Das durfte ich nicht riskieren. Es mußte etwas anderes sein, etwas mit Hordens Fingerabdrücken – für die Bullen. Anna erzählte mir, sie ließen am Haus einiges reparieren, schwarz, gegen bar. Horden hatte fünfhundert Pfund von der Bank geholt, hauptsächlich in Zehnern. Das echte Geld gegen Blüten auszutauschen, war einfach. Er hatte schon etliche davon ausgegeben, bevor die Bullen alarmiert wurden. Sie durchsuchten Haus und Grundstück. Fanden ganze Bündel Falschgeld. Anna hätte den Mund halten sollen – wie gewöhnlich –, doch diesmal war sie so wild darauf, ihn hinter Gittern zu sehen, daß sie zuviel gesagt hat und mit ihm angeklagt wurde. Das hatte ich natürlich nicht gewollt, aber ich konnte nichts tun, ohne meine Kumpel in Schwierigkeiten zu bringen – und mich ebenfalls. Und Wayne hat mich gebraucht. Als Rene in den Knast kam, arbeitete ich für eine Transportfirma. Ich habe den Job hingeworfen, um für ihn sorgen zu können. Konnte ihn niemand anders anvertrauen.»

Olivers Vergeltung mit Hilfe seiner Freunde, brachte mich ziemlich durcheinander. Als Christopher in unserem Schuppen nach Diebesgut gesucht hatte, war ich wütend gewesen, doch jetzt begann ich die Dinge mehr aus seiner Sicht zu sehen.

Oliver nahm mir übel, daß ich ihm nicht Beifall zollte. «Der Lump hatte es verdient. Anna war die Leidtragende, aber Rene hat mir gesagt, sie hat es nicht allzu schwergenommen. Horden war starr vor Schreck. Er war bei einer Versicherung oder einer ähnlich respektablen Institution angestellt. Ein Kerl, den Sie und Ihresgleichen zum Bridge einladen würden – oder was Sie eben spielen.»

Die plötzliche Feindseligkeit in seiner Stimme war erschreckend.

Er entschuldigte sich. «Ich schere Sie nicht mit anderen über einen Kamm. Sie sind anders. Eine von uns. Soweit Ihnen das überhaupt möglich ist.»

Das war als Kompliment gemeint, doch darauf zu antworten, war schwierig.

«Denken Sie an Wayne», sagte er erbittert, «und denken Sie ständig an ihn. Dieser Gürtel am Strand – Horden hatte so einen. Schmetterlinge sind hübsch, wenn Sie nicht aus Metall und nicht am Ende eines Lederstreifens befestigt sind.»

Ich fröstelte und wickelte mich fester in die Strickjacke. In der Hecke am Ende des Feldes fing ein Vogel an zu singen. Es klang süß, melodisch, tröstete und beruhigte mich jedoch nicht.

«Horden bekam eine milde Strafe», fuhr Oliver fort. «Eine zu milde. Ersttäter. Und vielleicht ein paar Zweifel. Wäre er angeklagt gewesen, weil er Wayne vergewaltigt hatte, wäre er vielleicht sogar straffrei ausgegangen. Sieht anständig aus, der Mann, hätte die Jury gedacht. Ordentlicher grauer Anzug, gepflegte Haare, höfliche Ausdrucksweise. Kein Mann, der so etwas tun würde. Lassen wir ihn gehen. Die Gefängnisse sind ohnehin überfüllt... Ich habe nur getan, was ich tun mußte.»

Er erwartete, daß ich etwas sagte, aber ich konnte noch immer nicht klar denken.

«Na schön», sagte er endlich. «Ich erwarte kein Lob. Und auch keinen Vorwurf. Mir tut nur leid, daß ich an dem Abend, an dem Anna mit Wayne zu uns kam, nicht getan habe, wozu es mich trieb. Die Sache nicht ein- für allemal erledigt habe. Dann wäre Anna heute noch am Leben. Ein paar Boulevardzeitungen haben geschrieben, sie ist verstümmelt worden. Gesicht und Kopf waren total zerschnitten.»

Er öffnete und schloß die Hände in einem Rhythmus, als zähle er seinen Herzschlag. «Wenn ihn die Bullen schnappen und man ihn wegen des Mordes an Anna vor Gericht stellen würde – was glauben Sie, wie lange müßte er in den Bau, wenn das Urteil lebenslänglich wäre? Zehn Jahre? Vielleicht ein bißchen länger. Dann würden sie ihn rauslassen. Denselben Kerl. Denselben widerlichen, mörderischen Bastard. Nur ein bißchen älter. Sie haben etwas gegen das Hängen, nicht wahr, Maeve? Zu brutal. Nicht schön? Das bißchen Gewalt gegen Sutherland hat Sie ganz schön ins Schwitzen gebracht vor Entsetzen. Ihre Welt ist ganz hell und glänzend und falsch – die Realität ist gemein und hart und blutig. An dem Tag, an dem ich Sie mit Sutherland zusammenbrachte, hat mir der Typ, der sich mit ihm getroffen hat, von Anna erzählt – und daß die Bullen von Haus zu Haus zogen, um die Nachbarschaft zu vernehmen. Nachbarn hatten am Abend, bevor sie – bevor es passiert ist, bei ihrer hinteren Hoftür ein rotes Motorrad gesehen. Horden war auf Bewährung freigelassen worden, und ich hatte mich nur überzeugen wollen, daß es ihr gutging. Ich wollte, daß sie eine Zeitlang zu jemandem zog. Nicht allein blieb. Sie sagte, das Haus gehört ihr und nicht Horden, und sie geht nicht weg. Nannte es ihr Nest. Großer Gott, ihr Nest!»

Er atmete tief durch, versuchte die Worte zu kontrollieren, die aus ihm herausströmten. «Ich sehe sie ständig vor mir – das Haar sehr ordentlich – hellblaues Kleid – wie sie auf ihrem neuen Prachtsofa sitzt, während ich mich bemühe, sie zur Vernunft zu bringen. Sie hatte einen passenden Teppich gekauft, mit einem Muster aus Phantasieblumen und sah nur den Teppich an, nicht mich. Alles blitzsauber. Hellgrauer Teppichboden. Wenn er sie dort umgebracht hat, muß alles blutig sein – überall große Blutflecke. Und an ihm. Gefunden hat man sie draußen, er hatte sie weggeworfen wie einen Tierkadaver.»

Er weinte fast.

«Und dann Rene – Horden ist über sie hergefallen an dem Tag, an dem sie zu mir nach Newcastle kommen wollte. Ich hätte bei ihr sein sollen. Alles ist zur unrichtigen Zeit passiert. Wichtig, einen Job zu haben. Wichtiger aber, Rene wegzubringen. Aber sie war so dickköpfig wie Anna. Hat gesagt, sie muß noch eine Menge vorbereiten. Sachen waschen und packen. Und Horden hätte es auf Anna abgesehen gehabt, nicht auf sie. Sie glaubte, daß er nicht auftauchen würde, weil die Bullen ihn suchten. Und ich sollte auch für eine Weile verschwinden. Die Bullen hatten bei Annas Familie herumgefragt und erfahren, daß ich mit ihr zusammengelebt hatte. Sie würden mich bestimmt holen. Also sollte ich wegbleiben. Holen würden sie mich, das wußte ich, und ich müßte die üblichen Tests über mich ergehen lassen – genau wie Horden – Blut, Speichel, Samen. Es ist Routine. Ich wäre sauber, aber sie würden lange brauchen, um das festzustellen. Und Zeit hatte ich nicht.

Rene wollte gerade zum Bahnhof aufbrechen und mit dem Nachmittagszug fahren, als er kam. Wollte wissen, wo Wayne war. Sagte, daß Wayne an allem schuld war. Als sie es nicht sagen wollte, stieß er sie ins Schlafzimmer und schlug sie zusammen. Hat gedroht, daß es dem Kind schlechtgehen würde, wenn sie ihn anzeigt. Die Freundin eines meiner Kumpel hat Rene im Krankenhaus besucht, und sie hat ihr alles erzählt. Von ihr habe ich erfahren, was passiert war und auch, daß Rene behauptet hat, sie hätte einen Unfall gehabt, um zu vertuschen, was wirklich geschehen ist. Nun, es wird keine ‹Unfälle› mehr geben. Wenn es ihr morgen wieder gutgeht, holen Wayne und ich sie vom Krankenhaus ab und bringen sie nach Hause. Dann können die Bullen mich ruhig kassieren und sich soviel Zeit nehmen, wie sie wollen.»

Seine innere Anspannung ließ nach, und die nervösen Handbewegungen hörten auf. Denn die meiste Zeit hatte er mehr an mich hin-, als zu mir geredet; die letzten Worte schienen ein laut ausgesprochener Gedanke zu sein und nur für Rene bestimmt. «Es ist vorbei», sagte er ruhig. «Es mußte getan werden.»

Zuerst verstand ich nicht, was er da sagte. Erst als er sich mir zuwandte und mich ansah, wußte ich, was gemeint war. Sein Gesicht verriet höchste Zufriedenheit. Eine harte, triumphierende Freude.

Es mußte getan werden.

Seine Hände, die so ruhig auf seinen Knien liegen, sehen sanft aus. Gutgeformte Nägel. Schmale Finger. Hände eines Killers? Hände eines Henkers?

Sie halten nichts vom Hängen, nicht wahr, Maeve? Zu brutal. Nicht schön.

Ich habe einen gallebitteren Geschmack im Mund und schlucke mühsam. Die sinkende Sonne ist hell, sie blendet, hat einen Rand aus zarten Wolken. Die lange orangefarbene Linie des Horizonts will nicht stillhalten. Ich schließe die Augen und spüre, wie mein Herz schlägt.

Ich höre, daß er aufsteht und fühle die Schwere seines Körpers ganz dicht bei mir. Er bückt sich und berührt meine Wange. Ich zucke zurück, öffne die Augen. Sein Blick, dunkelbraun wie der von Wayne, ist wachsam. Es ist Oliver, sage ich mir. Waynes Vater. Der Mann, der mit seinem Kind so liebevoll und zärtlich umgeht. Dort draußen in seiner «gemeinen, harten und blutigen Welt» gehen professionelle Henker ihrem Beruf nach und werden dafür bezahlt. Mein Geist wehrt sich gegen das schleichende Entsetzen und will sich wieder einmal aus der Wirklichkeit in lächerliche Phantasien flüchten. Der heimkehrende Henker, der von seiner Frau begrüßt wird. Hattest du einen schönen Tag? Ich lächle Oliver dümmlich zu und beiße mir auf die Lippen, um nichts zu sagen. Er sagt, ich soll mich nicht aufregen. Immer mit der Ruhe, sagte er. Ich rege mich nicht auf. Wie ruhig kann ich denn noch sein, um Himmels willen?

Ein Hund kommt durch eine Lücke in der Hecke. Seine Schnauze ist voller Sand, als habe er nach etwas gegraben. Wonach? Er ist mir widerlich. Ich schreie ihn an, er soll verschwinden. Er sieht erstaunt aus, beleidigt – und geht mit hängendem Schwanz.

«Dieser Gürtel», sage ich schließlich, als spräche ich von einem Einkauf bei Harrod's, einem, der mich nur mäßig interessiert, «dieser Gürtel hat Horden gehört?»

Er antwortet, daß diese Gürtel ein Massenprodukt sind, zu Tausenden hergestellt werden – mit Horden habe der hier nichts zu tun. Ein glatte Lüge. Unumgänglich.

Er geht sehr vorsichtig mit mir um. Übertrieben fürsorglich. Wie wär's, wenn wir im Wohnwagen einen Schluck trinken würden? meint er. Weder Gin noch Tonic vorhanden, sage ich. Nur Cola. Oder Kaffee. Wir entscheiden uns für Kaffee.

Er sieht mich irgendwie merkwürdig an, als ich meinen Stuhl zusammenklappe und in den Wohnwagen hinauftrage. Man hat das Gefühl, daß die Show zu Ende ist, doch in diesem verrückten Theater nimmt das Publikum auch die Stühle mit nach Hause. Was ist das nächste? Kaffee. Ich setze Wasser auf.

Er läßt sich am Küchentisch nieder. «Maeve.»

«Ja?»

«Ich möchte, daß Sie Rene eine Zeitlang nicht sehen.»

«Warum?»

«Weil es euch im Moment nicht sehr guttun würde.»

Ich löffle Kaffeepulver in einen Becher, gieße mit Wasser auf, gebe Zucker hinein und reiche ihn ihm. «Warum würde es uns nicht guttun?»

«Sie waren gut, sehr gut.» (Der Doktor spricht – der Patient ist krank.) «Aber Sie könnten ihr zu sehr zusetzen. Sie dazu bringen, zuviel zu sagen.»

Ich verstehe ihn natürlich. Absolut. Er hat zuviel gesagt.

«Der Jammer mit Ihnen ist», stellt er die Diagnose, «daß Sie immer übertreiben. Die Chance, daß ein Gürtel wie der von Horden hier angeschwemmt würde, war eins zu einer Million. Pech, daß Wayne ihn gefunden hat. Er wird es vergessen. Sie müssen es auch.»

Das ist ein Befehl. Er trinkt den Kaffee Schluck um Schluck. Jetzt lächelt er mich an, aber seine Augen sind düster. Er zeigt auf meinen leeren Becher. Machen Sie Ihren Kaffee fertig. Dann wollen wir Wayne wecken.»

Ich will tun, was er sagt, aber meine Hand zittert, und ich berühre mit dem Handgelenk den kochend heißen Wasserkessel. Ein kleines Stückchen Haut wird rot und bildet eine Blase. Es ist eine ganz leichte Brandwunde, eine, die man selbst behandeln kann. Nur behandle ich sie nicht. Ich steh da und seh sie an. Oliver führt mich zur Spüle hinüber und hält mein Handgelenk unters kalte Wasser und trocknet die Hand vorsichtig ab. Dann holt er den Erste-Hilfe-Kasten, eine Keksdose, die neben dem Reserveporzellan im Geschirrregal steht. Er nimmt die Tube mit der antiseptischen Salbe heraus und reibt mir das Gelenk behutsam mit etwas Salbe ein.

Woher hat er gewußt, daß das Verbandszeug in einer Keksdose ist? Auf dem obersten Regal?

Er ist heute zum erstenmal im Wohnwagen – oder nicht?

Im Geist muß ich die Fragen wohl laut gerufen haben, denn er empfängt sie klar und deutlich.

Er wendet den Blick von mir ab und legt die Tube mit der antiseptischen Salbe neben eine Verbandrolle. Auf der anderen Seite steckt ein Päckchen Verbandmull. Er nimmt es heraus und legt es neben ein Päckchen Scharpie. Was ganz unnötig ist. Seine Finger bewegen sich rastlos, während er nachdenkt. Er hat Hände, wie sie angeblich Chirurgen haben: fähig, geschickt. Was benutzen Chirurgen im Operationssaal, um das Blut aufzuwischen? Tupfer? Aber wenn das Blut aus einer Schußwunde auf den Fußboden eines Wohnwagens strömt und sich ausbreitet?

Er tut den Deckel auf die Dose und stellt sie ins Regal zurück. «Merkwürdiger Behälter für eine Erste-Hilfe-Ausrüstung. Ich habe sie zufällig entdeckt, als ich Waynes Sachen packte. Dachte, vielleicht hätte er gern einen Keks.»

Eine schwache Lüge.

Meine Gedärme scheinen sich in Wasser aufzulösen.

«Maeve, was ist los?»

«Nichts. Ich bin... Es ist nur, daß...»

Ich stürze aufs Klo und bleibe dort sitzen. Und mir ist so schlecht – so schlecht – so schlecht...

Nach ungefähr zehn Minuten klopfte Oliver an die Tür. «Wir sollten bald fahren. Wayne ist wach.» Er hörte sich ganz normal an. Sehr ruhig.

Ich war noch nicht bereit, ihm gegenüberzutreten, aber es mußte sein. Wayne zuliebe mußte ich mich beherrschen. Ich klatschte mir über dem winzigen Becken Wasser ins Gesicht, kühlte mir die Haut, und mir war nicht mehr so übel. Konzentrier dich auf alltägliche Dinge. Stell Oliver keine Fragen. Denk an Wayne – denk ununterbrochen an ihn. Nur er ist wichtig.

Er saß auf dem Rand seiner Koje und sah sehr schläfrig aus. Oliver hatte ihn angezogen, bis auf die Schuhe, die er nicht finden konnte. Ich entdeckte sie unter der Koje und ließ Wayne hineinschlüpfen. Er steckte seitlich den Finger in den Schuh und sagte, seine Socke mache ganz viele Falten und die drückten. Ich zog sie glatt.

Die ganze Zeit gingen Oliver und ich sehr höflich miteinander um, sagten nur, was unbedingt gesagt werden mußte und vermieden jeden Blickkontakt, wie Fremde, die zwischen zwei Stockwerken in einem Lift gefangen sind und wissen, wie tief und dunkel der Schacht unter ihnen ist.

Er setzte sich Wayne auf die Schultern und trug ihn über das Feld und zur Straße hinunter. Ich trottete mit Waynes Reisetasche hinter ihm her. Der Lieferwagen, der vor meinem Mini parkte, sah sehr sauber aus, als sei er kürzlich abgespritzt worden. Oliver stellte Wayne auf den Boden und sagte, er solle warten, bis er ihm im Fond seinen Sitz hergerichtet hatte. Der Wagen war auch innen sehr sauber, offensichtlich frisch geschrubbt. Er roch ganz leicht nach einem Desinfektionsmittel.

Oliver wandte sich zu seinem Kind um. «Okay – hinein mit dir!»

Wayne wich zurück. «Maeve kommt auch mit.» Er klammerte sich an meine Hand.

Ich löste sie ganz sanft. «Nein, ich komme später nach, mit meinem Mini. Und ich fahre in mein Haus.»

Seine Augen wurden ganz groß vor Bestürzung. «Aber das geht nicht. Du mußt mit uns fahren.»

«Maeve war sehr lieb zu dir», mischte Oliver sich ein, «und sie hat sich sehr gut um dich gekümmert. Jetzt mußt du aber Auf Wiedersehen sagen.»

Stumm stand Wayne da. Seine Lippen zitterten.

Ich drückte ihn an mich, aber er reagierte nicht. «Ich will, daß wir zusammen fahren. Wir alle drei im Lieferwagen.»

«Und wer soll meinen Mini zurückbringen?»

«Der kommt von ganz allein.» Er wandte sich an seinen Vater.

«Ich kann alles zaubern. Kann Autos allein fahren lassen. Sag Maeve, sie soll mit uns kommen. Ich brauche nur das hier zu reiben.»

Er nahm die leere Patronenhülse aus der Tasche und zeigte sie Oliver.

Das war eine Szene, die ich nicht spielen, die ich nicht beobachten, von der ich nichts wissen wollte. Also kehr ihr den Rücken. Geh weg. Du kannst Wayne jetzt nicht richtig zum Abschied küssen. Es kann nicht sein.

Ich überquerte die Straße und lehnte mich an die Mauer. Die Klippen unterhalb der Landzunge waren in der Abenddämmerung grau und purpurn, streng, abweisend. Die Luft roch so, als ob es bald regnen würde, und der Wind wehte über das Feld, als näherten sich leise Schritte. Rene hatte recht. Es ist hier einsam. Hatte Oliver ihr alles gesagt, was er getan hatte? Ihr minutiös alles geschildert, was geschehen war? Oder hatte er es kurz gemacht. «Alles in Ordnung, Rene. Ein bißchen blutig zwar, ein bißchen unsauber. Aber wer erfährt das schon?»

Niemand an diesem abgelegenen Ort.

Es sei denn...

Es sei denn, Maeve...

Aus einer Mauerlücke wuchs ein Farn wie eine grüne, tastende Hand. Ich berührte ihn, und er schnitt mir scharf in die Finger. Meine Welt scheint jetzt so klein geworden, ein winziges Gebiet an einer Küstenstraße. Niemand in der Nähe.

Außer Oliver, der ruhig auf seinen Sohn einspricht.

Die Tür des Lieferwagens wird zugeschlagen. Wird er wegfahren? Nichts sagen? Mich einfach hier stehenlassen? Bitte laß es so sein.

«Maeve.» Er berührt meine Schulter.

Ich werde mich nicht umdrehen, ihn nicht ansehen.

«Er hat sich beruhigt. Wird wahrscheinlich schlafen.»

Er hört sich noch immer normal an.

«Ich hab ihm gesagt, daß er bald wieder bei Rene sein wird, und darüber hat er sich gefreut. Sie brauchen keine Angst zu haben, daß es ihm nicht gutgehen wird – wir werden alles tun. Seine Zukunft hängt davon ab, daß Rene sich keine Schwierigkeiten mehr einhandelt, das habe ich ihr immer und immer wieder gesagt. Und ich glaube, sie wird vernünftig sein, wenn wir im Norden neu anfangen. Noch eine Gefängnisstrafe für sie, und er wird an den Anfang zurückgeworfen. Er braucht sie. Und er braucht mich. Das verstehen Sie doch, nicht wahr? *Er braucht mich in seiner Nähe.*»

Ja, das verstehe ich. Er hat aufgehört, mir etwas vorzumachen. Ich drehe mich jetzt um und sehe, was ich zu sehen erwartet habe. Die Augen sind nicht so ruhig wie die Stimme. Das ist eine Zeit der Krise für uns beide.

Wie beantworte ich Fragen, die er nicht zu stellen wagt?

Er versucht es auf einem Umweg. «Wird Ihre Mutter dieses Loch in der Wand des Wohnwagens der Polizei melden?»

Die logische Antwort ist nein. Ich wäre verrückt, wenn ich ja sagte. Aber wenn ich nein sage, dann meine ich auch nein. Ich werde ihr sogar ausreden, mit irgend jemandem darüber zu sprechen.

Er entspannt sich ein bißchen. Er hat mich ausgelotet, vielleicht auf die feinste Nuance in meiner Stimme gehört. Bin ich noch eine Freundin? Widerwillig und nur bis zu einem gewissen Grad – ja. Rene und Wayne zuliebe.

«Sie und Wayne haben die gleiche Phantasie», fährt er fort. «Harmlos für ihn – wie zum Beispiel dieser Unsinn mit dem Zauberknopf –, weniger harmlos für Sie.»

Eine Drohung?

«Sie wissen nichts, Maeve. Wenn die Bullen zu Ihnen kommen und Fragen stellen, können Sie ihnen nichts sagen, weil Sie nichts wissen. Seien Sie froh darüber.»

Die Phantasie ist schlimm genug, Erinnerung tausendmal schlimmer. Woran wird er sich zeitlebens erinnern?

Es folgt ein langes, verlegenes Schweigen.

Von schwachem Hundegebell in der Ferne unterbrochen.

«Sie könnten heute nacht auf der Farm schlafen», schlägt er vor.

«Warum sollte ich?»

«Es ist besser für Sie, nicht im Wohnwagen zu sein. Wenn Sie nicht auf die Farm wollen, fahren Sie nach Hause.»

Das ist ein Befehl.

Verschwinden Sie, Maeve. Aus unserem Leben. Verschwinden Sie schnell. Und halten Sie den Mund.

Die unausgesprochenen Worte richten in meinem Kopf dasselbe an wie allzu grelles Neonlicht.

Und dann tut er etwas Unerwartetes. Er beugt sich vor, nimmt mich bei den Schultern und küßt mich. Mit geschlossenen Lippen. Ohne Leidenschaft. Ohne List. Und auch ohne Berechnung. Ein Abschied mit einem Hauch Zärtlichkeit.

Ich sehe ihm nach, als er zu Wayne zurückgeht, in den Wagen steigt und auf der allmählich dunkler werdenden Straße davonfährt. Tränen rinnen mir über die Wangen. Ich wische sie ungeduldig ab. Beschämt.

14

Wieder im Wohnwagen, hocke ich auf der unteren Koje, die Bettdecke um die Schultern gezogen, um mich warmzuhalten.

Dieses: Herr, ich danke dir, daß ich nicht bin wie diese – Denken, das mich zu Demos schickt, meine innere Stimme flüstert mir etwas von «moralischem Standpunkt» und «ethischem Bewußtsein» zu. Ich kann beides zu den Schrecknissen der Bombe und anderen barbarischen Dingen in Beziehung bringen, nicht aber zu Oliver. Ich sollte es tun, aber ich kann es nicht.

Ich habe mir eingebildet, ihn zu kennen, doch wie kann ein Mensch einen anderen bis in den innersten Kern seines Wesens kennen? Und wenn man es könnte, wie dürfte man sich erlauben zu urteilen?

Mord, aus welchem Grund auch immer, kann nicht vergeben werden.

Wirklich nicht?

Nein – mit größtem Nachdruck nein!

Denk an Annas Gesicht, das lebendig so schön war – und jetzt stell es dir tot vor. Erinnere dich, wie Rene ausgesehen hat, als man sie in den Krankenwagen schob. Stell dir vor, was Wayne angetan wurde. Nein – das ist unerträglich. Ich kann nicht. *Du mußt.*

Jetzt schau wieder Oliver an.

Er war Hordens erstes Ziel gewesen. Offensichtlich. Aber wer hatte wem nachgespürt? Und warum hatte die Fährte hierhergeführt? Weil es hier so einsam war? Ein perfekte Falle, mit Wayne als Köder. Hatte es eine gewalttätige Auseinandersetzung gegeben, oder war der Tod ganz leise und aus dem Hinterhalt gekommen? Ersteres ist für mich akzeptabler, aber kann überhaupt irgend etwas, irgendein Umstand, die Schrecknis eines Mordes verringern? Nein, wie wäre das möglich? Bewahr dir deine Prinzipien, Maeve, wie deine innere Stimme befiehlt.

Aber vielleicht konnte er nicht anders. Notwehr, gefolgt von Reue. Ach, komm schon! Denk an das, was er gesagt hat: «Es mußte getan werden.» Er war tief zufrieden. Und das weißt du.

Er ist meiner so sicher. Und mit Recht. Das war kein Judaskuß, den er mir gegeben hat, sondern ein Ausdruck des Vertrauens. Er hat es für Anna getan, für Rene – und vor allem für Wayne. Also würde ich ihn schützen? Ja. Unmoralisch. Unethisch. In Ordnung – ja. Seit Chornley bin ich immer weiter abgerutscht, und es war ein leichter Weg. Fakt? Ja.

Die Gedanken jetzt klarer? Nein.

Gewissen erleichtert? Nie.

Such Trost in Kindheitserinnerungen. Versuch eine Weile ruhig zu sein. Mit den Eltern und Freunden herkommen. Nasse Badeanzüge und Strümpfe über die Felsblöcke zum Trocknen aufhängen, bunte Farbklekse auf grauem Stein. Die Sonne scheint immer, die Winde sind warm. Mutter, die nicht viel älter aussieht als ich heute, liegt auf einer gelben Decke im Gras und liest ein Buch. Oder strickt. Vater, geschmeidig und sportlich, spielt am Strand mit mir Kricket. Ein Genrebild, vollkommen in der Rückschau, in der Realtität vielleicht nicht. Im ganzen – gut.

Rastlos stehe ich auf, gehe durch den Wohnwagen, berühre Möbel und Wände, versuche das Bild festzuhalten, aber es löst sich langsam auf wie ein uraltes Skelett. Es bleibt nicht. Die Umgebung ist falsch. Wie kann man in einer Hinrichtungszelle schönen Träumen nachhängen?

Er hat Zigaretten und Streichhölzer auf dem Küchentisch liegenlassen. Absichtlich? Irgendwann hat er die Feuerversicherung erwähnt. Eine Andeutung? Warum hat er es damals nicht getan? Wahrscheinlich weil jemand in der Nähe war – Jean und Nick Corby, die mit ihrem Hund spazierengingen und an die Tür des Wohnwagens klopften. Das mußte ihn erschreckt haben. Also hatte er alles gesäubert, so gut er konnte, und das Einschußloch provisorisch verstopft, daß man es nicht sofort sah.

War gegangen und hatte gewartet.

Hatte länger warten müssen, als er dachte, weil Wayne und ich hier waren.

Alles ging schief.

Es ist eine Ironie des Schicksals, daß ausgerechnet sein Kind den Beweis gefunden hatte, der ihn ins Gefängnis bringen konnte. Wenn ein Team von der Spurensicherung herkäme, hätte er keine Chance. Daß der Gürtel an Land geschwemmt wurde, war Pech. Die Patronenhülse liegenzulassen – Leichtsinn. Er ist ein Stümper. Kein geborener Killer. Sein dilettantisches Vorgehen ist ein Trost für mich.

Aber kein sehr großer.

In meinem Kopf hämmert es, so sehr strenge ich mich an, Gründe zu finden, um etwas zu tun – oder nicht zu tun – etwas, das er hätte tun sollen. Vielleicht später tun wird. Wenn ich endlich gegangen bin.

Vielleicht aber auch nicht.

Meine Mutter kann nie wieder herkommen. Darf nie wieder herkommen. Ich könnte es nicht ertragen, sie hier zu wissen. Also tu ich es für sie und für die Erinnerung an meinen Vater?

Oder – für Oliver? Damit er in Sicherheit ist?

Mein Gewissen drängt auf eine Antwort. Ich beschwichtige es, indem ich an Rene denke. Sie braucht ihn. Und Wayne braucht ihn auch. Wie er ganz richtig gesagt hat.

Man nennt es Brandstiftung. Das klingt gar nicht so schrecklich. Vergewaltigt klingt schlimmer als mißbraucht. Hinrichtung klingt nicht so schlimm wie Mord. Vielleicht wegen der beiden hellen I. In offziellen Erklärungen über inoffizielle Handlungen geht man mit Worten sehr geschickt um. Vergeltungsmaßnahmen werden ergriffen. Eines Verräters entledigt man sich. Es klingt alles so sauber. Sutherland zu verletzen, war nicht sauber. Sein Gesicht war voller Blut – und Schlamm. Ich sehe ihn jetzt vor mir, ganz deutlich, und das Schuldbewußtsein schlägt wieder über mir zusammen.

Erinnerungen kann man nicht verbrennen, aber Greifbares kann man anzünden.

Also steck den Wohnwagen an – aber vorsichtig.

Brandstiftung ist ein Verbrechen. Es muß wie ein Unfall aussehen. Es sind schon ganze Familien im Schlaf verbrannt, weil jemand mit einer Zigarette zu sorglos war.

Ich nehme die Zigarettenpackung in die Hand und finde es abscheulich, sie anzusehen und anzufassen. Ich habe nie geraucht. Ich kann nicht rauchen. O ja, du kannst es. Du wirst seitlich eine brennende Zigarette in die Polsterung des Sofas schieben, und es ist egal, ob du dir bei dem Versuch, sie anzuzünden, die Lunge aus dem Leib hustest. Tu's einfach. *Tu's*.

Ich stecke mir eine zwischen die Lippen und greife nach den Streichhölzern. Aber wozu sie erst anzünden, wenn sie sowieso herunterbrennen soll? Niemand wird es wissen. Oder vielleicht doch. Ein forensischer Beweis. Diese dicke blonde Brandstifterin in Chornley wäre nicht dort gelandet, wenn sie ein bißchen sorgfältiger gewesen wäre – erinnere dich, was hat sie dir über den mit Paraffin getränkten Lappen gesagt? Hat ihn liegenlassen, wo er nicht hingehörte – auf dem Herd?

Ich zünde die Zigarette an. Ziehe daran. Ersticke fast.

Als ich sie in die Polsterung schiebe, geht sie aus. Ich zündete eine andere an. Ich brauche drei und helfe mit Zeitungspapier nach. Bösartige, kleine Flammen kriechen über die Polster, und spiralenförmiger Rauch steigt auf. Die Luft wird schlecht.

Ich nehme meine Handtasche und die Wagenschlüssel und gehe hinaus. Meine Augen brennen, und mein Hals ist wund. Ich hocke mich ins Gras und versuche zu atmen.

Als das Feuer sich ausbreitet, sieht der Wohnwagen aus wie ein verwundetes Tier, das angegriffen wird. Der Wohnwagen scheint aufzuweichen, wird schwarz, sinkt in sich zusammen. Es folgt ein Knacken wie von einem brechenden Ast, und ein Fenster fliegt heraus. Die Flammen werden größer.

Der Farmhund bellt, und andere stimmen ein. Sie wittern, daß etwas nicht stimmt und jaulen warnend. Ich muß von hier verschwinden, bevor die Corbys alarmiert werden.

Als ich gehe, mischt sich etwas wie atavistische Ehrfurcht in mein schlechtes Gewissen. Das Feuer ist jetzt schön. Lodert ungehemmt. Warum ich es gelegt habe, scheint nicht mehr sehr wichtig. Eine große schwarze Wolkenbank verschmilzt mit dem Rauch. Göttliche

Mißbilligung vielleicht. Der Nieselregen wird zum Guß. Ich habe vergessen, meinen Regenmantel mitzunehmen und werde durch und durch naß. Der Regen fühlt sich wunderbar an.

Er ist gerade zur rechten Zeit gekommen.

Zu spät.

Als ich nach Hause kam, war es schon nach Mitternacht. Es hatte hier auch geregnet, aber der Mond war klar, und die Rosen sahen aus wie in Silber getaucht. Es ist ein schöner Garten. Gepflegt. Ordentlich. Das Haus war dunkel, die Haustür verriegelt. Offenbar war Christopher zurückgekommen und lag im Bett.

Ich kam mir vor wie eine Ratte, die aus einer Kloake gekrochen kam – naß – schmutzig – und nicht mehr euphorisch. Die Hochstimmung – das Gefühl der Macht – war dahin. Der primitive Akt des Feuerlegens hatte mich emotional aufgeputscht wie starker Wein. Über die möglichen Konsequenzen erschrocken, sehnte ich mich jetzt nur noch nach Wärme, einem steifen Drink und dem Bett.

Vielleicht liegt Sarah drin.

Na und?

Nach den Ereignissen der vergangenen Stunden wäre es mir egal, wenn Christopher einen ganzen Harem im Haus hätte. Aber zuerst mußte ich hinein.

Ich preßte den Daumen auf die Klingel und ließ ihn dort.

Christopher kam im Pyjama an die Tür, zu wenig zerzaust, um vor kurzem mit einer Frau zusammen gewesen zu sein. «Du kommst sehr spät, Maeve. Ich hatte dich nicht mehr erwartet.» Das klang nach Schulmeister, doch ich entdeckte einen Unterton von Erleichterung. Ich entschuldigte mich, weil ich ihn gestört hatte.

«Ich habe nicht geschlafen. Bin froh, dich zu sehen.»

Er tappte hinter mir her ins Eßzimmer und schaute mir zu, als ich mir einen ordentlichen Schluck Whisky einschenkte. Im Haus war es warm, aber ich zitterte und konnte die Hand nicht ruhig halten. Wie hoch ist die Gefängnisstrafe für Brandstiftung? Und wenn es Brandstiftung und Beihilfe zum Mord heißt – was dann? Lebenslänglich? Hatte Oliver einen guten Grrund, den Wohnwagen nicht selbst anzuzünden? Was wird man möglicherweise darunter finden, wenn er endlich total abgebrannt ist? Hysterie gaukelte mir so bizarre Bilder vor, daß ich am liebsten zur gleichen Zeit gelacht und geweint hätte. Aber ich tat beides nicht.

Christopher fragte mich ruhig, was passiert sei. Nichts, sagte ich. Überhaupt nichts.

Ich ging mit meinem Drink ins Wohnzimmer und hoffte, er werde mich eine Weile allein lassen. Seine ängstliche Sorge belastete mein Gewissen nur noch mehr. Das nahm ich ihm übel.

Er ging hinauf, um seinen Morgenmantel zu holen und kam in dem aus kastanienbraunem unechtem Kaschmir herunter, den ich ihm zu Weihnachten geschenkt hatte, bevor ich in den Knast gekommen war. Vielleicht hatte er den Frotteemantel zu Sarah mitgenommen und dort vergessen. Er hatte auch Hausschuhe angezogen, aber nicht die alten, abgewetzten, die er sonst trug, sondern die weichen aus dunkelbraunem Leder, die er sich in Paris gekauft hatte, als er mir die Schuhe schenkte. Paris. So lange her. Ein andere Welt. Ich versuchte mich zu beruhigen, indem ich mich erinnerte, wie wir damals waren. Er, stets eine Säule der Normalität, ein solider Fels. Ich, ohne jedes warnende Vorgefühl für das, was mich erwartete.

Er setzte sich mir gegenüber und sah mich so durchbohrend an, als wolle er in meinen Geist und meine Seele eindringen. Ich wich seinem Blick aus, schirmte meine Gedanken ab. Neben seinem Sessel lag ein Buch auf dem Boden, halb verdeckt von *The Times*, die zusammengefaltet und bei der Kreuzworträtselseite aufgeschlagen war. Von Sarah zurückgekommen, hatte er vermutlich stundenlang die Biographie von irgend jemandem gelesen und das Kreuzworträtsel gelöst.

Während ich – während ich … Was hat diese schreckliche Nacht mir nur angetan? Was habe ich getan?

«Dein Gesicht ist ganz schmutzig, Maeve», sagte er scharf, «und du riechst nach Rauch.»

Ich sagte ihm, ich hätte eine Reifenpanne gehabt. «Ich habe den Reifen selbst im Regen wechseln müssen.» Die Lüge ging mir leicht über die Lippen. Hoffentlich vergaß er den Rauch.

«Du hast in deinem ganzen Leben noch keinen Reifen gewechselt.»

«Wenn Not am Mann ist und weit und breit kein Mensch …»

Er war beunruhigt, weil ich nach Einbruch der Nacht durch entlegene Gegenden fuhr. «Dir könnte alles mögliche zustoßen.»

«Ist aber nicht. Es geht mir gut.»

«Hat irgend etwas im Wagen gebrannt – die elektrische Anlage – die Bremsbeläge?»

«Es war nur eine Reifenpanne. In einem Feld an der Straße hatten sie Stoppeln abgebrannt, diese Gerüche hängen sich fest.»

«Und es geht dir wirklich gut?»

«Aber selbstverständlich.» Fein und bestens. Wunderbar. Bin eine erstklassige Pyrotechnikerin. Und kann großartig lügen.

Ich biß mir auf die Lippen und wandte den Kopf ab, kämpfte mit den Tränen.

Er mußte glauben, ich sei noch wegen der Auseinandersetzung sauer, bei der es um Wayne gegangen war, und bemühte sich, das wieder gutzumachen. «Ich bin dir nicht zum Wohnwagen nachgefahren, weil du mich nicht dazu aufgefordert hast.»

«Es war besser für dich, daß du nicht da warst.»

«Wenn der Vater des Kindes nicht gekommen wäre, wäre ich dir nachgefahren.»

«Ja.»

«Scheint ein harmloser Kerl zu sein.»

«Ja.»

«Hat hier oben nicht besonders viel drauf, glaub ich.»

Damit konnte er doch wohl nicht Olivers dichtes dunkles Haar meinen. «Nein.»

«Er hat einen Job gefunden, hat er mir erzählt. Irgendwo im Norden. Als Arbeiter oder so.»

«In einem Lagerhaus.»

«Er nimmt seine Familie mit.»

«Ja.»

«Demnach ist diese Episode zu Ende.»

Episode – etwas Flüchtiges – kurz – nicht wichtig. Sieht er es so? Wenn ja – um so besser.

Ich antwortete nicht.

Er musterte mich eindringlich, forschend. «Irgend etwas macht dir Sorgen.» Da war er wieder, dieser inquisitorische Ton. «Was ist es?»

«Nichts. Ich bin nur müde.» Ich stand auf, bevor er anfangen konnte zu bohren. «Zeit fürs Bett.»

Ich duschte rasch, ohne mein Haar zu schützen; der Rauchgeruch mußte ausgewaschen werden. Ich trocknete es mit dem Handtuch und legte dann ein trockenes Handtuch auf das Kissen des Einzelbettes, in dem ich geschlafen hatte, als Wayne bei mir war. Ich hatte die Bettdecke auf seinem Bett glattgezogen, bevor ich mit ihm das Haus verließ, aber daß der Lego-Panzer auf den Boden gefallen war, hatte ich nicht bemerkt.

Ich bückte mich und hob ihn auf, setzte mich aufs Bett und hielt ihn in der Hand. Wayne würde inzwischen zu Hause sein, in seinem Bett in dieser freudlosen Wohnung. Die Patronenhülse hatte Oliver ihm inzwischen wohl vorsichtig abgenommen und ihm dafür vielleicht einen anderen Zauberknopf gegeben, einen der knopfähnlicher war.

Christopher kam durch den Korridor und blieb an der Tür stehen. «Hast du die Absicht, die Nacht hier zu verbringen?»

«Mein Haar ist naß. Es wäre wohl besser.»

Er versuchte nicht, mich zu überreden, zu ihm zu kommen, erbot sich aber, mir meine Trockenhaube zu holen. «Es ist unklug, mit feuchtem Haar ins Bett zu gehen.»

Vieles, was ich tue, ist unklug, mit feuchtem Haar ins Bett zu gehen, noch die geringste meiner Dummheiten. Ich sagte ihm, ich könne mich jetzt nicht unter die Haube setzen. «Ich bin zu müde.»

Er sah mich stumm an, wanderte dann rastlos durchs Zimmer, blieb neben dem Nachttisch stehen, nahm den Telefonhörer ab. «Einige Nachbarn haben nächtliche Anrufe bekommen. Daß du im Gefängnis warst, scheint im Bezirk einen Hornissenschwarm aufgescheucht zu haben. Die kriminelle Bruderschaft schießt sich auf uns ein. Früher war es wohl zu friedlich hier.» Er lächelte schief. «Entschuldige. Ein Scherz. Kein guter. Hast du irgendwelche beunruhigenden Anrufe bekommen, während ich weg war?»

Es war leichter, nein zu sagen als ja. Ich hatte nicht die Energie, darüber nachzudenken. Wenn jemand heute nacht klingelte, würde es die Feuerwehr oder die Polizei sein, falls die Corbys sie alarmiert hatten. Ich mußte das morgen früh erledigen, so gut ich konnte.

Christopher sagte, der Colonel ließe sich für einige Zeit eine Geheimnummer geben, was wohl auch für uns das richtige wäre.

Ich zuckte mit den Schultern. «Wenn du willst.»

Er setzte sich neben mich aufs Bett. «Wir hätten es beide viel leichter, wenn ich verstehen könnte, was du willst. Es hat immer in deiner Natur gelegen, zu impulsiv zu sein. Deine unglückselige Freundschaft mit den Dudgeons war genau das. Du hast dich da hineingestürzt, ohne zu überlegen. Jetzt, da sie gehen, solltest du wieder zur Ruhe kommen können und dich vielleicht ein bißchen reifer – erwachsener benehmen.»

Reif? Erwachsen? Ja, vielleicht ist es eine faire Bemerkung. Wir haben nie die zehn Jahre Altersunterschied zwischen uns überbrükken können. Aber «unglückselig» nehme ich übel. Wie kann eine Freundschaft «glückselig» oder «unglückselig» sein? Sie ist aus Gut und Böse zusammengesetzt und wächst, wie sie eben wachsen kann. Impulsiv? Ja. Bei allem, was ich tue, richte ich mich hauptsächlich nach meinem Gefühl. Gibt es Menschen, die sich so in der Hand haben, daß Gefühle bei ihnen keine Rolle spielen? Kaltblütige Mörder, vielleicht. Horden im Gefängnis, der seine Rache an Anna plante. Sehr deutlich sehe ich die Brustbilder von ihm und Anna auf Inspector Granges Schreibtisch vor mir. Ein ganz durchschnittlich aussehender Mann. Eine gut aussehende Frau. Ich versuche mir nicht vorzustellen, wie sie ausgesehen haben – hinterher. Mich quält genug, was ich gesehen habe. Renes Gesicht, zerschnitten und blutig, als sie sie auf der Trage herausbrachten. Wayne, der erstarrt vor Entsetzen vor dem Gürtel kauerte. Oliver, der Rächer. Rächer. Ein akzeptables Wort. Die Vorstellung von einer Mantel-und-Degen-Tragödie. Wenn es dir hilft, dann klammere dich daran. Es hilft ein bißchen.

Christopher schaut auf das Legospielzeug, das ich in der Hand halte. Er greift danach, nimmt es mir ab, stellt es auf den Nachttisch neben das tote Telefon. «Das Kind ist fort, Maeve. Denk nicht mehr dran.»

Ich bin verärgert, weil er mir den Lego-Panzer weggenommen hat. Das hätte er nicht tun dürfen. Versteht er denn nicht, daß ich mich daran festhalten muß, um mit Zärtlichkeit an die schönen Seiten dieser Freundschaft zu denken? Begreift er nicht, daß ein Teil von mir weggerissen wird, wenn ich Wayne verliere?

Ich nehme das Spielzeug wieder in die Hand und halte es fest.

Er wird plötzlich rot vor Zorn. «Um Christi willen! Deine Besessenheit für das Kind, die Familie, die ganze schmutzige Angelegenheit, ist krankhaft.» Er steht auf, geht zum Fenster und blickt in die Dunkelheit. Als er seine Beherrschung wiedergefunden hat, dreht er sich zu mir um. «Das Gefängnis liegt jetzt sieben Monate hinter dir – das ist doch gewiß lange genug, um mit einem Trauma fertigzuwerden. Langsam müßte es heilen, falls es überhaupt einmal heilt. Vielleicht geschieht das nie. Wir können so nicht weitermachen. Wir müssen miteinander reden – über uns – die Zukunft. Aber nicht heute nacht. Morgen, wenn du nicht mehr so müde bist.»

O ja, denke ich. Morgen. Morgen werden wir miteinander reden. Du wirst das mit dem Wohnwagen erfahren und aufhören, mir meine Lügen zu glauben. Du hast recht – das Gefängnis ist etwas, von dem man sich nie erholt. Nichts mehr ist so wie vorher. Es ist, als wärst du in einem Taumel von Ereignissen gefangen, die du nicht steuern kannst. Doch du könntest es vielleicht, Christopher, mit deiner vernunftsbetonten Art, die Dinge zu betrachten; aber vor allem würdest du nie etwas tun, das dich ins Gefängnis brächte. Ich bin schlecht für dich, und du bist nicht gut für mich, obwohl du versuchst es zu sein.

Er vergleicht die Uhr auf dem Nachttisch mit seiner Armbanduhr. «Sie geht nach. Es ist zwanzig nach eins.» Er stellt die richtige Zeit ein und lächelt mir dann steif zu, um Versöhnlichkeit bemüht. «Steh nicht zu früh auf. Schlaf so lange du willst.»

Bei der Tür bleibt er stehen, scheint verlegen. «Ich habe die letzten Tage nicht mit Sarah verbracht – auch wenn du dich darauf versteifst und es unbedingt glauben willst. Aber auch darüber werden wir morgen früh reden.»

Er weicht meinen Augen aus, geht und schließt die Tür hinter sich, bevor mir eine Antwort eingefallen ist.

Ich bleibe lange Zeit auf dem Bettrand sitzen und halte Waynes Spielzeug krampfhaft fest. Der Raum mit der geschlossenen Tür ist wie eine Zelle und erstickend eng. Aber diese Tür läßt sich wieder öffnen.

Und auch die von Christopher am Ende des Korridors.

Oder doch nicht? Vielleicht nicht mehr. Und mir fehlt der Wille, es zu versuchen.

Epilog

Heute ist mein achtundzwanzigster Geburtstag und der Jahrestag meiner Entlassung aus Chornley.

Zwölf Monate der Freiheit.

Es ist ein frostiger Morgen. Einer jener schönen Tage, an denen der Himmel tief und kräftig blau ist. Ich stehe am Schlafzimmerfenster und bewundere den Februargarten, frische Sträucher, mutige frühe Blumen, ein milchiger Glanz über allem. Mir scheint mehr als ein Jahr vergangen seit jenem frostigen Morgen, an dem Christopher mich nach Hause gebracht hatte und ich draußen umherwanderte, um mich hier wieder zurechtzufinden und zu versuchen, aufs neue Fuß zu fassen.

Ich habe eine Weile gebraucht, ehe ich mich daran gewöhnt hatte, daß ich seit ein paar Monaten allein lebe, doch es hat auch seine Vorteile. Ich werde meinen Geburtstag genauso verbringen wie ich will, ohne dafür einen Vorwand finden und ohne mich entschuldigen zu müssen.

Ich nehme ein langes heißes Bad und schlüpfe dann in Thermounterwäsche und einen dicken grünen Trainingsanzug. Wenn man herumstehen muß, kann es ganz schön kalt werden.

Der Postbote war schon früh da, und auf der Matte warten viele Karten auf mich. Ich nehme sie in die Küche mit und öffne sie nach dem Kaffeetrinken. Eine mit Blümchen von meiner Mutter: *Ich wünsche Dir einen wunderschönen Tag, Liebling.* Oh, den werde ich haben. Wir treffen uns morgen zum Lunch. Wir sind uns näher gekommen, obwohl meine Ehe gescheitert ist. Ich habe einen guten Mann aufgegeben, predigt sie mir immer wieder, warum in aller Welt überlasse ich ihn einer anderen? Weil, sage ich ihr, diese andere Hester ist und Hester zu ihm paßt.

Sie wurden einander bei einem Wohltätigkeitskonzert der Freimaurer vorgestellt, hat er mir erzählt. Bei einem Konzert, das in meine apathische Phase fiel und zu dem ich ihn nicht begleiten wollte. Sie ist freiberufliche Graphikerin und hatte die Plakate und die Programme entworfen. Ich erinnerte mich, daß ich sie einige Zeit später bei Eric kennengelernt hatte. Eine hochgewachsene blonde Frau mit braunen Augen und einer sehr sanften – ein wenig zögernden – fast scheuen Sprechweise. Sie machte den Eindruck, als sei sie keiner starken Gefühle fähig. Außer ihres Gefühls für Christopher. Sogar damals schon hätte ich es merken können, wenn ich besser aufgepaßt hätte. Sie wird ihn lieben, wie er es verdient, wird ihn gut bekochen, nicht bei Demos mit Ziegelsteinen schmeißen oder ihn sonst irgendwie in Verlegenheit bringen. An jenem Herbstmorgen nach meiner nächtlichen Brandstiftung vor fünf Monaten rühmte er ihre Tugenden und gestand, daß er zum erstenmal mit ihr geschlafen hatte, als er wegen «dieses Kindes» aus dem Haus gegangen war. Ich glaube, er war eher verletzt als erleichtert, weil ich ihn nicht beschimpfte und überhaupt nicht entsetzt oder empört schien. Doch wie konnte ich? Ich wartete nervös auf die Polizei, die jeden Augenblick mit einem Haftbefehl für mich erscheinen konnte. Sie kam nicht, doch das konnte ich nicht wissen. Brandstiftung ist ein Verbrechen, Ehebruch nicht. In Christophers Fall ist es nicht einmal eine Sünde, weil die Schuld bei mir liegt.

Sein Geburtstagsgeschenk, eine silberne Brosche mit einem Lapislazuli in der Mitte, kam gestern, aufgegeben in der Schweiz, wo er mit Hester Urlaub macht. Er sollte mir jetzt, da wir getrennt sind, keine teuren Geschenke schicken. Sarah hätte es ihm nie erlaubt. Sie werden vermutlich nicht mehr so kostspielig sein, wenn mit der Zeit über sein schlechtes Gewissen Gras gewachsen ist. Obwohl ich ihm immer wieder versichere, es sei für uns beide das Beste, wenn wir getrennte Wege gehen, macht er noch immer ein sorgenvolles Gesicht, wenn wir uns treffen. Und ich bin innerlich nicht so gleichgültig wie ich tue. Er war immer gut zu mir. Sobald das Haus verkauft und der Erlös geteilt ist, wird der Bruch wohl nicht mehr so schmerzhaft sein. Ich werde anderswo Wurzeln fassen. Wie er.

Die anderen Karten kommen von langjährigen Freunden und von Kollegen aus dem kleinen, neuen Verlagshaus, in dem ich die Buchhaltung und Telefondienst mache und so was wie das Mädchen für alles bin. Wir schlingern ständig am Rand des Bankrotts dahin, warten auf den Romanknüller, der nie kommt, schaffen es jedoch mit Optimismus zu überleben.

Ich entdecke eine Karte zwischen den anderen, eine Ansichtskarte mit dem Turm von Blackpool, aber vor vier Tagen in Newcastle aufgegeben. Die ausladende Schrift kenne ich. *Daten merke ich mir ganz schlecht, aber ich denke, es war vergangenes Jahr um diese Zeit. Lebt wohl, ihr Gefängnisbullen. Habe seither nichts mehr mit ihnen zu tun gehabt. Was bin ich doch für ein Glückspilz!! Tut mir leid, daß ich mich nicht gemeldet habe. Wir sind alle drei gesund. Wayne spricht noch oft von Dir. Kann die Bücher Deines Vaters jetzt selber lesen. Alles, alles Liebe von uns. Rene.*

Ein kleiner, harter Kloß ganz tief im Hals macht mir plötzlich das Schlucken schwer, dann beginnt er zu pochen, wird weicher und schmilzt, während ich vor Erleichterung weine. Das lange Schweigen ist endlich gebrochen. Die Angst, mit der ich seit jenem Abend lebte, an dem Oliver mit Wayne wegfuhr, ist verflogen. Er ist bei seinem Vater in Sicherheit. Und Oliver hat offenbar von der Polizei nichts zu befürchten. Hordens Leiche wurde nie gefunden. Vielleicht wird sie es auch nie. Es gibt Zeiten, in denen ich mir einrede, daß er – irgendwo – da draußen ist und lebt. Daß alles, was Oliver mir damals im Wohnwagen erklärt hat, tatsächlich wahr ist. Die Corbys haben berichtet, daß in einem etwas weiter im Binnenland gelegenen Reservat mit geschütztem Wildbestand gewildert wurde. Man vermutete, daß Wilderer in den Wohnwagen eingebrochen waren und ihn vorübergehend als Basis benutzt hatten. Eines ihrer Gewehre konnte versehentlich losgegangen sein, daher das Einschußloch. Und der Geruch konnte von verwesendem Wildbret herrühren. Es klingt plausibel. Warum es nicht glauben? Meist glaube ich es ja. Meine Erklärung, daß eine brennende Zigarette das Feuer im Wohnwagen verursacht haben konnte, wurde von den maßgeblichen Stellen geglaubt; von denen, die mich mit einer Anklage wegen Brandstiftung vernichten konnten.

Ich sammle die Geburtstagskarten ein und schmücke das Wohnzimmer mit ihnen. Renes Ansichtskarte berühre ich so sanft, als sei es ihre Hand. Ich kann mir vorstellen, was sie zu mir sagen würde, wenn sie jetzt hier wäre, und wie sie es sagen würde, mit einer Mischung aus Belustigung und Unglauben: «Scheiße, Maeve, du gehst jetzt weg? Was hast du vor?»

Macberra hat gesagt, er würde mich und die anderen auf dem Trafalgar Square treffen. Er war den größten Teil der Woche unterwegs, um eine Sendung über das Benediktinerkloster in Lindisfarne aufzuzeichnen.

Die heutige Demo ist ganz und gar nicht nach Macberras Geschmack, aber die Fernsehleute kommen, und er nimmt sein Mikro für die Rundfunkübertragung mit. Es werden viele Medienleute da sein, Bühnen- und Fernsehstars – und ein paar Irre wie ich. Seine Worte, aber voller Zuneigung gesagt.

Wir waren ein paarmal zusammen essen, und heute abend gibt es zur Feier meines Geburtstags ein Dinner zu zweit in einem griechischen Restaurant. In keinem teuren. In diesem Zeitalter vielfacher Verpflichtungen muß er für seine beiden kleinen Söhne aus erster Ehe Unterhalt zahlen. Wir haben noch nicht miteinander geschlafen. Die Beziehung wächst langsam, und wir sind mit dem, was sie uns gibt, nicht unzufrieden.

Ich muß den Wagen nehmen, obwohl es Parkplatzprobleme geben wird. Das Transparent wäre im Bus oder in der U-Bahn zu lästig. Das Treffen ist für zwölf Uhr mittag angesetzt, und da ich mir viel Zeit lasse, bin ich um Viertel vor zwölf da. Die Menge strömt schon zusammen, und die Polizei sorgt für Ordnung. Ich erinnere mich an die andere Protestversammlung in Langdon Village, wo Sergeant Sutherland und seine Kollegen ihr Bestes taten. Damals waren die Gefühle leidenschaftlicher. Heute haben wir zwar ein Anliegen, doch es betrifft nicht uns selbst, ist kein so grundlegendes Problem, nicht so katastrophal. Ich bezweifle, daß jemand verletzt werden wird. Nicht hier. Ein junger Bobby fängt meinen Blick auf und lächelt mich an. Ich lächle zurück. Ich habe begonnen, ihre Menschlichkeit wiederzuentdecken. Sie sind keine fremde Rasse.

Ein älterer Mann erklärt ins Blaue hinein, das sei für eine solche Sache ein guter Tag. Kein Wind. Eine dünne junge Frau mit borstig geschnittenen blonden Haaren sagt, sie habe kein Transparent. Könne sie mir vielleicht helfen, meines zu halten? Wir rollen es gemeinsam auf, doch als sie es sieht, sagt sie, es tauge nichts. Sei zu brav. Kein Blut.

Ich sage ihr nicht, daß ich eine Aversion gegen Blut habe. Dieses blutige CND-Emblem, das man mir durch den Briefschlitz gesteckt hat, bleibt mir unvergeßlich. Sie läßt mich mein sanftes, hübsches Transparent allein halten und macht sich auf die Suche nach einem passenderen.

Nach einer Weile stößt Mac zu mir. Seine Nase ist rot vor Kälte, und sein Atem fliegt in frostigen Wölkchen davon. Er sagt, ein heißer Kaffee wäre jetzt nicht schlecht. Später, sage ich. Wir müssen zuerst unsere Sprechchöre absingen. Ich finde diesen Teil der Demo ziemlich peinlich, und Mac betrachtet mich belustigt, während ich loslege. Ein paar Zuschauer stimmen ein, es gibt ein paar Buhrufe und ein paar saftige Sprüche, doch die meisten Leute scheinen mit uns zu sympathisieren.

Einer aus Macs Team kommt zu mir und fragt mich, ob ich ein paar Worte ins Mikro sprechen möchte, doch ich sage ihm, er soll sich jemand Wichtigeren suchen, ich machte heute keine Schlagzeilen mehr, Gott sei Dank. Mac ist der gleichen Meinung und sagt seinem Kollegen, er solle mich nicht drängen. Meine Anonymität ist so angenehm. Ich trage wieder Kleider, man zieht mich nicht mehr nackt aus.

Die Polizei gesteht der Demo eine halbe Stunde zu, was wahrscheinlich recht großzügig ist, und fordert uns dann auf, uns zu zerstreuen. Ich hoffe, das Treffen hat etwas genützt. Es dient einem guten Zweck. Wir versuchen die Hilflosen zu schützen.

Mac und ich gehen in ein Restaurant in der Nähe, ein gemütliches kleines Lokal mit hellen Kiefernmöbeln und gelben Tischtüchern. Er holt Kaffee vom Tresen, während ich mein Transparent hinter dem Kleiderständer deponiere. Als ich zum Tisch zurückkomme, hat er ein kleines Päckchen in der Hand. Es sei für mich, sagte er, ein zu dieser Gelegenheit passendes Geburtstagsgeschenk.

Er sieht mir zu, während ich es auspacke – es ist ein Spielzeug, ein kleiner weißer Heuler wie der auf meinem Transparent. «Sie gehen nicht alle in der umweltverschmutzten See zugrunde und werden auch nicht alle an Land erschlagen. Katastrophen wie das Virus von 1988 kommen nicht oft vor, und es gibt immer Überlebende, egal, was geschieht. Wären es nicht so hinreißende Geschöpfe, bezweifle ich, daß du heute da draußen gestanden und dein Transparent geschwungen hättest.»

Entzückt streichle ich den kleinen Seehund und erkläre Mac, daß er ein widerlicher Zyniker ist.

Er grinst und leugnet nicht. «Du bist als Plakat-Künstlerin nicht unbedingt Weltklasse. Aber den Kindern und der Masse hat dein Seehund gefallen. Ich nehme an, daß die Demo ein bißchen Geld einbringen wird. Wozu soll es verwendet werden? Für die Erforschung von Viruskrankheiten bei Meeressäugern? Oder für eine Kampagne gegen die Vergiftung der Ozeane?»

«Für beides vermutlich. Ich weiß es nicht.»

«Aber das solltest du. Du bist eine unpraktische Kreuzfahrerin, Maeve, die versucht eine unvollkommene Welt geradezurücken. Vielleicht mag ich dich gerade deshalb.» Er wechselt das Thema. «Wie geht es diesem Jungen? Du weißt schon, du warst mit seiner Mutter in Chornley befreundet.»

Ich fahre mit den Fingern durch das weiche weiße Plüsch. «Er wird geliebt und ist glücklich», antworte ich absolut überzeugt. «Die Dudgeons sind hervorragende Eltern. Sie sind vor ein paar Monaten nach Newcastle gezogen. Oliver hat dort einen Job bekommen. Wayne geht in die Schule. Rene schreibt, daß er schon lesen kann. Endlich ist für ihn alles gut geworden.»

Ich denke, Mac wird sich freuen, aber er runzelt die Stirn. «Wie war der Name?»

«Wayne. Erinnerst du dich an die Tiere, die du für ihn aus Papier gefaltet hast, und er...»

«Ich meine den Familiennamen. Du hast ihn noch nie erwähnt.»

Wirklich nicht? Nein, wahrscheinlich nicht. Ich habe gewöhnlich nur von Rene, Oliver und Wayne gesprochen. Er sieht mich an, als hätte ich auf unverzeihliche Weise gegen die Etikette verstoßen. «Dudgeon», sage ich. «Wie bei Shakespeare.»

«O Jesus!» Er schiebt die Kaffeetasse beiseite, als sei der Kaffee mit Arsen gewürzt.

Seine Augen sind vor Verzweiflung ganz schmal geworden. «Warum muß ausgerechnet ich dir so etwas Furchtbares sagen!»

«Was meinst du? Was willst du damit sagen?»

Die Atmosphäre im Lokal verändert sich. Es ist zu voll – alle essen – reden – Besteck klappert. Der Lärm schwillt an, in der Luft hängt der widerliche Geruch von zu stark gewürzten Speisen, bitterem Curry, fettigen Pommes frittes, wäßrigem Gemüse.

Er zieht den Stuhl ein bißchen näher an den Tisch heran, sieht mich besorgt an, wendet den Blick ab. Die Kellnerin, ein plumpes Mädchen in einem grünen Kleid und gelber Rüschenschürze, denkt, daß er sie auf sich aufmerksam machen will und kommt an unseren Tisch. «Haben Sie einen Wunsch, Sir?»

Er schüttelt den Kopf. Sieht mich wieder an.

«Du weißt doch, daß ich Anfang der Woche in Lindesfarne eine Rundfunksendung gemacht habe.»

«Und?»

Auf dem Rückweg bin ich eine Nacht in Newcastle geblieben. Die Lokalzeitung war voll davon.»

«Wovon, um Himmels willen?» Meine Hände fangen an zu zittern.

Er beugt sich vor, nimmt sie und hält sie fest. Der Siegelring an seinem kleinen Finger preßt sich in meine Haut. «Wie es aussieht, ist deine Freundin, Mrs. Dudgeon – Rene – am Mittwochnachmittag von einem Einkaufsbummel zurückgekommen, und ihr Mann, der in seiner Firma früher als sonst Feierabend gemacht hatte, half ihr, die Pakete ins Haus tragen. Dann kam es, wie die Zeitungen es nannten, zu ‹einer häuslichen Auseinandersetzung›, die in Gewalttätigkeit ausartete. Eine Nachbarin rief die Polizei. Unglücklicherweise kam sie zu spät.»

Zu spät?

Sein Ring tut mir weh. Ich möchte, daß er mir noch mehr weh tut. Sich härter in mein Fleisch preßt. Noch härter. Konzentrier dich auf den Druck. Härter. Fester.

Mac lockert den Griff, behält jedoch meine Hände in den seinen. «Die Zeitung war sehr zurückhaltend in ihrer Wortwahl, aber es war nicht schwierig, zwischen den Zeilen zu lesen. Eine Frau aus dem Nachbarhaus sagte, sie schienen eine glückliche Familie zu sein, die fest zusammenhielt, und die Eltern hätten den kleinen Jungen über alles geliebt. Das schien die allgemeine Meinung zu sein, aber eine andere Nachbarin deutete an, daß Mrs. Dudgeon schon früher geschlagen worden war.»

In meinem Kopf ist ein leises, hohes Summen, und eine Weile höre ich nichts anderes. Er redet weiter – redet und redet –, doch die Worte sind für mich sinnlose Laute. Ein Sonnenstrahl fällt über den Tisch, aber die Welt ist schwarz. Und kalt.

Olivers Stimme, leise aber sehr deutlich, geflüsterte Worte aus der Vergangenheit: *Wayne braucht mich... Er braucht uns beide... Noch eine Gefängnisstrafe, und er wird dahin zurückgeschleudert, wo alles seinen Anfang genommen hat... Es würde ihn zerbrechen. Ich habe es ihr gesagt, immer und immer wieder gesagt...*

Zerbrechen... Wayne... Zärtlich, liebevoll... Zu Wayne ja – aber Rene...

Mac sagt irgend etwas darüber, daß es ihm leid tut. «Hätte es dir nicht hier drin erzählen sollen – hätte warten sollen, bis wir irgendwo allein gewesen wären – in meiner Wohnung – oder in deinem Haus.»

Ich sage ihm, daß es nicht wahr ist, daß ich heute eine Karte von ihr bekommen habe, daß ich es nicht glaube. Das heißt, ich denke, daß ich es ihm sage. Vielleicht habe ich gar nicht gesprochen. Ich bin nicht sicher. Doch egal, ich glaube es. Die Karte wurde vor vier Tagen aufgegeben – am Dienstag.

Ich sehe mich um. Wieso sind alle so ruhig? Wie gleichgültig und sorglos leben denn diese anderen Menschen in den Tag hinein. Wie können sie dasitzen und essen und grinsen und ihre Drinks hinunterschütten und schwatzen und schwatzen – während Rene... Das ist das feindseligste und widerwärtigste Lokal, in dem ich je war.

Macs Finger, warm auf meinen kalten Händen, streicheln sie sanft. Was will er damit beweisen? Daß wir leben – uns berühren können – fühlen – sind?

Als Rene die Karte schrieb, war sie so glücklich – allen geht es gut – lebt wohl, Gefängnisbullen, nicht mehr guten Tag gesagt seit... Typisch Rene – und dann – hinterher – einen Tag später – sie – Oliver – irgendwann am Mittwochnachmittag.

Ich ziehe meine Hände weg und bleibe mit dem Handgelenk an der Kante meiner Kaffeetasse hängen. Die braune Flüssigkeit schwappt über das weiße Fell des Spielzeugseehunds. Ein dunkler Fleck bleibt zurück, wie altes Blut. Warum sagen sie «erledigt», wenn sie töten meinen? Was hatte Oliver der Polizei gesagt – daß er Rene erledigt hatte. Was hatte sie gestohlen? Einen Seehund mit weißem Fell? Ich nehme das Spielzeug und drücke es an mich. Es ist durchnäßt, und Kaffee tropft mir auf die Finger. Ich werde es waschen. Wenn es sauber ist, wird es Wayne gefallen. Mac machte mich darauf aufmerksam, daß mein Trainingsanzug und das Tischtuch auch voller Kaffeeflecken ist und beugt sich über den Tisch, um mir das Tierchen wegzunehmen. Ich weiche zurück. Christopher wollte mir den Lego-Panzer auch wegnehmen, das ist inzwischen schon Monate her. Warum versuchen nur alle, mich von dem Kind zu trennen? Den Seehund bekommt Wayne. Wenn ich zu ihm fahre.

Mac tupft das fleckige Tischtuch mit einer der gelben Papierservietten ab. Er spricht langsam, als wähle er jedes Wort mit Bedacht. Ich fühle, daß er versucht mich zu trösten. «Wenn das wahr ist, was die Nachbarin ausgesagt, wenn er sie schon früher geschlagen hat, könnte es mildernde Umstände geben. Dann könnte die Anklage auf Totschlag lauten und nicht auf Mord.»

Nichts von dem, was er sagt, ergibt einen Sinn. Mildernde Umstände, weil er es sich zur Gewohnheit gemacht hat, sie zu schlagen? Wie oft hätte er sie schlagen müssen, um freigesprochen zu werden?

Mac legt die Serviette auf seinen Teller. «Solche Tragödien hat es schon so oft gegeben. Es ist ganz natürlich, daß sich eine Frau wehrt, indem sie nach der nächstbesten Verteidigungswaffe greift, die ihr in die Hand kommt. Unglücklicherweise war es in ihrem Fall ein Messer. Ein gewöhnliches Küchenmesser hätte keinen großen Schaden angerichtet, aber dieses hat ihn durchbohrt. Er ist zwei Stunden nach der Tat im Krankenhaus gestorben. Am Donnerstag hat man Anklage gegen sie erhoben. Es hat gestern in den Boulevardblättern gestanden. Die Zeitungen im Norden haben bestimmt mehr darüber gebracht.»

Ich sehe ihn an und habe kein Wort verstanden, dann stehe ich abrupt und ungeschickt auf, und mein Stuhl fällt um. Die Kellnerin kommt, hebt den Stuhl auf und fängt an, sich über die Flecke im Tischtuch aufzuregen. Das ist etwas Alltägliches, mit ihrem Ärger werde ich schon fertig. Aber nicht mit dem anderen. Dieses andere, das man mir eben gesagt hat, will nicht in meinen Kopf. Ich erklärte ihr grob und laut, was sie mit dem Tischtuch tun kann. Die Leute starren mich an. Ich starre zurück. Sie sehen aus wie Unterwasserwesen, ganz verschwommen.

Mac sagt irgend etwas Liebenswürdiges und Beschwichtigendes zu der Kellnerin. Entschuldigt sich für mich. Sagt, ich bin nicht gesund. Vielleicht. Vielleicht auch nicht. Meine Kehle und meine Brust brennen, ich kann nur ganz langsam und mühsam atmen, und es tut weh. Unsicher gehe ich ins Foyer und hole mein Transparent. Ein Schal ist darübergefallen. Er ist aus Wolle. Ich hänge ihn über den Haken. Er ist rot und schwarz, wie der Pullover, den Rene und ich jede zur Hälfte strickten. In Chornley.

Ich gehe hinaus. Die Sonne sieht wie ein Embolus aus. Ein roter

Klumpen am Nachmittagshimmel. Der Tag scheint völlig aus den Fugen. Schief. Nicht in Ordnung.

Ich stehe vor dem Laden neben dem Restaurant. Das Schaufenster ist voller Elektrogeräte. Lauter Dinge, mit denen man waschen, reinigen, denen man zuhören kann. Apparate, die summen und surren. In den Häusern der Leute. Ununterbrochen. Fleißige Welt. Fleißige häusliche Welt. Ganz vorn im Fenster steht ein Mikrowellenherd. Er sieht aus wie der, den Rene mir verkaufen wollte, als ich das erste Mal in ihrer Wohnung war. Von einem Laster gefallen? *O Maeve, Maeve, wie hab ich's nur all die verdammten Monate mit dir ausgehalten? Wenn ich gestohlene Waren verhökern wollte, dann doch nicht an dich. Wir sind Freundinnen, oder? Freundinnen – Freundinnen ...*

Und Oliver: *Wir nehmen keine Almosen von unseren Freunden.*

Und Wayne: *Ich werde meinen Zauberknopf reiben – er wird machen, daß du kommst.*

Ein leicht böiger Wind ist aufgekommen, und mein Transparent hat sich von einem Stock gelöst. Es flattert vor meinem Gesicht herum wie der Schmetterling vor Wayne.

Wie zärtlich hatte Oliver ihn damals am Strand in den Armen gehalten. Wie beherrscht er in seinem Zorn gewesen war, als er Hordens Gürtel zerhackte und Wayne ermahnte, nicht näher zu kommen, falls ihm das Messer ausrutschte.

Hatte Rene dieses Messer benutzt?

Es muß es gewesen sein.

Warum hat er etwas so Häßliches – so Gefährliches behalten? Wozu konnte er so etwas brauchen? Eine Mordwaffe, so tödlich wie eine Pistole, zu schnell bei der Hand in einem Augenblick scheinbarer Ausweglosigkeit.

Was wird Rene dem Richter sagen, wenn man sie im Prozeß verhört? Wird sie versuchen, sich zu entlasten, indem sie aussagt, daß er immer wieder brutal über sie hergefallen ist und daß sie eine Todesangst vor ihm hatte? Oder wird sie eine schnoddrige Bemerkung machen wie damals bei mir – daß sie gern noch eine Weile in einem Stück bleiben wollte? Ein einfaches Geständnis: «Ich habe es nicht vorsätzlich getan. Ich habe ihn geliebt, aber er tat mir weh», würde für die Jury vielleicht nicht plausibel klingen, käme der Wahrheit aber am nächsten. Denn die meiste Zeit waren sie glücklich.

Eines Tages wird sie es mir vielleicht erzählen. Alles.

Wird man sie nach Holloway bringen oder in ein Gefängnis im Norden? Vielleicht in den Frauenflügel von Durham?

Sie ist mir jetzt so nahe, als steckte ich in ihrer Haut, machte alles noch einmal mit ihr durch. Die Einweisung in die Strafanstalt – das Auflisten des Eigentums – das dürfen Sie behalten – das nicht. Die ärztliche Untersuchung. Lange schwarze Korridore. Das Geräusch des Einschließens am Abend. Ich kann alles hören. Ich sehe die Gucklöcher. Nie ein privater Augenblick. Das Aufschließen am Morgen – graue Morgen grauer Tage, die ewig dauern. Das Schrumpfen von Hoffnung und Zuversicht. Tu dies. Tu das. Ja nicht denken. Der Wille wird kastriert. Selbstachtung muß wie ein zartes Pflänzchen gehegt und gepflegt werden, damit sie wieder gedeihen kann. Bei mir jedenfalls. War es bei Rene genauso?

Nicht als sie mit mir in Chornley war – nein. Dort war das System nicht so streng, das Schlimmste hatten wir hinter uns. Ihre Straftat war ein Spiel, das sie ab und zu verlor. Aber jetzt wird es anders sein. Ich habe einen Mann verstümmelt, den ich nicht kannte, und es tut mir so leid – so leid – so leid. Für Rene wird es schlimmer sein.

Heute vor einem Jahr hat Oliver sie in Chornley abgeholt, und sie hatte die Arme um seine Taille geschlungen, als sie auf seinem Motorrad davonbrausten. Ich beneidete sie um dieses Wiedersehen, sie freuten sich so, daß sie einander wiederhatten. Christopher und ich waren so steif und verlegen. Oliver und Rene offensichtlich ganz einfach glücklich.

Wenn wir nur alle von vorn anfangen könnten. Das Drehbuch ändern. Auslöschen diese zwölf Monate erschreckender, unwiderruflicher Veränderungen. Für Rene wird der Schmerz fortdauern, die Reue schwer zu ertragen sein.

«Wie wird sie damit fertig werden? Wie erträgt sie es? Was wird sie tun?»

Ich habe nicht gemerkt, daß ich laut gesprochen habe oder daß Mac neben mir steht und mich sehr besorgt ansieht.

«Der Mensch ist unverwüstlich, flexibel, Maeve, selbst in den entsetzlichsten Situationen. Die Kinder sind es, die mit den Dingen nicht fertig werden. Sie sind die verletzlichen.»

Natürlich – Wayne. Olivers Gedanken. Genau das, was er sagen würde. Gesagt hat.

Ich sage Mac, daß ich morgen mit dem Zug nach Newcastle fahre und Wayne zu mir nach Hause hole.

Er scheint bestürzt zu sein und antwortet nicht sofort. Die Pause ist voller Zweifel. «Du kannst nicht einfach dort auftauchen und ihn abholen. Die Fürsorge wird sich seiner annehmen. Schließlich ist es Sache seiner Mutter zu sagen, was mit ihm werden soll.»

Ich denke an Anna. Die Wahrheit über Waynes Herkunft wird bald bekannt werden, doch ich werde sie nicht preisgeben.

«Rene wäre damit einverstanden, daß er zu mir kommt. Sie und Oliver haben es jahrelang ängstlich vermieden, etwas mit der Sozialbehörde zu tun zu haben.»

Das kann Mac nicht verstehen. «Das sind gewissenhafte Leute, die ihre schwierige Arbeit so gut wie möglich erledigen. Sie wären gut zu ihm.»

«Aber er muß mit jemandem zusammensein, den er kennt – mit jemandem, der ihn liebt. Ich liebe ihn. Und er liebt mich. Er hat es gesagt.»

«Vielleicht ist es nicht so einfach.» Ein trockener abschließender Kommentar. Christopher könnte das gesagt haben.

Menschen gehen an uns vorbei, den Gehsteig hinauf und hinunter, eine sich vorwärtsschiebende Masse. Es ist zu laut. Ein zu großes Durcheinander. Meine klaren, logischen Gründe, das meiner Meinung nach einzig Richtige zu tun, werden von diesem Mann in Frage gestellt, von dem ich dachte, er hätte Mitgefühl für ein Kind. Statt dessen sagt er mir, ich sei im Moment nicht fähig, rational zu denken. «Du kannst keine Pläne machen, Maeve. Nicht für den Jungen. Nicht für dich. Noch nicht. Komm zu mir, und ruh dich eine Weile aus. Du darfst dich jetzt nicht ans Steuer setzen. Später kannst du nach Hause fahren, wenn du ruhiger geworden bist. Oder ich fahre dich. Komm jetzt zu mir.»

Seine Wohnung. Mein Haus. Ich will nirgendwohin. Beides kommt mir fremd vor. Da ist niemand, an den ich mich wenden kann. Ich fange an zu gehen, dränge mich mit meinem Transparent an den Leuten vorbei, murmele eine Entschuldigung, wenn ich mit jemandem zusammenstoße. Die Luft stinkt nach Benzin, und der Verkehrslärm ist fast unerträglich.

Mac holt mich ein und nimmt mir das Transparent ab. «Du wirst noch jemandem den Schädel einschlagen. Wohin gehst du denn?»

Ich weiß nicht, wohin ich gehe. Irgendwohin. Ich antworte nicht. Gehe weiter.

Er legt mir die Hand auf den Arm und hält mich auf. «Maeve! Ich komme mir mit diesem Ding in der Hand wie ein Idiot vor. Du anscheinend nicht. In dieser Hinsicht sind wir verschieden. Nimm es zurück.» Er rollt das Transparent ein und reicht es mir.

Als er wieder spricht, klingt seine Stimme nicht mehr so schroff: «Das ist zwar nicht der beste Ort, um miteinander zu reden, aber wenn es nicht anders geht, bleib stehen und hör mir zu. Wenn du einen Kreuzzug beginnst, damit man dir das Kind in Pflege gibt, wirst du kaum Erfolg haben, doch es wird die beste Sache sein, die du je verloren hast. Du warst im Gefängnis, und das ist fürs erste ein ganz verdammtes Hindernis. Das sollte es nicht sein – nicht in deinem Fall –, aber so ist es nun einmal. Du würdest für den Kleinen verdammt viel besser sorgen als sonst irgend jemand. Das weiß ich. Aber würden das auch die Behörden einsehen? Ich möchte nicht, daß man dir weh tut. Genausowenig wie ich will, daß das Kind leiden muß. Was ich sagen will, ist folgendes – wenn du, nachdem du ein bißchen länger darüber nachgedacht hast, noch immer entschlossen bist zu handeln, dann laß dich nicht daran hindern. Du wirst ihm Freundschaft und Liebe geben. Das kann dir niemand verbieten. Aber verzehr dich nicht vor Gram, wenn du nicht mehr tun kannst. Und wenn es schwierig wird und du Unterstützung brauchst, jemanden, der für dich und Wayne kämpft, dann schrei nach mir. Ich mag den Kleinen auch.»

Wir stehen am Strand mitten auf dem Gehsteig, und ich weine. Mac legte mir den Arm um die Schultern und drückt mich ein paar Sekunden an sich. «Das Kind», sagt er sanft, «wird überleben.»

Ich glaube es. Freundschaft und Liebe werden für den Anfang genügen. Dann wollen wir weitersehen.

B.M. Gill

«Bestechende Logik, gekonnte Dialoge und eine atemberaubende Handlung.» Saarbrücker Zeitung

Nocturno für eine Hexe
(thriller 2926)
«Das ist eine Fahrstuhlfahrt in den Abgrund. Angetrieben von Mißverständnissen, gekränkter Eitelkeit und Haß. Ausgelöst durch ein Mädchen, das auf geheimnisvolle Weise der Frau auf einem alten Foto gleicht... ein Thriller, der einen frösteln läßt.» Frankfurter Rundschau

Othellos letzte Probe
(thriller 2827)
Katastrophen ereilen die Menschen immer ohne Vorwarnung, direkt und erbarmungslos. Die einzige Tochter des Neurochirurgen Paul McKendrick wird tot im Park gefunden, vergewaltigt und ermordet. Sie ist nicht das erste Opfer - und alle getöteten Mädchen stammen aus der Umgebung von Paul McKendrick...

Seminar für Mord
(thriller 2775)

Zündstoff für das Parlament
(thriller 2767)
«Es ist schon fast perfide, wie gekonnt B.M.Gill die Dramaturgie dieses Putsches arrangiert, wie sie Spannung aufbaut und immer wieder mit unerwarteten Pointen die Handlung antreibt. ...ein Roman, der alle Register des packenden Polit-Thrillers zieht.» Hamburger Abendblatt

rororo thriller

Herzchen
(thriller 2818)
Die kleine Zanny ist ein reizendes Mädchen mit blauen Augen und blonden Locken. Aber Zanny kann es nicht ertragen, wenn ihr jemand etwas wegnimmt....

Der zwölfte Geschworene
(thriller 2738)
Edward Carne, erfolgreicher Fernsehmoderator, ist angeklagt, seine Frau Jocelyn kaltblütig ermordet zu haben. Kann ein so gebildeter Mann, dessen Kultursendung «Arcadia» ein begeistertes Publikum besitzt, eine Frau kaltblütig erschlagen? Ausgezeichnet mit dem «Golden Dagger Award» 1984 als bester Krimi des Jahres.

Harry Kemelman

Harry Kemelmans Held ist Rabbi in einer amerikanischen Kleinstadt: unsportlich, ziemlich kurzsichtig und ein wenig linkisch - aber im Denken am Talmud geschult. Mit kluger Beharrlichkeit, sanfter Skepsis und Unbefangenheit löst David Small seine Fälle. «Man muß diesen Rabbi einfach lieben.» taz

Am Freitag schlief der Rabbi lang
(thriller 2090)
Für dieses Buch erhielt Harry Kemelman den Edgar Allan Poe-Preis.

Am Samstag aß der Rabbi nichts
(thriller 2125)
Als ersten Kriminalroman überhaupt kürte die Darmstädter Jury im Februar 1968 diesen Thriller zum «Buch des Monats».
«Beifall für die Auszeichnung der literarischen Gattung und für die Wahl dieses speziellen Buches.» Der Spiegel

Am Sonntag blieb der Rabbi weg
(thriller 2291)

Am Montag flog der Rabbi ab
(thriller 2304)

Am Dienstag sah der Rabbi rot
(thriller 2346)

Am Mittwoch wird der Rabbi naß
(thriller 2430)

Der Rabbi schoß am Donnerstag
(thriller 2500)
«Immer wieder gibt es wahre Kabinettstückchen an bissiger Entlarvung kleiner Neidereien unter den ehrgeizig-beschränkten Synagogen-Mitgliedern.» Süddeutscher Rundfunk

rororo thriller

Eines Tages geht der Rabbi
(thriller 2720)

Ein Kreuz für den Rabbi
(thriller 2860)

Quiz mit Kemelman
Kriminalstories
(thriller 2172)

Gesammelte Werke
Mit Rabbi David Small durch eine kriminelle Woche
10 Bände in Kassette
(thriller 2992)
«Eines der bedeutendsten Ereignisse in der Geschichte der Kriminalliteratur.»
New York Times

3012/1

Chester Himes

«Einer der besten heutigen Kriminalschriftsteller ist der farbige Amerikaner **Chester Himes.** Seine Protagonisten der kaleidoskopartig montierten Szenen aus dem Ghetto von Harlem: Arbeiter, Schwindler, Diebe, Sektenprediger, Scharlatane, Rauschgifthändler, Huren, Halbstarke, Schuhputzer, Glücksspieler, Puffmütter, Schwule, Zuhälter, Black Moslems und natürlich die mit allen Feuern gebrannten, mit allen Tricks vertrauten, zynisch-brutalen Detektive Grave Digger und Coffin Ed.» Jörg Fauser

Blind, mit einer Pistole
(thriller 2867)
«Einerseits die Geschichte zweier abgebrühter Cops im schwärzesten Teil Harlems mit ebenso schwarzem Humor. Andererseits hat diese Geschichte einen dermaßen realistischen und erschreckenden Schluß, daß einem das kalte Grausen kommt.» Pflasterstrand

Die Geldmacher von Harlem
(thriller 2859)
Eine Nacht wie sie Harlem selten erlebt hat. Schüsse fallen, Tote fahren als blinde Passagiere, Ed Coffin wird Opfer eines Säureattentats und Grave Digger läuft Amok...

Heiße Nacht für kühle Killer
(thriller 2714)
«Der Titel ist banal, aber der Krimi hat es in sich. Rororo hat jetzt den lange vergriffenen Krimi neu aufgelegt. Es hat sich gelohnt.» Frankfurter Neue Presse

rororo thriller

Der Traum vom großen Geld
(thriller 2815)

Heroin für Harlem
(Sammelband thriller 2703)

Harlem dreht durch
(thriller 2761)
Ein Mann ohne Kopf fährt Motorrad, eine alte Frau entpuppt sich als junger Mann, und zwei Polizisten werden fast von einer fliegenden Untertasse erschlagen. «Die tägliche Realität von Harlem ist aufregend genug, um Hamburger im gemütlichen Ohrensessel eine ganze Weile im Atem zu halten.» Hamburger Abendblatt